KB017812

고전의 질문

인생에서 만나는 네 개의 화두

김한식

충북 청원에서 태어나 서울에서 학교를 다녔고 지금은 상명대학교에서 문학을 가르치고 있습니다. 초등학교 때는 계림 문고를 중고등학교 시절에는 삼중당 문고를 읽으며 지냈습니다. 그때 접했던 소설을 지금도 읽고 있는 셈입니다. 전공은 국문학이지만 한때 역사학도가 되고자 하는 꿈을 꾼 적도 있습니다. 그 미련을 버리지 못해서인지 현재도 자주 역사 쪽을 기웃거리곤 합니다. 문학 안에서도 전공인 한국문학 못지않게 이웃인 외국 문학 독서에 많은 시간을 보냅니다. 실제 삶은 그렇지 못하면서도 공부에서는 주변과 외곽을 선호하는 편입니다. 『세계문학 여행-소설로 읽는 세계사』라는 책을 두 권 펴낸 바 있고, 고전 해설서라 할 수 있는 『고전의 이유』라는 책도 냈습니다.

고전의 질문
인생에서 만나는 네 개의 화두

초판 1쇄 인쇄 2020년 12월 3일
초판 1쇄 발행 2020년 12월 17일

글쓴이 김한식
펴낸이 최종숙
펴낸곳 글누림출판사

편집 이태곤 권분옥 문선희 임애정 강윤경 김선예
디자인 안혜진 최선주 | **홍보** 박태훈 안현진

주소 서울시 서초구 동광로46길 6-6(반포4동 577-25) 문창빌딩 2층(우06589)
전화 02-3409-2055(대표), 2058(영업), 2060(편집)
팩스 02-3409-2059 | **전자우편** nurim3888@hanmail.net
홈페이지 www.geulnurim.co.kr
블로그 blog.naver.com/geulnurim
북트레블러 post.naver.com/geulnurim
등록번호 제303-2005-000038호(2005.10.5.)

정가는 뒤표지에 있습니다.
ISBN 978-89-6327-631-1 03800

* 이 도서의 국립중앙도서관 출판예정도서목록(CIP)은 서지정보유통지원시스템 홈페이지(http://seoji.nl.go.kr)와 국가자료종합목록 구축시스템(http://kolis-net.nl.go.kr)에서 이용하실 수 있습니다. (CIP제어번호 : CIP2020050671)

이 저서는 2017년 정부(교육부)의 재원으로 한국연구재단의 지원을 받아 수행된 연구임(NRF-2017S1A6A4A01021439)
This work was supported by the National Research Foundation of Korea Grant funded by the Korean Government(NRF-2017S1A6A4A01021439)

고전의 질문

인생에서 만나는 네 개의 화두

책을 내면서

이 책은 몇 년 전 출간한 『고전의 이유』의 후속편입니다. 앞의 책에서는 고전이 고전으로 불리는 이유를 작품의 성격에 맞추어 설명하려 했습니다. 이번에는 작품의 주인공에 초점을 맞추어, 그 인물들이 현재의 우리에게 건네는 질문에 주목하였습니다. 이것들은 인생이 우리에게 던지는 중요한 화두이기도 합니다.

좋은 문학은 삶의 의미를 겸손하게 묻고 그에 대해 최대한 품위 있게 답합니다. 그중에서도 질문의 보편성과 답변의 깊이를 갖춘 작품을 특별히 고전이라 부르지요. 시간이 지나도 고전이 새롭게 읽히는 이유가 여기 있습니다. 세상이 빨리 변하는 것 같아도 사람들의 고민이나 감정까지 그렇게 쉽게 바뀌지는 않는다고 생각합니다.

이 책은 모두 다섯 장으로 구성되었습니다.

우선 인생의 화두에 문학이 답하는 보편적인 방법이 무엇인지 살피기 위해 공감을 다룬 서문을 두었습니다. 공감이야말로 인간이 가진 가장 고귀한 능력이며 문학이 존재하는 궁극적 이유라 할 수 있습니다.

1부는 사랑을 주제로 "사랑이란 무엇인가?"라는 질문에 답합니다. 베르터, 보바리, 개츠비 세 인물을 통해 근대적 사랑의 특징을 살펴보려 했습니다. 공교롭게도 세 편 모두 실패한 사랑을 다루게 되었습니다.

2부는 성장을 주제로 "성장은 어떻게 완성되는가?"에 답합니다. 주인공과 주변 환경의 갈등이 어떻게 나타나는지에 관심을 가지고 보았으면 합니다. 생물학적으로나 사회적으로나 홀로 선다는 것은 무척 힘든 일인가 봅니다.

3부는 범죄를 주제로 "범죄는 무엇으로 구원받는가?"라는 질문에 답합니다. 범죄에 대한 근본적인 질문을 던지는 책 『죄와 벌』을 비롯해 양심과 수치심의 문제를 다룬 두 편의 소설을 보게 됩니다.

4부는 욕망을 주제로 "욕망은 어떻게 인간을 파괴하는가?"에 답합니다. 모든 사람이 이성에 따라 행동하면 좋겠지만 실제로 인간을 움직이는 힘은 욕망인 것 같습니다. 나나와 도리언 그레이, 프랑켄슈타인의 각기 다른 욕망을 다룹니다.

책을 낼 때마다 이 글을 누가 읽을까 하는 걱정을 하게 됩니다. 다른 필자들도 그런 생각을 하는지 논문을 쓰면 심사자만 읽고 책을 내면 편집자만 읽는다는 자조 섞인 농담이 있을 정도입니다. 가끔은 독자를 위해 글을 쓰는지 나 자신을 위해 글을 쓰는지 혼란스럽기도 합니다. 그래도 누군가는 이 글을 읽고 잠시나마 정신의 풍요를 느끼겠지 하는 기대를 버리지는 않겠습니다. 문학과 독서는 좋은 것이니까요.

왜 이따위 글을 쓰고 있느냐는 내면의 질문에 마르셀 라이히라니츠키는 다음과 같이 말했더군요. 같은 말로 위로하고 싶은 마음입니다.

"간단히 말하겠다. 나는 독자에게 내가 훌륭하고 아름답다고 여기는 책들이 왜 훌륭하고 아름다운지를 설명하고자 했다. 독자에게 그 책들을 읽히고 싶었다."

아주 특별한 2020년을 보내며

필자 씀

차례

Ⅲ. 범죄는 무엇으로 구원받는가?

Ⅳ. 욕망은 어떻게 인간을 파괴하는가?

소설, 인물, 공감

공감하는 인간

우리는 높은 곳에서 외줄 타는 사람을 보면 함께 긴장하고, 다쳐서 피 흘리는 사람을 보면 인상을 찌푸립니다. 슬픈 이야기를 들으면 우울해지고, 행복한 이야기를 들으면 함께 행복해지는 기분이 들기도 합니다. 냉정히 말하면 이 사람들이 놓인 상황과 감정 상태는 우리와는 직접 상관이 없습니다. 긴장과 아픔은 위태로운 줄에 매달린 사람이나 다친 사람의 경험일 뿐 관찰자인 우리가 느낄 감정은 아닙니다. 당사자인 그들은 위험할지 모르지만 보고 있는 우리는 전혀 위험하지 않으니까요. 그런데도 많은 사람이 다른 사람의 상황과 감정에 자주 영향을 받습니다.

이처럼 다른 이들의 삶에 정서적으로 반응하는 심리 상태를 공감이라 부릅니다. 인간은 논리적으로 사고하는 정신의 체계와 구분되는 공감으로 반응하는 심리적 체계를 가지고 있는 것입니다. 평균적인 사람들은 이러한 '공감'을 통해 타자를 받아들이고 그들과 어울리는 법을 배웁니다. 누가 일일이 지시해 주지 않아도 같은 공동체 안의 사람들은 비슷한 방향으로 반응하는 공감의 코드를 가지고 있습니다. 바늘에 찔리면 아프다는 사실을 알기 위해 모든 사람이 자신의 핏방울을 확인하지는 않습니다. 누군가의 찡그린 표정을 확인하는 것으로 충분하기 때문입니다.

공감은 타인의 경험을 자기 것으로 받아들이는 과정입니다. 아무리 파란만장하게 살아도 개인의 경험은 한정적일 수밖에 없습니다. 하지만 뛰어난 공감 능력을 갖춘 사람은 수많은 개인의 경험을 자기 것으로 만들 수 있습니다. 공감으로 얻은 경험은 이성을 통해 받아들인 이해보다 훨씬 더 자기 것이 되기 쉽습니다. 반대로 공감 능력이 부족한 사람은 작은 자기 세계 안에 갇힐 위험이 큽니다. 다른 사람의 정서에 아랑곳하지 않는 자기중심적인 사람이 될 가능성도 크지요.

사회적 유대감을 형성하는 데도 공감은 매우 중요합니다. 나와 다른 생각과 성격을 가진 사람들을 이성적으로 백 퍼센트 이해하는 일은 불가능합니다. 어느 정도 '나'를 버리고 상대방의 입장이 되었을 때 서로 좋은 관계가 유지됩니다. 공감은 상대방은 나와 다르지만 자기 나름의 메커니즘으로 생각하고 행동한다는 사실을 인정하는 태도입니다. 공감 능력이 있는 사람은 상대방 입장에서 생각할 줄 알고, 자신도 다른 사람들의 공감을 얻으려 노력합니다. 정서를 나눔으로써 삶의 위안을 얻으려는 성향도 강합니다.

유대감은 사회적으로만 중요한 것이 아닙니다. 개인에게 있어 유대감은 삶을 건강하지 유지할 수 있는 필수적인 조건입니다. 우리는 친구나 가족, 연인에게 자기 존재를 인정받을 때 자신감과 자존감을 느낄 수 있습니다. 이때 인정받는다는 것은 곧 공감을 얻는다는 말입니다. 잘났거나 못났거나 나를 이해해줄 사람이 필요하다고 말할 때, 그 사람 역시 공감을 원하는 것입니다. 만약 유대감이 중요하지 않다면 우리가 고립이나 따돌림을 두려워할 이유가 없습니다. 알다시피 누구도 그걸 원하지 않습니다.

공감의 강도는 관계에 따라 차이가 있습니다. 아무리 유명한 비극 속 주인공의 운명이라도 평소에 가깝게 지내던 친구에게 닥친 불행보다 더 가슴 아프지는 않습니다. 시간과 공간의 거리가 공감의 거리를 결정한다고 말할 수도 있습니다. 일반적으로 사람들은 자신과 비슷한 사람에게서 큰 공감을 느낍니다. 공감능력은 어린 시절부터 조금씩 학습됩니다. 최근 연구 결과에 따르면 사람에게는 공감을 돕는 특별한 유전자가 있다고 합니다. 사람마다 공감의 정도가 다른 이유는 어린 시절 학습과 유전자의 기능 여부라고 합니다.

이야기와 공감

역사적으로 이야기는 공감 능력 향상에 크게 이바지해 왔습니다. 그중에서도 잘 짜인 문학적 이야기는 공감을 교육하는 좋은 자료였습니다. 문학은 논리가 아닌 정서로 독자에게 접근하고 감동을 통해 정서를 발달시켜 주기 때문이지요. 문학이 명시적인 교훈보다 다양한 유추를 통해 세상을 이해하도록 한다는 점도 중요합니다. 다양한 유추가 가능한 문학 작품은 독자의 경험에 따라 다르게 읽힐 수 있고 다른 정서나 공감을 끌어낼 수 있습니다.

이솝 우화는 이야기의 이러한 성격을 잘 보여줍니다. '신포도는 안 먹어'를 예로 들어 보지요. 한 여우가 먹음직스러워 보이는 포도송이를 따기 위해 포도나무 아래에서 입을 벌리고 뛰어오르기를 합니다. 하지만 키가 자라지 않아 포도를 따 먹을 수가 없었습니다. 포도 따기를 포기한 여우는 나무에서 멀어지며 혼자 중얼거립니다. 저 포도는 덜 익은 것이 분명하며 아마 시어서 먹을 수 없었을 것이라고. 독자들은 이 우화를 단지 여우 이야기로 생각하지 않습니다. 자신의 실패를 합리화하는 사람들의 사고 패턴을 잘 보여준다고 느끼게 됩니다.

길게 늘어선 줄 때문에 유명한 국숫집에 들어가지 못한 사람이, 그 집 음식이 사실은 소문만큼 맛있지는 않을 것이라 생각한다고 가정해 보지요. 자기는 원래 국수는 좋아하지 않았다고 생각한대도 좋습니다. 위 예를 든 여우의 경우와 전혀 다르지 않겠지요? 굳이 먹는 문제가 아니어도 자신의 실패를 합리화하고자 하는 인간의 심리는 동서고금에서 보편적인 것입니다. 더 생각해보면 여우의 이러한 생각이 자기기만이라는 점도 알 수 있습니다. 믿고 싶어서 자기마저 속이다 보면 사람들은 결국 그게 진실이라 믿고 맙니다.

동양의 고사성어에 '토사구팽(兎死狗烹)'이라는 말이 있습니다. 토끼를 잡았으니 필요 없게 된 개도 삶아 먹는다는 뜻입니다. 한나라 고조가 건국에 지대한 공헌을 한 장군 한신을 역모로 몰아 죽인 일화와 함께 유명해졌다고 합니다. 조선 건국 후 왕자의 난을 통해 이방원이 개국 공신들을 제거한 일도 이 토사구팽에 해당합니다. 함께 고생해서 큰 목표를 이루었으면 그 영광과 혜택도 함께 누리면 좋을 텐데 사람 마음이 다 그렇지는 않은 모양입니다. 사람들은 자기보다 공이 큰 사람이 있으면 자신의 자리가 위협받는다는 생각을 먼저 하게 되는 것 같습니다.

옹졸해 보이지만 위와 같은 행동은 자기 보존 본능에서 나오는 것입니다. 인간은 철저하게 이기적이어서 현재 자신에게 유리한 쪽으로 움직이게 되어 있습니다. 과거의 우정이나 은혜가 현재보다 중요할 수는 없습니다. 현실적으로 보아도 왕조를 유지하기 위해서는 임금의 권력과 권위가 굳건해야 하는데 개국 공신들은 그런 기초를 세우는 데 방해가 됩니다. 심지어 그들은 새로운 전복을 시도할 가능성도 있습니다. 토끼를 잡았는데도 사냥개를 그냥 두면 개는 주인을 물지도 모릅니다. 물론 아무리 그래도 공신을 죽인 행위가 훌륭해 보이지는 않습니다.

여우나 한나라 고조의 행위에 공감한다는 것은 그들의 행동이 옳다고 생각하는 것과는 다릅니다. 공감은 그들이 행동이 그런 상황에서 나왔을 법한 행동이고 우리 중 누군가가 그렇게 행동해도 이상할 것이 없다는 데 동의하는 것입니다. 그러면서도 우리는 그런 행동이 정당화될 수 없고 역사적으로 단죄받아야 한다고 생각할 수 있습니다. 반대로 그런 행동을 비난하기 어렵다는 의견을 가질 수도 있습니다. 이런저런 이유로 어쩔 수 없었다고 너그럽게 봐준다면 말입니다.

이야기 속 인물은 훌륭한 반면교사 역할을 합니다. 자기를 객관적으로 보는 일은 누구에게나 쉽지 않습니다. 그러나 타자에 대해서는 객관적이고 비판적으로 보기가 한결 수월합니다. 자기를 향할 때 여러 겹으로 존재하는 검열이 타자를 향할 때는 사라지기 때문이지요. 따라서 자신을 알기 위해서는 다른 인물에 자신을 비추어볼 필요가 있습니다. 그가 자신과 많이 닮았든 전혀 다르든 작품 속 인물은 거울과 같은 역할을 합니다. 거울을 통해 얻을 수 있는 것은 교훈만이 아닙니다. 때로 자신과 유사한 사람을 발견한 것만으로 위안을 받을 수도 있습니다. 자기 혼자 이상한 사람이 아니라는 생각이 들 수도 있으니까요.

인물과 공감

소설은 근대를 대표하는 이야기 양식입니다. 앞서 본 이솝 우화와 비교하면 한층 복잡한 이야기를 담고 있습니다. 과거보다 삶이 복잡해진 만큼 이야기 역시 복잡해진 것이지요. 예전에도 복잡한 이야기는 많았습니다.

『일리아스』나 『삼국지연의』 같은 책은 양도 많고 내용도 복잡합니다. 하지만 사건이 복잡한 것과 인물의 내면이 복잡한 것은 다릅니다. 근대 소설의 복잡함은 사건의 복잡함에서뿐 아니라 인물 내면의 복잡함에서 비롯됩니다.

따라서 근대 소설의 인물에 공감하기 위해서는 인물의 성격이 가진 복잡함을 이해해야 합니다. 그렇지 않으면 선악의 구도도 뚜렷하지 않고 행동의 동기도 분명하지 않은 인물들에게서 아무런 정서적 반응을 느끼지 못할 수도 있습니다. 사실 단순한 논리나 구도로 이해하기에 근대 그리고 소설에는 너무나 다양한 인물들이 존재합니다. 소설을 읽을 때는 무엇보다 인물이 살았던 시대의 역사나 문화 등 배경을 이해하고 자신과 다른 사고와 행위가 현실에서 가능하다는 점을 인정해야 합니다. 때로는 타인을 모두 아는 일이 불가능하다는 사실을 받아들이는 것이 도움이 될 때도 있습니다. 소설에서 공감은 근대 이후 판단의 유일한 기준이 된 개인의 존재를 그 자체로 충분히 인정하는 데서 출발하는 것입니다.

개인으로서 인물이 담고 있는 인문학적 주제는 다양합니다. 인물이 처한 상황이 각기 다르고 그들이 고민하는 내용이 각기 다르기 때문입니다. 같은 성장소설의 주인공이라 해도 그가 빈민굴에 던져진 고아인지, 부모의 기대를 한 몸에 받는 수재인지에 따라 주제는 달라집니다. 식민지와 종교라는 이중의 질곡을 느끼며 자라는 소년이 주인공인 소설의 주제 역시 앞엣것들과는 다르기가 쉽습니다. 아메리카 원주민처럼 인종이 다른 아이가 다수의 백인 사이에서 성장하는 이야기는 또 얼마나 다른 주제를 담고 있겠습니까.

이 책은 공감을 통한 인간 이해라는 관점에서 열두 편의 근대 소설을 다룹니다. 비록 허구이지만 잘 만들어진 인물을 통해 그들의 경험에 접근해보려 합니다. 그리고 인물들에 대한 정서적 반응과 공감을 시도해 볼 것입니다. 평범한 사람들이 보기에 그들은 상식적인 인간이 아닐지도 모릅니다. 그들은 때로 비이성적으로 보이는 행동, 비합리적으로 보이는 대응, 자기 파괴적으로 느껴지는 판단을 합니다. 하지만 그들의 행위에는 나름대로 이유가 있습니다. 그 이유가 이성적이기보다 감정적이기는 하지만 말입니다. 그들이 처한 상황에 주목해 보면 그들이 꼭 이상하지만은 않다는 점을 알게 될 것입니다.

Ⅰ. 사랑이란 무엇인가?

베르터와 낭만적 사랑

괴테, 『젊은 베르터의 고뇌』

베르터 신드롬

'젊은 베르테르의 슬픔'으로 번역되기도 하는 『젊은 베르터의 고뇌』(1774년)[*]의 줄거리는 그리 복잡하지 않습니다. 청년 베르터는 작은 도시에서 우연히 만난 여인 로테에게 첫눈에 반해 사랑에 빠집니다. 하지만 그녀에게는 약혼자가 있었고, 베르터는 감히 자기 마음을 드러내지도 못합니다. 그는 로테를 잊기 위해 먼 지방으로 떠나보기도 하지만 결국 사랑하는 여인 근처로 돌아오지요. 이때 로테는 이미 결혼한 상태였지만 주인공의 사랑은 식을 줄 모릅니다. 수년간의 노력에도 불구하고 사랑을

---

* 요한 볼프강 폰 괴테, 『젊은 베르터의 고뇌』, 임홍배 역, 창비, 2012.

거부당한 우리의 가련한 주인공은 권총 자살로 아까운 삶을 마감하고 맙니다.

그리 길지 않은 이 소설은 출간되자마자 베스트셀러가 되었고, 스물다섯 살의 독일 청년 괴테를 일약 유명 작가로 만들었습니다. 프랑스 사람 나폴레옹은 이 소설을 무려 일곱 번이나 읽었다고 합니다. 동시에 이 소설은 '베르터 신드롬'을 일으켜 논란의 대상이 되기도 했습니다. 논란의 핵심은 주인공 베르터의 자살이었습니다. 소설 속 베르터가 자살할 때 입었던 파란 셔츠와 노란 넥타이가 전 유럽에서 유행하였고, 권총 자살까지 따라 하는 젊은이가 많았다고 합니다. 『젊은 베르터의 고뇌』가 처음으로 출간되었던 라이프치히에서는 도덕을 해친다는 이유로 이 책에 대한 출판 금지 처분이 내려지기도 했습니다.

그렇다면 동시대 젊은이들은 무엇 때문에 베르터에게 열광했을까요? 비록 소설 속 주인공이지만 그는 자기 내면의 감정에 충실한 낭만적인 인물이었습니다. 그는 풍부한 감수성을 가지고 자연과 인간을 대하며 마음속에서 일어나는 감정의 떨림을 솔직하게 표현할 줄 알았습니다. 내면의 소리를 거부하지 않고 열정이 이끄는 바에 따라 충실해 행동했지요. 그 감정의 핵심이 바로 연인 로테를 향한 '사랑'이었습니다. 이룰 수 없다는 현실적 한계를 알면서도 베르터는 자신의 사랑을 멈출 수 없었습니다. 어떤 이성적 판단, 사회적 제약도 그의 감정을 이기지 못했습니다. 이런 베르터의 사랑이 젊은이들의 마음을 움직였던 것입니다.

젊은 독자들은 낭만적인 베르터의 사랑에 동의하고 공감하고 감동했습니다. 물론 모든 사람이 베르터처럼 사랑할 수 있는 것도, 그러한 사랑이 꼭 바람직한 것도 아닙니다. 독자들 역시 그런 점을 모르지 않았습니다. 그럼에도 이 소설에 공감하는 젊은이들은 베르터의 사랑이 자신들이 추구하는, 이상적으로 생각하는 그런 사랑에 가깝다고 느꼈습니다. 누구나 상상은 해보지만 현실에서 실현하기 어려운 독자들의 꿈을 베르터가 대신해준 것입니다. 그들은 사랑에 빠져 자신의 생을 스스로 파괴하는 주인공에 대한 동정심도 공유했습니다.

베르터가 완전한 인격을 갖춘 어른이 아니라 사랑과 열정 앞에서 무기력한 젊은이였다는 점도 이 소설이 젊은이들의 공감을 끌어낸 이유 중 하나입니다. 그는 사랑하는 여인을 위해 아무것도 할 수 없는 처지였습니다. 그는 지위가 높은 귀족도 아니며 경제적으로 부유하지도 않았습니다. 그가 가진 것은 사랑하는 마음뿐이었습니다. 한 사람의 남자만이 그녀와 함께할 수 있다는 것은 시민 사회의 냉정한 현실이었고요. 베르터에게는 그 현실을 바꿀만한 어떤 힘도 없었습니다. 이런 그가 시민으로서의 교양을 지키면서 사랑까지 지키고자 했다면 자살 말고 다른 길이 없었을지도 모릅니다.

오래전부터 사랑은 결혼이라는 제도와 모순 관계에 있었습니다. 많은 사랑 이야기가 이 모순 때문에 불행으로 끝났지요. 현실에서의 사랑이 상대방의 동의를 필요로 한다는 점도 역시 불행을 낳습니다. 베르터의 사랑은 이 두 가지 불행의 이유를 모두 가지고 있었습니다. 하지만 이중으로 불행할 수밖에 없었던 사랑을 죽음으로 지켜냈기 때문에 그의 사랑은 훼손되지 않은 상태로 오래 기억될 수 있었습니다. 문학을 통해 독자들은 단순히 현실적인 것만을 보려 하지는 않습니다. 현실적인 것에만 공감하는 것도 아닙니다. 독자들은 어딘가에 베르터와 같은 인물이 있으리라 믿고 싶어 했습니다. 이 작품은 그 기대를 채워주기에 충분했습니다.

『젊은 베르터의 고뇌』가 넓은 공감을 얻은 이유로 서간체 형식이 갖는 효과도 빼놓을 수 없습니다. 작가는 베르터의 친구 빌헬름이 소장하고 있는 편지들을 날짜 순서대로 보여주는 형식으로 소설을 구성했습니다. 편지는 일기와 함께 개인(1인칭 주인공)의 감정을 진솔하게 표현할 수 있는 양식입니다. 다른 사람의 의견이나 생각은 최소화되고 자신이 느낀 감정, 필요한 사건만을 기술하는 것이 편지이지요. 베르터의 편지는 사랑이 가져다준 환희와 고통, 희망과 좌절을 주관적으로 표현하여 감정 전달의 효과를 극대화하는데 이바지합니다. 독자들은 객관적인 사실을 바라보는 것이 아니라 한 남자의 내면에 담긴 고뇌를 그대로 받아들이게 됩니다.

지금까지 베르터 신드롬이 유럽 대륙을 강타한 이유를 공감의 측면에서 살펴보았습니다. 하지만 이런 공감이 가능하게 된 사회역사적 배경, 작품의 미학적 성취 등은 아직 살피지 못했습니다. 이 소설이 현재까지 고전으로 평가받는 이유에 대해서도 언급하지 않았습니다. 이 문제들에 대한 답도 역시 '낭만적 사랑'에 있다고 생각합니다. 이제 그 이유를 차근차근 살펴보겠습니다.

새로운 시대의 사랑법

수백 년의 시간이 지났지만 베르터의 사랑은 현재 우리가 생각하는 사랑과 크게 다르지 않습니다. 우리는 사랑은 주관적 감정의 영역이며 황홀한 도취의 경험을 포함한다고 생각합니다. 주지하다시피 사랑에 대한 이런 생각이 보편화된 지는 생각보다 오래되지 않았습니다. 실제로 사랑이라는 단어를 연인 사이의 특별한 감정을 표현하기 위해 사용한 예를 오래된 고전에서는 찾기 어렵습니다. 지혜에 대한 사랑, 부모나 자식에 대한 사랑, 이웃에 대한 사랑과 비교하면 연인 사이의 사랑은 최근에 만들어진 관념입니다. 그것이 태곳적부터 존재했다 하더라도 최소한 사회적으로 중요한 담론으로 부각된 지는 오래되지 않았습니다.

『젊은 베르터의 고뇌』는 이 새로운 사랑을 담아낸 대표적인 작품으로, 그것의 대중적 확산에 크게 기여했습니다.

> 나도 모르게 내 손이 그녀의 손에 닿거나 테이블 아래에서 우리의 발이 서로 닿으면 나는 온몸에 피가 끓어오른다! 그러면 나는 불에 덴 것처럼 움찔했다가 다시 그 어떤 알 수 없는 힘이 나를 앞으로 몰아붙이며, 나의 모든 감각은 아찔한 현기증을 느낀다. 아! 그런데 그녀의 순진무구함, 거리낌 없는 영혼은 아무리 사소한 친밀감의 표현에도 내가 얼마나 괴로워하는지 느끼지 못한다. 그녀가 대화를 나누다가 자기 손을 내 손에 올려놓거나 나를 설득하기 위해 바싹 다가와서 그녀의 입에서 나오는 천상의 숨결이 내 입술에 닿기라도 하면, 그럴 때면 나는 번개를 맞은 것처럼 쓰러질 것만 같다.

> 그런데 빌헬름! 내가 어찌 감히 이 천상의 존재를, 그녀의 신뢰를……! 자네는 내 심정을 이해하겠지. 그래, 내 마음이 그렇게 타락하지는 않았어! 나약해! 너무나 나약해! 그런데 나약함도 타락이 아닐까?(63쪽)

이성에 대한 가슴 떨림을 경험한 사람이라면 누구나 베르터의 위와 같은 심리상태에 쉽게 공감할 수 있을 것입니다. 위 예문에는 사랑하는 여인을 직접 감각하였을 때의 느낌과 감정이 섬세하게 표현되어 있습니다. 실제 경험하지 않으면 이해하기 어려운 온몸에 피가 끓어오르는 열정을 다양한 비유로 변주해 보여주지요. '불에 덴 것처럼 움찔했다'거나 '아찔한 현기증'을 느꼈다는 표현이 대표적입니다. 상대방을 감각하는 '천상의 숨결'에 의해 '번개를 맞은 것'처럼 쓰러질 것 같았다는 부분도 마찬가지입니다. 상대방이 신성한 존재라도 되는 것처럼 사랑하는 여인을 조심스럽게 여기고 자신을 나약하고 타락한 존재로 느끼는 서술자의 심리상태도 재미있습니다.

연인을 향한 열정적이고 감각적인 사랑이 베르터 이전에도 없지는 않았습니다. 이루지 못한 비극적 사랑만 간추려도 적지 않습니다. 셰익스피어가 희곡으로도 썼던 '로미오와 줄리엣' 이야기는 『젊은 베르터의 고뇌』가 발표되기 백여 년 전에 유럽에 널리 알려져 있었습니다. 웨일스 전설로 전해오다 바그너의 오페라로 유명해진 '트리스탄과 이졸데' 역시 중세를 대표할 만한 비극적인 사랑 이야기입니다. 선덕여왕을 사모하다가 죽어서 화귀(火鬼)가 되었다는 지귀 역시 가슴에 이루지 못할 사랑을 품은 인물이라 할 수 있습니다.

그러나 앞서 말했듯 중요한 것은 그러한 사랑 이야기가 언제부터 존재했느냐가 아닙니다. 다른 비극적 사랑이 지난 시대 특별한 사람들의 이야기로 대접받는 데 비해 베르터의 사랑이 보통 사람들의 현실적인 이야기로 대접받는 이유가 중요합니다. 비록 그의 사랑이 예전 이야기 속의 사랑에 비해 특별하지 않았다고 해도 괴테의 이 소설이 발표될 당시의 상황은 이전에 비해 매우 특별했습니다. 유럽에 한정되는 이야기이지만, 흔히 낭만주의 운동 시기라고 불리는 18세기 후반은 사랑에 대한 새로운 관념이 싹트던 때였고, 그 때 시작된 낭만적 사랑에 대한 생각은 지금까지 이어져 오고 있습니다. '로미오와 줄리엣'의 사랑이 시대정신을 뛰어넘는 특별한 것이었다면 베르터의 사랑은 새로운 시대의 사랑을 선취한 보편적인 것이었다고 할 수 있습니다.

베르터의 사랑은 귀족이나 영웅의 사랑이 아니라 평범한 시민의 사랑입니다. 그는 나름대로 사리 분별을 할 줄 아는 인물이지만 사랑이 이끄는 힘에는 무력한 인물입니다. 다른 어떤 힘보다 강력한 사랑의 힘을 보여주는 인물인 셈이지요. 또, 베르터의 사랑을 방해하는 요소는 신분의 차이나 악인의 방해와 같은 고전적 요소가 아닙니다. 그는 로테에 의해 선택받지 못했을 뿐입니다. 그러니 그는 누구를 원망할 수도 없는 상황입니다. 베르터의 사랑이 주변의 조건이 배제된 순수한 주관적인 감정에서 비롯되었듯, 사랑을 이루지 못한 책임도 온전히 그에게 있습니다. 이루어질 수 없음을 알면서도 사랑을 거두지 못하는 그의 심정은 안타깝지만, 독자를 안타깝게 하지만, 그것은 순전히 개인이 책임질 문제입니다.

결혼에 대한 베르터의 생각 역시 그리 낡아 보이지 않습니다. 그는 결혼할 수 없음을 사랑할 수 없음과 연결시키고 있는데, 역사적으로 보면 사랑하는 사람과 결혼한다는 생각은 그리 오래된 것이 아닙니다. '결혼할 만한' 사람끼리 결혼해야 했고, 남녀 간의 사랑보다 다른 가치들이 더 중요하게 대접받던 시간이 역사에서 매우 길었습니다. 결혼은 개인의 판단과 선택에 따라야 한다는 생각은 우리나라에서도 그리 오래되지 않았습니다. 서양의 경우 이런 생각이 보편화된 것은 18세기 이후라 할 수 있습니다. 곧 『젊은 베르터의 고뇌』가 발표된 시기 전후이지요.

근대 이전에는 일부일처제가 당연하게 받아들여지지 않았습니다. 그러다 보니 결혼이라는 제도가 한 사람을 향한 사랑을 강요하기는 어려웠습니다. 일부일처제 아래에서도 부부 사이를 이어주는 매개는 복잡했습니다. 서양 귀족들의 경우 결혼과 사랑 사이에 존재하는 궁정 연애를 공공연하게 인정했습니다. 귀족들은 자신들의 지위를 지키기 위해 결혼을 유지하고 아이를 낳으며 살았지만, 남자나 여자나 공공연히 애인 두기를 자랑스럽게 여겼다고 합니다. 애인들 사이에 오가는 감정의 떨림에 중요한 가치를 두었던 것인데, 그렇다고 애인에게 너무 깊이 빠져드는 것은 어리석은 일로 여겼습니다. 일편단심 베르터로서는 상상할 수도 없는 일이지요.

궁정 연애의 전통은 프랑스 혁명 이후까지도 유럽에 널리 퍼져 있었던 모양입니다. 19세기 중반에 나온 『고리오 영감』, 『감정 교육』 등의 소설에도 이런 사교계 분위기가 남아 있으니 말입니다. 귀족들의 이런 사랑 방식은 『안나 카레리나』를 비롯한 19세기 말의 러시아 소설에서도 확인할 수 있습니다. 궁정 연애의 분위기와 낭만적 사랑이 충돌할 때는 아마도 적지 않은 혼란이 있었을 것입니다. 우리가 다음 장에서 다룰 '불륜'의 문제도 이와 관련됩니다.

사랑에서 출발하지만 『젊은 베르터의 고뇌』는 연인 사이의 사랑 이상을 말하는 소설입니다. 낭만적 사랑을 통해 '주관성'이라는 주제를 다루고 있는 것이지요. 베르터는 로테를 사랑하는 것만큼 다른 영역에서도 주관적인 방식을 중시하지만 이런 주관적인 삶의 방식은 당시에는 실현되기 어려웠습니다. 사랑의 열정에 휩싸여 파멸해 가는 젊은이의 이야기는 그러한 불가능성을 보여주기 위한 상징적 장치였다고 할 수 있습니다. 낭만적 사랑처럼 개인의 자아실현이라는 목표가 사회적으로 중요해지기 시작한 시기에 이 소설은 출간되었고, 그러한 시대적 분위기는 지금까지 이어져 오고 있습니다. 현재도 우리는 사랑이나 삶이나 모두 베르터처럼 주체적으로 그리고 감상적으로 결정하기를 원합니다.

사랑이라는 새로운 신

사랑은 인간관계 면에서 보면 매우 자의적인 영역입니다. 포괄하는 범주가 너무 넓어서 정확히 규정하기 어려운 개념이지요. 등가는 아니지만 이웃해 있는 자애, 우정, 인내, 용서, 화해 등과 비교해도 사랑은 정의하기가 어렵습니다. 그 기원이 어떻든 사랑이라는 개념이 근대 이후에 와서 그 의미와 가치가 중요해진 것만은 분명합니다. 자유와 평등이라는 개념이 근대 이후 중요해진 것처럼 말입니다. 앞서 살핀 대로 근대의 사랑은 민주적이고 개인주의적이며 주관적입니다. 어쩌면 자유와 평등이라는 시대 이념과 가장 잘 어울리는 감정이 사랑일지도 모릅니다.

그래서인지 예전에는 다른 단어로 설명하던 감정들을 지금은 사랑이라는 말로 대신하는 경우가 많습니다. 학생에 대한 사랑, 부모 자식 사이의 사랑, 연인 간의 사랑, 이웃에 대한 사랑 등 사랑은 다양한 인간관계에 광범위하게 사용됩니다. 감정 상태를 정확히 표현하자면 학생에 대한 사랑과 부모에 대한 사랑이 결코 같을 수 없을 텐데도 말입니다. 연인에 대한 사랑은 말할 것도 없겠지요. 조선 시대라면 자식에 대한 사랑은 자애로, 부모에 대한 사랑은 효도로 표현하지 않았을까요? 군주에 대한 사랑은 충성이었겠네요. 과거의 표현들이 아무래도 수직의 질서를 강조하는 면이 있어서 현재는 평등의 이념이 강조되는 사랑으로 바뀌었다고 볼 수도 있습니다.

과정이야 어찌 되었든 현재 우리는 사랑이 다른 모든 감정을 압도하는 시대에 살고 있습니다. 사랑은 어디에나 있고 가장 고귀하며 절대 침해되어서는 안 되는 가치입니다. 조금 과격하게 말하자면 사랑은 예전에 신이 누리던 권위를 대신할 정도로 중요해졌으며 우리의 일상을 지배하는 관념이 되었습니다.

인간에게는 자기 존재에 대한 그런 긍정, 양분, 정박을 구하는 것보다 더 큰 욕구는 없고, 우리가 놓이게 된 이 세상과의 관계를 통해서만 그 욕구를 채울 수 있다. 존재론적 힘으로써 우리에게 영향을 미치는 누군가, 또는 실제로는 소명이나 예술이나 자연 같은 무언가를 발견했다고 생각될 때 우리가 그토록 압도적인 욕망에 사로잡혀 그를 향해 돌진하는 이유가 바로 이것이다. 우리 삶을 긍정하고 증진시키는 데에 그 힘을 사용할 이들하고만 사랑에 빠지는 게 아니라, 하필이면 우리를 원수로 여기는 이들, 재물로써 우리에게 존재론적 정착(튼튼하게든 그렇지 않게든)을 일깨우는 사람들, 우리에게 그릇된 자신감을 심어주는 사기꾼들, 우리를 파괴할지도 모르는 이들, 또는 우리가 그 사랑을 결코 믿지 못할 이들과도 사랑에 빠질 수 (그리고 그 사랑을 유지할 수) 있는 이유 또한 바로 그것이다.*

사랑에 빠지는 인간의 심리를 존재론적으로 고찰한 글입니다. 자기 존재를 긍정하고 싶어 하는 욕망, 인정받고 싶어 하는 욕구가 사랑의 대상을 찾는다고 말합니다. 인간은 이런 긍정에 영향을 미치는 다양한 요소들을 사랑하게 된다는 것이지요. 소명이나 예술, 자연처럼 인간이 아닌 대상을 사랑하게 되는 이유도 여기에 있다고 합니다. 윗글에 따르면 우리가 그릇된 욕망을 채워주는 대상을 사랑하게 되는 이유도 설명이 됩니다. 자기 존재를 긍정하기 위해 사람들은 재물로서 우리의 존재를 일깨워주거나, 과장으로 우리의 자신감을 북돋거나, 달콤한 말로 거짓된 사랑을 고백하는

---

* 사이먼 메이, 『사랑의 탄생-혼란과 매혹의 역사』, 김지선 역, 문학동네, 2016, 79쪽.

이들에게 쉽게 빠져들곤 하니까요.

다시 말하면 우리는 사랑 없이 살 수 없습니다. 사랑의 대상은 우리 삶의 기반에 대한 기대와 희망을 우리 안에서 일깨우는 사람이나 사물들입니다. 때로는 개념이나 교리 등도 사랑의 대상이 됩니다. 존재론적 정착의 약속만 가능하다면, 다른 자질들이 어떻든 우리는 그들을 사랑할 수 있습니다.* 사랑이라는 이름으로 우리에게 영향을 미치는 존재들은 처음에는 부모나 주변이었다가, 성장하면서 다양한 대상들로 범위가 넓어집니다.

이처럼 삶의 목표라는 점에서 사랑의 위치는 특별합니다. 신의 명령을 따르다가 천국에 이르는 소망을 실현하는 것이 지상의 삶이었던 시대가 있었습니다. 하지만 신이 죽어버린 시대에 천국을 진정한 삶의 목표로 삼는다는 것은 시대착오적입니다. 그렇다고 예전의 대상을 대신할 만큼 고귀하고 가치 있는 목표가 뚜렷이 보이는 것도 아닙니다. 전쟁 종식이나 성평등, 환경 보호와 같은 의미 있는 일에 자신을 바치는 사람도 적지는 않습니다. 민족주의와 예술처럼 아직도 이따금 격상되고 있는 다른 우상들과 '주의ism'의 무리가 있었지만, 어느 것도 사람들이 기대했던 궁극의 만족이나 무한한 약속을 실현해 주지 못했습니다.

이런 변화 속에서 소속감과 구원의 궁극적 원천으로서 사랑의 위치는 더욱 높아지고 있습니다. 사랑이 감정을 표현하는 다른 어떤 단어보다 막연할 수밖에 없는 것도 이렇게 모든 영역의 관계를 포괄해야 하기 때문입

---

* 같은 책, 26쪽.

니다. 사랑은 가장 바람직한 관계, 가장 이타적인 마음, 가장 열정적인 상태를 모두 포괄합니다. 반대로 사랑에는 다수의 부정적인 감정도 포함됩니다. 시기, 질투 그리고 소유욕은 긍정적이라 보기 어려운 감정이지요. 이들이 모두 사랑이라는 관념 안에 포함되는 것은 어찌 보면 놀라운 일입니다. 범주가 이렇게 넓다면 구체적으로는 아무것도 규정하지 못하는 텅 빈 관념이 될 수도 있으니까요. 하지만 우리는 이 모든 것들을 포함한 사랑이라는 관념을 매우 일상적으로 사용하며 살고 있습니다.

이성 간의 감정에 한정할 경우 사랑의 감정은 막연할 때가 많습니다. 베르터는 로테에 대해 "그녀는 사려분별이 깊으면서도 정말 소박하고, 심지가 굳으면서도 한없이 너그럽고, 진정한 생기와 활동을 유지하면서도 마음의 평정을 잃지 않는 그런 여성"(32쪽) 이라고 생각합니다. 한 사람을 평가하기에는 모순적이라 할 수 있는 특징을 그녀의 장점으로 모두 인정하는 셈입니다. 사랑에 빠진 사람의 심리상태는 대상을 모두 긍정적으로 보게 되어 그 안에서 발생하는 모순을 깨닫지 못합니다. 사랑하는 대상에 의해 자기 존재가 결정되기 때문에 이는 어쩔 수 없는 일이기도 합니다. 베르터는 로테가 하는 말마다 개성이 넘치는 것을 느꼈고, 그녀의 말 한마디 한마디에서 새로운 매력을 발견했으며, 그녀의 얼굴에서 새로운 정신의 광채가 발산되는 것을 느낍니다.

비평가 롤랑 바르트는 『젊은 베르터의 고뇌』에 등장하는 '근사해'라는 표현을 통해 사랑의 이런 특성을 제대로 읽어냅니다. 바르트에 따르면 베르터는 괴상한 논리로 사랑의 대상을 하나의 전체로 인지합니다. 그는 그 사람이 완벽하다는 사실을 찬미하며, 또 그렇게 완벽한 사람을 선택한 자신을 찬미합니다. 그는 사랑의 대상이 이런저런 장점 때문이 아니라, 자신이 그러한 것처럼 모든 것 때문에 사랑받기를 원한다고 상상하며, 이 모든 것을 텅 빈 단어의 형태로 표현합니다. 그 단어가 '근사해'입니다.*

로테가 특별한 여인인 이유는 오직 베르터가 그렇게 느끼기 때문입니다. 이 감정은 논리적으로 설명할 수 없고 남을 설득시킬 수도 없습니다. 근사하다는 말이나 사랑한다는 말은 결국 자신이 대상에 매혹되었다는 말 이상도 이하도 아닙니다. 이렇게 사랑은 구체적인 무엇을 말하는 감정이 아니어서 전체를 말하는 절대적인 감정이 됩니다. 신이 구체적인 모습을 보여주지 않기 때문에 절대적 권위를 얻을 수 있었던 것처럼 말입니다. 이처럼 권위를 가진 사랑은 그만큼 완전한 것이기도 합니다.

완전에 대한 감각과 자연

괴테는 낭만주의라는 하나의 범주 안에 가둘 수 있는 작가는 아닙니다. 그에 대해서는 '독일 고전주의'의 완성자라는 평가가 가장 어울리는 듯합니다. 그는 고전주의를 건강한 것으로, 낭만주의를 병적인 것으로 보았고, 고대 그리스에서 구원과 이상을 발견한 인물입니다. 『젊은 베르터의 고뇌』에서 주인공이 시종 호메로스의 책을 손에서 놓지 않는 것을 보아도

---

* 롤랑 바르트, 『사랑의 단상』, 김희영 역, 동문선, 2004, 39쪽.

이를 짐작할 수 있습니다. 하지만 괴테 안에서 이 둘은 어느 정도 공존하고 있습니다. 수십 년의 문학 활동 기간 동안 괴테는 다양한 작품을 남겼고, 특히 초기작에 해당하는 이 소설에서는 낭만주의자로서의 괴테의 모습이 드러납니다. 그가 살았던 시대가 흔히 말하는 질풍노도* 운동의 시기였다는 점을 생각하면 젊은 괴테에게 미친 낭만주의의 영향은 자연스럽다고 할 수 있습니다.

낭만주의라는 개념을 내용이나 형식으로 정확하게 규정하는 것은 쉽지 않습니다. 역사적으로는 프랑스 혁명 이후 19세기 전반에 걸쳐 유럽에서 유행한 사조이며 18세기 계몽주의에 대해 크게 반발했다는 공통점을 가지고 있습니다. 낭만주의는 감성을 이성보다 중요하게 생각했으며 집단보다 개인, 분석보다는 종합을 중요한 인간 본성으로 보았습니다. 예술 전반에 걸쳐 유행한 사조이며 예술이나 현실을 대하는 태도로도 '낭만적' 이라는 개념을 사용합니다. 문학에서는 상상이나 동경, 꿈 등을 중요하게 생각했으며 현실보다 이상을 중시하였습니다. 인간성이나 자연에서 완전성을 추구하였고 완전한 것으로서의 사랑을 동경하기도 했습니다.

이런 낭만주의를 이끌었던 『젊은 베르터의 고뇌』 역시 완전한 것으로서의 자연, 완전한 것으로서의 사랑을 다루고 있습니다. 대상에 대한 감각

---

* 질풍노도Sturm und Drang는 18세기 후반에 독일에서 일어난 문학 운동으로 계몽주의 사조에 반항하면서 감정의 해방, 개성의 존중 및 천재주의를 주장하였다. 선구자는 하만과 헤르더이지만 중심에는 괴테와 실러가 있었다.

과 감정의 고양을 중요하게 다루기도 하지요. 그 밖에도 이 소설에서는 어린이, 꿈, 전원, 예술, 천재 등의 단어들이 중요한 의미를 가집니다.

> 백작의 정원은 소박해. 정원에 들어서면 이 정원을 설계한 사람이 전문적인 조경사가 아니라 가슴으로 느낄 줄 아는 사람임을 금방 알아볼 수 있어. 여기서 스스로 즐기기 위해 만든 것이지. 다 쓰러져가는 조그만 정자에서 나는 고인을 생각하며 몇 번이나 눈물을 흘렸다네. 고인은 이 정자를 즐겨 찾았고, 나 역시 그렇지.(13쪽)

1771년 5월 4일 편지의 일부입니다. 자연 그대로의 정원에 감탄하고 있네요. 편지는 정확히 계획된 모양으로 '전문적인 정원사'가 만들어낸 계몽주의 시대의 정원이 아니라 자연 그대로의 모습을 존중하는 질풍노도 시대의 정원을 찬양합니다. 계몽주의자들에게는 자연 역시 이성적이고 논리적인 관찰의 대상이었습니다. 주지하다시피 18세기 이후 크게 발달한 자연과학은 자연에 대한 이러한 태도에서 비롯된 것이고 인류의 복리에 무한으로 기여했습니다. 그러나 베르터는 자연에 대한 학문적이고 이성적인 이해가 아니라 자연 속에서 자신의 주관성을 발견하는 데서 기쁨을 얻는 인물입니다. 그에게 자연은 이해하기 위한 대상이 아니라 즐기기 위한 대상입니다.

이어 5월10일 자 편지에서는 자연을 신과 연결시킵니다. 베르터는 자연 속에서 "자신의 모습대로 우리 인간을 창조하신 전능한 분의 현존을 느끼며, 우리가 영원한 기쁨 속에 머물도록 지켜주시는 자애로운 분의 입김을 느"(14쪽)낍니다. 그에게 자연은 곧 신의 다른 모습입니다. 동시에 자연은 자신의 내면을 비추는 거울이기도 합니다. 그는 오로지 자연만이 무한히 풍요로우며, 자연만이 위대한 예술가를 만든다고 생각합니다. 물론 그가 노동하지 않는 인간이기에 자연에 대한 이러한 태도를 가질 수 있는 것도 사실입니다.

베르터가 가진 자연에 대한 태도가 여인에 대한 태도와 어떻게 관련되는지는 쉽게 말하기 어렵습니다. 다만 그는 자연이 신이 만들어놓은 상태 그대로의 완전함으로 감동을 주듯 여성 역시 신이 만들어놓은 상태 그대로일 때 감동을 준다고 강조합니다.

> 나는 앞마당을 지나서 잘 지어진 집을 향해 걸어갔는데, 집 앞쪽의 계단을 올라가서 현관문을 들어서자 내가 일찍이 본 적이 없는 매혹적인 광경이 눈앞에 펼쳐졌다. 거실에는 두 살부터 열한 살까지 여섯 명의 아이들이 아리따운 자태의 한 처녀를 둘러싸고 복닥거리고 있었다. 그녀는 중키에 소박한 흰색 옷을 입고 있었는데, 팔소매와 가슴에는 분홍색 리본을 달고 있었다. 그녀는 둘러서 있는 꼬마들에게 나이와 먹성에 따라 적당한 크기로 검은 빵을 한 조각씩 잘라서 나누어 주고 있었다. 그렇게 빵을 나누어주는 모습이 너무나 다정하여 빵을 받는 아이는 누구나 미처 빵을 자르기도 전에 고사리 같은 손을 높이 쳐들고 천진난만하게 "고맙습니다!"라고 외쳤다.(34쪽)

베르터가 로테를 처음 만나는 장면입니다. 로테와 주변의 첫인상이 비교적 상세히 묘사되어 있지요. 두 살부터 열한 살까지 여섯 명의 아이들이 아리따운 자태의 한 여인을 둘러싸고 있습니다. 작가는 아이를 좋아하는 로테 그리고 아이가 좋아하는 로테의 이미지를 만들어 그녀를 사랑스럽게 표현합니다. 아이들과 함께 있는 여인의 모습은 아름다울 뿐 아니라 선하게까지 느껴집니다.

로테는 소설 처음부터 딸보다는 아내와 어머니 역할로 등장합니다. 생물학적인 나이는 비록 어리지만, 모성을 발현하는 인물이지요. 그녀는 어린 동생들을 위해 어머니 역할을 마다하지 않고 그 역할을 아주 능숙하게 해냅니다. 아이들 먹성에 따라 적당한 크기로 빵을 자르고 다정하게 그것을 나누어줍니다. 이렇듯 자연스럽게 모성을 발휘하는 로테의 모습은 당시 바람직하게 생각하던 여성상의 재현이라고 할 수 있습니다. 남성인 베르터가 보이게 이 '일찍이 본 적이 없는 매혹적인 광경'은 완전한 자연의 모습과 크게 다르지 않습니다.

그녀는 언제나 되풀이되는 일정한 집안일을 돌보면서 극히 좁은 테두리 안에서 살았고 거기에 만족합니다. 그녀가 주부이자 어머니(누이)로서의 제한된 삶의 영역을 벗어나는 경우는 무도회에 가거나 산책을 나가고, 여자 친구들과 이런저런 수다를 떨 때 정도입니다. 병문안을 가는 것도 포함될 수 있겠네요. 그녀는 특별히 지성적인 인물도 아닙니다. 로테는 소박한 독서를 좋아합니다. 어렸을 때는 소설을 읽기도 했는데, 가정생활처럼 재미있고 정다운 이야기를 쓰는 작가를 좋아합니다. 당시 여성들이 가진 일반적인 독서 경향에서 크게 벗어나지 않는 정도라 할 수 있습니다. 이런 로테가 베르터가 보기에는 '자연 그대로'의 모습을 간직한 여성상이었던 모양입니다. 지금 우리의 생각과는 많이 다르지만 말입니다.

숭고함의 창조

사랑의 고뇌에 휩싸인 베르터는 결국 권총으로 자살하고 맙니다. 그 권총은 로테의 남편인 알베르트의 것이고 베르터에게 권총을 건네준 사람은 로테였습니다. 베르터의 자살은 자칫 속될 수도 있었던 그의 사랑을 숭고하게 만들어주는 효과를 거둡니다. 인간에게 가장 소중한 것이 생명이라고 보면 죽음으로 지키고자 한 사랑은 그것보다 더 높은 곳에 위치하는 셈이니까요.

가정이지만 죽음으로 소설이 마무리되지 않았다면 로테에 대한 베르터의 사랑은 그리 강렬한 인상을 주지 못했을 것입니다. 주인공의 죽음이라는 사실 말고 이 소설에는 사건이랄 것이 그리 많지 않습니다. 독자는 베르터의 감정을 통해 그의 세상을 만나기 때문에 실제로 로테가 베르터를 어떻게 생각하는지 구체적으로 알 수 없습니다. 편지의 수신인인 빌헬름이 베르터에 대해 어떻게 생각하는지도 정보가 충분하지 않습니다. 독자들이 알 수 있는 것이라고는 독백처럼 이어지는 베르터의 세계일 뿐입니다. 자살이 아니었다면 독자는 자칫 베르터의 고민과 감상을 젊은이의 과장된 표현 정도로 넘길 수도 있었을 것입니다.

게다가 작품 후반으로 갈수록 로테가 베르터를 사랑하고 있는지 아닌지에 대해서도 독자들은 의심하게 됩니다. 자신을 사랑하는 것을 알지만 로테는 약혼자 알베르트와의 파혼을 생각하지 않고, 베르터에게 그의 미덕을 칭찬하기까지 합니다. 사랑 때문에(그녀는 정작 사랑 때문인지 모르지만) 무절제한 생활을 하는 베르터를 타박하기도 하지요. 객관적으로 볼 때, 배우자로 알베르트를 선택한 로테의 결정은 매우 합리적입니다. 그는 로테에게 가정이라는 안전한 울타리를 만들어주고, 그녀의 어린 동생들에게도 도움이 될 수 있는 인물이니까요. 알베르트는 모범적인 시민이기도 합니다. 로테의 아버지에게는 아들처럼, 아이들에게는 마치 아버지처럼 환영받는 그는 궁정에서도 좋은 평판을 받습니다. 유산을 비롯한 수입도 꽤 괜찮은 편입니다.

말할 것도 없이 알베르트는 베르터와 정 반대 성향을 가진 인물입니다. 베르터가 감정에 치우치기 쉬운 성향을 가졌다면 알베르트는 이성적이고 합리적인 성향을 가지고 있습니다. 이런 대비되는 성향의 인물들은 어느 시대에나 볼 수 있습니다. 사회적으로 감정적인 인물을 경계한다는 점도 예나 지금이나 크게 다르지 않습니다. 거기에 베르터는 현실적으로 알베르트만 한 기반을 갖추고 있지도 못합니다. 열정을 가진 젊은이들이 대부분 그렇듯이 말입니다.

> "그건 전혀 그렇지 않아." 알베르트가 대꾸했다. "격정에 사로잡힌 사람은 일체의 분별력을 잃고 취한이나 미친 사람으로 간주되니까."

> "아, 자네처럼 이성적인 사람이란!" 나는 웃는 얼굴로 소리쳤다. "격정! 도취! 광기! 자네 같은 사람들은 아무런 동정심도 없이 느긋하게 지켜보기만 하지. 자네처럼 윤리적인 사람들은 술꾼을 나무라고, 정신 나간 사람을 혐오하고 성직자처럼 그냥 지나쳐버리지. 그러면서 하느님이 자신을 그런 부류의 인간으로 만들어주지 않아 다행이라고 바리새인처럼 감사하지. [……] 그런데 평범한 생활에서도 어느 정도 자유롭고 고귀하고 예기치 않은 행동을 하면 어김없이 '저 인간은 취했군, 바보 같이 굴잖아!'라며 흉보는 소리를 듣는 것은 견디기 힘든 일이야. 자네처럼 냉정한 사람들은 부끄러운 줄 알아야 한다니까!(77쪽)

알베르트와 베르터의 대화 부분입니다. 빈 권총을 머리에 대고 장난을 치는 베르터를 알베르트가 말리면서 이야기가 길어집니다. 베르터는 고통스러운 삶을 꿋꿋이 견디는 것보다는 차라리 죽는 편이 더 쉬울 것이라 말합니다. 이에 알베르트는 베르터가 매사에 너무 과장되어 있고 어리석게 행동한다고 질타합니다. 알베르트가 보기에 자살은 의지가 약한 자 오성이 성숙하지 못한 자의 어리석은 선택일 뿐입니다. 베르터의 편지를 받는 인물인 빌헬름 역시 베르터에게 진심 어린 동정과 호의에 찬 충고를 보냅니다. 그는 베르터가 진심으로 로테를 원한다면 끝까지 따라가서 소망을 이루도록 노력하고, 그렇지 않으면 정력을 소모시키는 감정에서 빠져나와야 한다고 합니다. 물론 베르터는 그의 충고를 받아들이지 않습니다.

위 예문에는 '이성적인 사람' 그리고 '윤리적인 사람'에 대한 베르터의 태도가 잘 나타나 있습니다. 베르터가 보기에 그들은 격정에 사로잡힌 사람을 이해하지 못하고 그런 사람에게 아무런 동정심도 보여주지 않습니다. 그저 기존의 질서에 따라 기계처럼 생활하는 사람들이지요. 격정은 '자유롭고 고귀하고 예기치 않은 행동'인데, 이런 감정에 휩싸인 사람을 냉정히 바라보는 사람이 오히려 부끄러워해야 한다는 것이 베르터의 생각입니다. 그에게는 감정만이 인생에게 가장 솔직하고 가치 있는 것이기 때문입니다.

알베르트의 생각이 옳은지 베르터의 생각이 옳은지를 논하는 일은 이 글의 관심사가 아닙니다. 기질이나 취향의 문제를 옳고 그름으로 판단할 수는 없을 테니까요. 분명한 것은 로테 역시 도덕이나 윤리로부터 자유로워지려는 베르터에 동의하지 않는다는 점입니다. 그녀도 도덕이나 윤리가 사랑에 앞선다고 생각한다는 점에서 합리적인 인물입니다. 이렇게 합리적인 세상에 둘러싸인 주인공은 누구에게도 이해받지 못하고 점점 외로워집니다. 그의 자살이 단순한 사랑 때문이 아니라 이 피할 수 없는 고독 때문이라고 하면 과장된 해석일까요?

『젊은 베르터의 고뇌』에는 사랑 때문에 벌어진 비극적 사건 하나가 소개됩니다. 여주인을 사랑한 하인 이야기입니다. 여주인을 힘으로 정복하려 한 하인은 하늘에 맹세코 자신의 사랑은 진실하다고 말합니다. 그 하인은 여인의 오빠에 의해 쫓겨났는데, 다른 하인이 들어와 결국 여주인과 결혼합니다. 이를 안 하인은 새로 들어온 하인을 살해하고 맙니다. 잡혀가면서 하인은 아무도 그녀를 차지할 수 없고 그녀는 어떤 남자도 차지할 수 없다고 말합니다. 베르터는 과부를 향한 하인의 사랑을 인정하면서도 그 결과가 끔찍하다고 생각합니다.

한 여인을 사랑한다는 점은 같지만 하인의 살인과 베르터의 자살은 분명한 대조를 이룹니다. 베르터는 주인을 사랑한 하인에 충분히 공감합니다. 편지에 "내가 얼마나 이 사람의 운명에 공감하고, 또 그럴 수밖에 없는지 생생하게 느낄 수 있을 텐데!"(133쪽)라고 분명히 기록해 놓았으니까요. 하지만 불쌍한 베르터는 로테의 사랑을 얻기 위해 어떤 과격한 행동도 하지 못합니다. 상대방에게 자신의 사랑을 확인받으려 할 뿐이지요. 그것도 여의치 않자 깊은 고독과 슬픔에 빠지고 맙니다. 그의 사랑은 타인에게 아무런 해가 되지 않는 사랑입니다. 오히려 자기를 갉아 먹는 괴로운 사랑이지요. 평범한 사람으로서는 범접하기 어려운 경지입니다.

이 소설은 젊은 시절 작가의 경험을 바탕으로 창작되었다고 합니다. 괴테가 라이프치히 시절 알고 지내던 젊은 변호사 카를 빌헬름 예루살렘의 자살이 결정적으로 영향을 미친 것으로 알려져 있습니다. 그의 사회적 실패, 불행한 사랑, 자살 후의 형편없는 사후 처리, 검소한 장례식 등으로 괴테는 충격과 감동을 받았다고 합니다. 베츨러 시절 괴테 자신이 느꼈던 감정 역시 이 소설에 영향을 미쳤다는 이야기도 있습니다. 논란의 여지는 있지만, 그 시절 괴테는 샤를로테라는 결혼한 여성을 사모했다고 합니다.

관계와 주체의 책임

인간은 혼자서 살 수 없기에 누구나 다른 사람들과 어울리며 살아야 합니다. 그런 관계의 결속과 질서를 강조하는 많은 추상적 관념이 있습니다. 우정, 경외, 자유, 평등 등이 대표적인 예입니다. 사랑 역시 이런 맥락에서 발생한 관념입니다. 사랑은 다른 무엇보다 개인의 존재 의미를 긍정하는 감정이라고 할 수 있습니다. 특히 근대 이후 사랑은 다른 모든 관념을 넘어서는 가장 중요한 '하나'가 되었습니다.

사랑은 특별하고 폭넓은 함의를 가진 감정입니다. 베르터에게 우리가 공감하는 이유는 그의 사랑이 현실에서 보기 어려울 만큼 순수하고 숭고하기 때문입니다. 또 그의 사랑에 다양한 감정이 들어있기 때문이기도 합니다. 질투와 집착, 소유욕과 같은 부정적인 감정은 물론 용서와 동정과 같은 긍정적인 감정까지 모두 그 사랑 안에 들어있습니다. 이런 다양한 감정 중 부정적인 것을 숨기고 긍정적인 것을 드러내기는 매우 어려운데, 베르터는 그 어려운 선택을 해내고 맙니다.

베르터의 사랑은 현재까지 이어지는 '낭만적 사랑'이라 할 수 있습니다. 낭만적 사랑은 격정적인 감정의 소용돌이를 포함합니다. 그런데 빠져나올 수 없을 것 같은 이런 소용돌이도 영원하지는 않습니다. 시간이 지나면서 열정은 시들어가게 마련이고 사랑은 새로운 열정의 대상을 찾거나 아예 변해버립니다. 다른 감정과 마찬가지로 사랑에도 관리가 필요한 이유입니다. 감정의 오랜 지속은 서로의 소통을 통해서 가능합니다. 소통이 없는 감정은 열정의 연료가 타버리면 함께 소진될 수밖에 없지요. 베르터의 사랑 역시 그런 운명이었는지 모릅니다. 자살로 끝나는 불행한 결말임에도 독자들이 베르터의 사랑을 아름답게 기억하는 이유가 여기에 있습니다.

근대의 사랑은 주관적이기 때문에 그만큼 더 개인의 관리가 중요합니다. 감정을 유지해야 하는 책임은 온전히 개인에게 있는 것이지요. 달라진 사랑은 제도와의 마찰 때문에 갈등을 빚기도 합니다. 그 불길한 출구가 불륜이라고 할 수 있습니다. 겉으로 보기에 베르터의 사랑과 반대되는 것 같지만 불륜은 '낭만적 사랑'이라는 하나의 뿌리에서 튼 싹입니다. 그래서인지 근대 소설의 낭만적 사랑은 대부분 불륜입니다. 그것의 상징적인 인물이 다음 장에서 보게 될 '보바리'입니다.

보바리와 소비되는 사랑

플로베르, 『마담 보바리』

엠마 보바리와 보바리즘

1857년 프랑스는 두 건의 문학 스캔들에 휘말립니다. 플로베르의 소설 『마담 보바리』(1856년)* 와 보들레르의 시집 『악의 꽃』이 공공 도덕과 종교 모독이라는 죄목으로 재판을 받게 된 것이지요. 『마담 보바리』는 무죄 판결을 받았지만 『악의 꽃』은 일부 시에 대한 출간 금지 명령과 벌금형을 받게 됩니다. 말할 것도 없이 현재 두 권의 책은 현대 문학의 중요한 이정표로 평가됩니다. 비록 유죄는 피했지만 1856년 잡지 〈르뷔 드 파리〉에 연재될 때부터 『마담 보바리』는 출판사의 검열을 받았습니다. 출판사

* 귀스타브 플로베르, 『마담 보바리』, 김화영 역, 민음사, 2000.

편집자에 의해 삭제된 부분은 이후 단행본으로 간행되면서 플로베르의 기억에 의해 복원된 것으로 알려져 있습니다.

연재 당시부터 우여곡절을 겪었던 이 소설의 주인공 이름은 엠마 보바리입니다. 그녀의 성격에서 비롯된 '보바리즘'이라는 심리학 용어는 현재도 널리 사용되고 있습니다. 철학자 고티에(Jules de Gaultier)가 만든 이 개념은 실제와 다르게 스스로를 이해하는 능력을 의미합니다.* 어떤 사람이 자신의 실제 삶과 상상적인 삶을 이중으로 살아간다면, 자신이 바라는 삶을 살기 위해 실제의 삶을 거부한다면 그는 보바리즘에 빠져 있는 것입니다. 보바리즘은 상상과 소설 속으로의 도피나 부부생활에서의 성적인 좌절을 뜻하기도 합니다.

소설 속 보바리는 고지식하고 지루한 남편과 살면서 화려한 생활을 꿈꾸는 여인입니다. 평범한 농부의 집에서 태어났기에 그녀는 실제로 귀족이나 부르주아의 삶을 경험해보지 못했습니다. 하지만 어릴 적부터 읽은 소설의 세계에 빠져 현실과 다른 세상을 상상합니다. 그녀가 특히 좋아한 것은 낭만적 사랑을 아름답게 그리거나 궁정이나 귀족이 등장하는 책들이었습니다. 상상의 세계에 빠져들수록 그녀는 남편을 멀리하게 되고 자신의 현재를 부정하게 됩니다. 남편과 달리 허황된 꿈을 만족시켜 주는 남자들에게 빠지게 되고 결국 파멸에 이르고 맙니다.

명작들이 대부분 그렇지만, 인물만 놓고 볼 때 보바리만큼 선명하고 독

---

* 박선희, 「『보바리 부인』의 한국 대중 수용」, 『프랑스어문교육』57, 2017, 233쪽.

창적이며 보편적인 캐릭터도 많지 않습니다. 그녀는 자신을 둘러싸고 있는 문화적 · 윤리적 · 경제적 구조 속에서 형성된 특별한 감수성과 그것에 담겨 있는 시대의 본질을 날카롭게 드러냅니다. 소설과 낭만적 사랑의 유행, 무엇보다 자본주의의 확산이라는 조건 속에서 그녀는 현실에 대한 환멸을 사랑이라는 열정으로 해소하려 했고, 결국 그러한 열정이 아무것도 해결할 수 없다는 사실을 증명해 보여줍니다. 『마담 보바리』를 단순한 연애소설이나 불륜 소설로 평가하지 않고, 19세기 부르주아지의 위선과 어리석음을 드러낸 대표적인 소설로 보는 이유가 여기 있습니다.

미학적으로 『마담 보바리』는 다양한 관점에서 평가됩니다. 시대 현실을 그렸다는 점에서 사실주의 작품으로 불리기도 하지만 주제나 주인공에 초점을 맞추면 낭만주의적 경향이 보이기도 합니다. 정작 작가 자신은 사실주의라는 평가를 좋아하지 않아서 이 소설이 순수한 언어 예술로 평가받기 원했다고 합니다. 특별한 주제가 아니라 묘사나 대사 등 정교한 언어 표현 그 자체를 중요하게 생각했던 것이지요. 정작 보바리 부인 이야기는 소설 구조를 튼튼하게 엮기 위한 수단이었다고 주장합니다.

그렇더라도 이 소설을 읽으면서 보바리의 '사랑'에 집중하지 않을 수는 없습니다. 앞서 우리는 『젊은 베르터의 고뇌』에서 낭만적 사랑이 어떻게 시작되었고 그것이 어떤 비극을 낳았는지 확인했습니다. 보바리 역시 그 낭만적 사랑의 희생자라고 보아도 크게 무리는 없습니다. 다만 그녀는 결혼이라는 제도를 깨고 '부정한' 사랑을 한 여인이라는 점에서 다른 생각거리를 제공합니다. 수치로 확인하기는 어렵지만 보바리가 살았던 시대보다 지금의 가정이 더 안정적이거나 지금의 결혼이 더 자유롭다고 말하기는 어렵습니다. 낭만적 사랑에 대한 열망과 자본주의가 주는 제약 역시 그 시대에 비해 더 커졌습니다. 이런 이유에서 보바리는 여전히 우리 시대 사랑의 의미에 대해 생각하게 해 줍니다.

결혼에 대한 슬픈 이야기

본격적인 이야기를 풀어가기 전에 소설의 내용을 먼저 정리해 보지요.

의사 시험에 간신히 합격한 평범한 청년 샤를르 보바리는 연상의 미망인과 결혼하여 병원을 개업합니다. 그는 농장주인 루오를 왕진하러 가서 그의 딸 엠마를 보고 반하게 되고 그의 아내가 죽은 뒤 그녀와 결혼합니다. 엠마 보바리는 수녀원에서 교육받을 때부터 화려한 귀족 생활을 동경해온 여인입니다. 결혼생활의 단조로움과 남편의 진부함에 불만을 품고 있던 엠마는 귀족들의 파티에 다녀온 후 자기 생활에 극도의 권태를 느끼며 우울한 나날을 보냅니다. 아내의 상태를 호전시키기 위해 샤를르는 용빌 라베로 이사합니다. 엠마는 그곳에서 공증인의 서기로 일하는 레옹을 만나 사랑을 느끼지만 레옹이 공부하기 위해 파리로 떠나면서 둘은 헤어집니다.

다시 공허를 느끼는 엠마에게 바람둥이 로돌프가 나타나 유혹하고, 엠마는 그에게 쉽게 넘어갑니다. 이후 엠마에게 부담스러움과 싫증을 느낀 로돌프가 그녀를 버리고 떠나자, 절망한 엠마는 병에 걸립니다. 간신히 병에서 회복되어갈 무렵 엠마는 파리에서 돌아온 레옹과 재회하고 둘은 그동안 잊고 있던 사랑의 불꽃을 태웁니다. 욕망의 쾌락에 빠져들게 된 엠마는 경제적으로도 곤란을 겪게 됩니다. 물질적 욕망을 채우기 위해 많은 빚을 진 나머지 파산 선고까지 받게 되지요. 절망한 엠마는 비소를 먹고 자살하고 샤를르 역시 정신을 잃고 혼돈 속을 헤매다 죽고 맙니다. 소설은 그녀의 사치를 부추기던 약재상 오메가 '명예 훈장'을 받는 것으로 마무리됩니다.

줄거리 중심으로 보면 이 소설은 사랑을 느끼기도 전에 결혼한 엠마 보바리가 남편 외의 다른 남자를 사랑하게 되어 정신적 · 물질적으로 몰락하는 이야기입니다. 결혼이라는 제도에 만족하지 못하고 일탈을 보여주었다는 점에서 보바리는 낭만적 사랑이 빠지기 쉬운 함정인 '불륜'에 걸려든 여인이었다고 할 수 있습니다. 다른 한 편 이 소설은 자본주의의 도래와 그것의 파괴력을 예견하는 작품입니다. 엠마의 파멸은 제도에서 벗어난 무절제한 사랑 행위에서 비롯되지만, 결정적으로 그녀를 파멸시킨 것은 파산이라는 경제적 동기였습니다.

이 소설을 읽는 가장 쉬운 방법은 윤리적 잣대로 보바리를 평가하는 것입니다. 그녀는 '불륜'을 저지른 여인입니다. 불륜은 윤리적으로 '나쁜' 것이므로 보바리의 불행은 어쩌면 당연한 일입니다. 행실 나쁜 여인의 몰락을 동정할 필요도 없습니다. 그녀의 파탄에는 자업자득이니 사필귀정이니 하는 말을 사용해야 마땅할지도 모릅니다. 낭비나 사치 역시 자본주의 윤리에 어긋나는 나쁜 행동이긴 마찬가지입니다. 그녀의 남편이 평범하다

못해 훌륭한 인물이라는 점을 생각하면 그녀의 죄는 더 분명해 보입니다.

하지만 우리는 이 소설을 윤리적 관점으로만 읽지는 않습니다. 그녀가 '불륜'이냐 아니냐는 사실 그리 중요하지 않습니다. 보바리는 결혼한 여인의 낭만적 사랑이라는 강력한 화두를 세상에 던진 인물입니다. 결혼한 여인은 다른 사랑을 할 수 없는지, 사랑하지 않는 사람과 결혼하는 것이 옳은 일인지 등을 질문하게 만든 것이지요. 오히려 다른 남자를 사랑한 유부녀라는 발상이 희귀하거나 특별한 것이 아니기에 보바리의 행동이 화제가 된 것 아니겠습니까? 따라서 보바리의 행위에 따르는 질문은 옳고 그르냐가 아니라 왜 그랬느냐에 초점이 놓여야 합니다.

결혼은 사랑 이외의 요인에 의해 제도화된 것인데, 낭만적 사랑은 그 제도의 기틀을 근본적으로 흔들어놓았습니다. 결혼을 성사시키는 것도 사랑이었지만 결혼을 파탄으로 이끄는 주범도 사랑이었으니까요. 『젊은 베르터의 고뇌』에서 보았듯 서구 소설의 경우 18세기 이후에 본격적으로 낭만적 사랑이라는 주제가 떠오릅니다. 19세기 들어서는 보바리와 같은 유부녀의 불륜을 다룬 소설이 많이 발표되지요. 낭만적 사랑의 주인공으로 굳이 유부녀를 내세운 이유는 결혼이라는 제도가 상대적으로 여성에게 더 구속력이 강했기 때문이라고 생각합니다.

여기서 말하는 결혼은 모노가미(일부일처제)인데, 모노가미는 낭만적 사랑과는 어울리지 않는 면이 있습니다. 사랑을 소유 관계로 변화시키고, 정작 사랑의 변화는 잘 수용하지 못하니까요. 이혼이라는 제도가 이 문제를 보완해주기는 하지만 근본적으로 문제를 해결해 주지는 못합니다. 꼭

두둔하고자 하는 말은 아니지만, 낭만적 사랑의 관점에서 보면 불륜은 피할 수 없는 악덕인지도 모릅니다. 종족 번식이라는 목적은 가정에서 이루고 달콤한 사랑의 열정은 가정 밖에서 채우는 것이 근대 결혼 제도가 가진 슬픈 모순이라 할 수 있습니다.*

최근에 발전하고 있는 진화 생물학 역시 결혼에 관한 슬픈 진실을 밝혀줍니다. 다윈의 진화론은 자연 선택과 함께 성 선택을 중요한 진화의 동인으로 설명합니다. 수컷은 되도록 많은 유전자를 남기기 위해 암컷의 선택을 받아야 했고, 그렇게 선택받은 유전자만이 살아남아 현재에 이르렀다는 생각입니다. 암컷은 자신에게 좋은 유전자를 제공해주고 새끼에게 충분한 자원을 제공해줄 수 있는 수컷을 선택하는 경향이 있다고 합니다. 낭만적 사랑과 반대쪽에 있는 생물학적 본능 역시 '불륜'의 위험을 논리적으로 설명해주는 셈입니다.

물론 스스로가 만든 제도를 제2의 자연으로 느끼는 문명화된 인간은 일부일처제를 기꺼이 받아들이고, 진화론적 본능을 잘 억제하고 살아갑니다. 그렇지 못한 사람들은 어떤 형식으로든 단죄의 대상이 됩니다. 사회 제도를 무너뜨릴 가능성이 있기 때문이지요. 보바리가 그런 여인인 셈입니다.

---

* 낭만적 사랑이 널리 퍼지기 전의 궁중 연애나 기사도의 연애도 이와 유사한 점이 많았다. 하지만 이는 일부 귀족들의 사치였을 뿐 사랑에 대한 대중적인 인식으로 보기는 어렵다.

객관적으로 보면 엠마는 무난한 결혼을 한 여인입니다. 그녀의 남편은 경제적으로 그리 부족함이 없고 성실한 성격으로 엠마의 삶에 불안이나 위험을 가져다줄 가능성이 별로 없는 인물입니다. 하지만 이는 다른 사람들의 생각일 뿐 엠마의 생각은 아닙니다. 사람에 대한 불만은 주관적인 것이니까요.

> 반대로 남자란 모름지기 모르는 것이 없고, 여러 가지 재주에 능하고 정열의 위력, 세련된 생활, 온갖 신비들로 인도해주는 능력을 가져야 하지 않을까? 그러나 이 사내는 무엇 하나 가르쳐줄 것도 없고, 무엇 하나 아는 것도 없고 무엇 하나 바라는 것도 없었다. 그는 그녀가 행복하다고 믿고 있었다. 그런데 그녀는 너무나 흔들림 없는 이 평온과 이 태연한 둔감, 그녀 자신이 그에게 안겨주고 있는 행복 그 자체에 대하여 그를 원망하고 있었다.(65쪽)

남편 샤를르에 대한 엠마의 생각을 종합적으로 확인할 수 있는 부분입니다. 그녀는 바람직한 남자에 대한 특별한 상을 가지고 있습니다. 재주에 능하고, 정열이 있고, 세련되고, 신비로 여자를 이끌어주는 능력이 있는 남자를 동경합니다. 열정적인 남자를 희망하는 셈입니다. 하지만 샤를르는 흔들림 없는 평온을 행복으로 아는 남자입니다. 아내 역시 그러한 평안을 행복으로 여기리라 기대하는 남자이기도 합니다. 의사로서 생활은 성실히 하지만 극장에 가거나 운동을 하거나 소설을 읽는 등의 취미를 갖지 못한 남자이지요. 낭만적 사랑을 꿈꾸는 엠마는 감동도, 웃음도, 몽상도 자아내지 못하는 남편의 밋밋함을 견디지만 언제든 새로운 세상을 향해 나갈 준비가 되어 있습니다. 점점 '보바리즘'에 빠져가는 셈이지요.

다른 곳에 대한 상상

그렇다면 이상적인 남자에 대한 엠마의 생각은 어떻게 만들어진 것일까요? 그녀는 평범한 시골 처녀로 자랐습니다. 특별히 열정적인 삶, 낭만적 사랑, 귀족의 화려함을 경험하기 어려운 환경에서 살았다고 할 수 있지요. 그럼에도 그녀는 자신이 경험해보지도, 부모나 남편이 보여주지도 않은 삶을 꿈꿉니다. 다음은 그 단서가 보이는 부분입니다.

> 열다섯 살 때 엠마는 여섯 달 동안 낡은 도서 대여점의 책 먼지로 손을 더럽혔다. 그 후, 월터 스콧을 읽고는 역사물에 열중하여 궤짝, 위병 대기소, 음유 시인 따위를 동경했다. 그녀는 해묵은 장원에서 긴 드레스를 입은 성주 마님처럼 살아보고 싶었다. 그리하여 홍예문의 클로버 무늬 장식 밑에서 돌 위에 팔을 기대고 턱을 두 손으로 괸 채 들판 저 끝에서 흰 깃털로 장식한 기사가 검정말을 타고 달려오는 것을 바라보면서 세월을 보내고 싶었다.(59쪽)

그녀는 현실에서가 아니라 책을 통해 다른 세계의 모습을 상상하고, 그런 세상에 살고자 하는 욕망을 키웁니다. 어린 시절부터 이어져 오던 책 읽기는 어른이 된 후까지 이어집니다. 이를 통해 비록 한 번도 본 적이 없지만 그녀는 떠들썩한 생활, 가면무도회, 방자한 쾌락과 온갖 열광을 선망하게 되는 것이지요.

화려한 생활을 동경하는 한편으로 그녀는 유명하거나 불운했던 여성들에게 열렬한 경의를 표합니다. 자신과 달리 눈에 띄는 삶을 산 여인들이어서였겠지요. 잔 다르크, 엘로이즈, 아녜스 소렐, 페로니에르, 클레망스 이조르 등과 같은 역사 속 인물이 그녀의 선망이 됩니다. 이 중 단연 관심을 끄는 인물은 엘로이즈입니다. 12세기 프랑스에 실존했던 인물인 엘로이즈는 가정교사인 철학자 아벨라르와의 사랑으로 유명합니다. 20살의 나이 차이에도 불구하고 둘은 서로에 대한 사랑에 압도당하고 비밀 결혼식까지 치르지요. 아벨라르는 격노한 엘로이즈 가문에 의해 거세까지 당하지만 둘은 수도사와 수녀가 되어 다시 만난 뒤 신에 귀의합니다. 이후 엘로이즈 이야기는 낭만적 사랑을 거론할 때 빠지지 않고 등장하게 됩니다.

소설 속에서 본 세상을 막연히 동경하고 있던 엠마이지만 그것이 현실에서 실현되리라 기대하지는 않았습니다. 작은 시골 마을의 의사 부인으로서 해야 할 일이 있기에 거기에 묶여 평범한 일상을 살아갈 뿐이었습니다. 그런 그녀에게 예외적인 일이 하나 생깁니다. 보비에사르에 있는 당테르빌리에 후작댁에서 벌어지는 무도회에 남편과 함께 초대를 받은 것이지요. 이곳에서 그녀는 소설에서 보던 세계를 실제 경험할 기회를 얻습니다. 화려한 의상을 입은 멋진 귀족들을 보고 그들과 춤을 추고 후작의 저택에서 잠도 자게 됩니다. 그녀에게는 꿈 같은 시간이었지요. "얼마 후면 두고 가야 할 이 호사스러운 생활의 환영을 더 오래 끌어보기 위하여"(83

쪽) 그녀는 자지 않고 밤새 깨어 있으려고 애씁니다.

후작 저택에서 경험한 무도회는 그녀에게 호화로운 생활과 찬란한 유희의 원형으로 죽을 때까지 남습니다. 무도회가 끝난 후 우연히 줍게 된 '담배 케이스'를 장롱에 넣어 두고 때때로 꺼내볼 만큼 그 경험을 소중히 합니다. 물론 무도회에 참가했던 다른 사람들이 그녀에게 관심을 가진 것은 아닙니다. 그가 동경하며 계속 눈길을 준 젊은 자작은 그녀의 존재조차 의식하지 못합니다.

무도회에 다녀온 이후 엠마는 자신이 경험해보지 못한 세상에 대해 본격적으로 관심을 갖습니다. "파리라는 데는 어떤 곳일까? 얼마나 엄청난 이름인가!"(87쪽)라며 파리의 지도를 삽니다. 그리고 지도 위를 손가락으로 더듬으며 수도의 이곳저곳을 두루 가보기도 하지요. 도시의 골목골목을 상상하며 직접 다니는 꿈을 꿉니다. 그녀는 부인용 신문 〈라 코르베리유〉나 〈살롱의 요정〉을 구독합니다. 잡지에 실린 연극의 개막 공연, 경마, 그리고 야회에 관한 기사는 어느 것이나 빠뜨리지 않고 열심히 읽었고, 여자 가수의 데뷔나 상점의 개점 파티에 관심을 가집니다. 새로운 유행, 솜씨 좋은 의상실의 주소, 숲의 날이나 오페라의 날 등을 일일이 확인합니다. 그녀는 외젠느 쉬의 소설에서 가구 배치의 묘사를 공부합니다. 발자크와 조르주 상드의 소설도 읽습니다. 엠마는 현재에 대한 불만과 다른 세상에 대한 꿈을 다른 곳에 관한 이야기로 충족시키는 것입니다.

이런 엠마의 눈에 남편은 새로운 세상과는 반대되는 지루하고 고루한 인물로 보입니다. 무도회에 갔을 때 그는 모두 춤을 추는 동안에도 탁자 앞에 서서 카드놀이를 들여다보며 시간을 보냈습니다. 다섯 시간이나 그렇게 시간을 보내고 숙소로 와서는 아쉬움보다는 안도의 한숨을 쉬었지요. 그는 새로운 지식을 섭취하기 위하여 새로운 잡지 〈의학의 밀실〉의 구독을 신청하지만 저녁 식사 후 조금 읽다가 오 분도 못 되어 잠들어 버립니다. 그녀는 자기가 읽은 것들, 가령 소설이나 새로운 희곡의 한 대목, 신문의 연재기사 중에서 본 상류 사회의 일화 등을 그에게 이야기합니다. 심성이 착한 샤를르는 그녀의 이야기를 들어주려 노력하기는 합니다. 하지만 엠마에게 남편의 평범한 반응은 전혀 만족스럽지 못합니다.

> 어째서 자기는 옷자락이 긴 검은색 비로도 양복을 입고 부드러운 장화에다 끝이 뾰족한 모자와 소매 장식을 단 남편과 함께 스위스 산장의 발코니에 팔꿈치를 고이거나 스코틀랜드의 오두막집에서 애수를 달랠 수 없단 말인가!(64쪽)

> "그러나 고개를 돌리자, 샤를르가 거기에 있었다. 그는 챙 달린 모자를 눈썹께까지 푹 눌러쓰고 위아래의 두터운 입술을 덜덜 떨고 있었기 때문에 한층 더 바보스럽게 보였다. 그의 잔등을, 그 태연한 잔등을 보기만 해도 짜증이 났다. 그녀의 눈에는 프록코트에 덮인 그 잔등 위에 그의 사람됨의 진부함이 온통 다 진열되어 있는 것만 같았다.(149-150쪽)

남편에 대한 불만과 엠마가 꿈꾸는 찬란한 삶의 일단이 드러나는 부분입니다. 그녀는 옷자락이 긴 검은색 비로도, 부드러운 장화, 끝이 뾰족한 모자와 소매 장식을 입은 남편을 원합니다. 스위스 산장과 스코틀랜드의 오두막에서 사치스러운 감정을 뽐내며(팔꿈치를 고이거나 애수를 달래거나) 이국적 분위기에 젖어보는 것이 그녀의 꿈입니다. 꿈 치고는 매우 구체적으로 느껴집니다. 그녀는 옷자락이 긴 불편한 양복을 입은 남편과 살아보지도 산장이나 오두막에 가보지도 못했을 텐데 말입니다. 그녀는 프랑스 북부 노르망디 지방의 농촌 출신이며 대도시에서 살아본 적도 없는 사람입니다.

따라서 엠마가 갖게 된 욕망은 대부분 중계자를 가지고 있습니다. 그녀가 진정으로 무엇을 원한다기보다는 다른 이들의 욕망을 흉내 내는 것이지요. 소설이나 잡지는 그러한 욕망을 드러내는 대표적인 매체입니다. 소설 속 인물의 경험을 따라 하고 싶은 것이 엠마의 욕망이고 잡지가 안내하는 패션이나 사치를 따라가고 싶은 것이 엠마의 욕망인 것입니다. 그녀가 파리를 유난히 좋아하는 이유도 소설 속 인물, 잡지 속 인물이 그곳에 살기 때문입니다. 스위스의 산장이나 스코틀랜드의 오두막은 더 말할 것도 없겠지요. 르네 지라르는 이를 욕망의 삼각형으로 설명한 바 있습니다.*

그렇다면 연애라는 욕망에 대해서도 같은 말을 할 수 있습니다. 그녀가 꿈꾸는 낭만적 사랑이라는 것도 사실은 다른 사람의 사랑을 욕망하는 것에 지나지 않는다고 말입니다. 엠마가 소설을 읽지 않았다면 열정적 사랑을 꿈꿀 수 있었을까요? 그녀가 무도회에 참석하지 않았다면 귀족적이고

---

* 르네 지라르,『낭만적 거짓과 소설적 진실』, 김치수·송의경 역, 한길사, 2001.

사치스러운 연애를 생각이나 했을까요? 자작이나 레옹처럼 남편과 비교될만한 사람이 없었다면 남편에게 느끼는 권태가 그렇게 견디기 어려웠을까요? 이렇게 보면 그녀의 불륜은 소설, 잡지, 무도회에서 비롯되었다고 할 수 있습니다. 남편이 가진 문제와 그녀를 유혹한 남자들이 가진 문제가 없지는 않지만, 불륜의 씨는 그녀 안에서 싹트고 있었던 셈입니다. 로돌프와 레옹은 엠마 안에 잠재되어 있던 낭만적 사랑을 밖으로 불러내지만, 엠마의 대상은 굳이 로돌프나 레옹일 필요도 없었습니다. 상대가 누구더라도 이미 엠마는 그를 사랑할 준비가 되어 있었으니까요.

감정의 발견과 소비

낭만적 사랑은 순수한 무의 상태에서 출발하는 것이 아니라, 그 대상이나 중계자가 존재한 이후에야 비로소 강렬하게 발현됩니다. 엠마의 경우가 바로 그러했습니다. 책과 잡지에 등장하는 세계를 현실의 세계 안으로 끌어오면서 그녀가 꿈꾸는 사랑의 모습이 그려집니다.

> 옛날에 읽었던 책 속의 여주인공들을 상기했다. 불륜의 사랑에 빠진 서정적인 여자들의 무리가 그녀의 기억 속에서 공감 어린 목소리로 노래하기 시작하며 그녀의 마음을 사로잡았다. 그녀 자신이 이런 상상 세계의 진정한 일부로 변하면서 그녀는 예전에 자신이 그토록 선망했던 사랑에 빠진 여자의 전형이 바로 자기 자신이라고 여기게 되었다.(236쪽)

윗글에는 책에서 얻은 환상을 실현하는 엠마의 심리가 드러납니다. 자신이 상상 속에서 선망하던 불륜에 빠진 서정적인 여자가 된 것에 만족하는 것처럼 보입니다. 그런데 이런 만족이 그리 오래가지는 않습니다. 욕망은 곧 새로운 욕망을 부르고 그것은 현실을 다시 만족스럽지 못한 것으로 만들기 때문입니다. 엠마는 욕망을 충족시켜 주는 대상에는 쉽게 싫증을 내고 자신의 욕망을 채워주지 못하는 대상에 더 절실하게 매달리게 됩니다.

엠마가 사랑이라는 열정에 빠져드는 이런 과정은 자본주의 사회의 일반적인 소비 형태를 닮아있습니다. 지금도 소비자들이 물질을 소비하는 기본적인 동기는 상상 속에서 맛본 쾌락을 현실 속에서 경험하고자 하는 욕망에 기초합니다. 하지만 현실은 몽상 속에서 마주친 완벽한 쾌락을 결코 제공할 수 없고, 모든 소비는 문자 그대로 미몽에 지나지 않게 됩니다. 이는 사람들이 왜 재화를 획득하는 것만큼이나 빠르게 재화를 폐기하는지 설명해줍니다. 물론 그렇다고 해서 근본적인 열망이 소멸되는 것은 아니어서 사람들은 욕망의 대체물로 기능하는 새로운 제품을 찾아내게 됩니다.* 한번 욕망에 빠지면 그 대상이 바뀌기는 하지만 욕망 자체는 사라지지 않는 것이지요. 자작에게 반한 엠마가 낯선 사람이라 할 수 있는 로돌프의 유혹에 넘어가고 로돌프와 헤어진 후 레옹에게 더 강한 유혹을 느끼는 이유가 여기에 있습니다. 그녀는 로돌프에게서 감미로움을 느낄 때

---

* 콜린 캠벨, 『낭만주의 윤리와 근대 소비주의 정신』, 박형신·정헌주 역, 나남, 2010, 171-172쪽.

다른 남자들과의 기억을 떠올리기도 합니다. 로돌프를 만나면서 보비에사르에서 왈츠를 함께 추었던 자작 생각을 하고, 밀회를 즐기던 레옹을 떠올립니다.

엠마가 관능적인 의미의 불륜을 본격적으로 시작하는 인물은 '로돌프 불랑제 드 라 위세트'입니다. 로돌프는 서른 살이었고 엠마와 달리 남녀 관계에는 훤한 인물입니다. 그는 엠마를 처음 본 순간부터 그녀를 자신의 정부로 만들 계획을 세웁니다. 그녀의 남편이 남녀 관계에 무감하고 따분한 인물이라는 점도 확인하지요. 그러고는 엠마의 환상을 만족시켜 줄 달콤한 말로 그녀를 유혹합니다. 그는 열정적인 사랑이 진정한 사랑임을 강조하고 엠마가 찾던 사랑이 자신이라고 주장합니다. 남편 아닌 다른 사람과 사랑을 나누는 것에 저항하는 양심의 벽마저 허물어버립니다.

> 그만두세요! 정열을 반대해야 할 까닭이 어디 있습니까? 정열이야말로 이 지상에 있는 유일하고 가장 아름다운 것이 아니겠습니까? 영웅적인 행동과 감격, 시, 음악, 예술 그 밖의 모든 것의 원천이 아니겠습니까? [……] 하나는 편협한 도덕, 인간들끼리의 상투적인 도덕, 끊임없이 변하고 너무나 큰 소리로 고함치는, 저기 모인 바보들의 집단처럼 속된 도덕입니다. 그러나 다른 하나는 영원한 것으로 우리들을 에워싸고 있는 풍경과도 같이, 또 우리들을 비춰주는 창공과도 같이, 우리들의 주변에 있고 또 우리들 위에 있는 것입니다.(210-211쪽)

엠마에게 로돌프의 말은 참으로 달콤하게 들립니다. 그는 정열은 유일하고 아름다운 것, 영웅적인 행동과 예술의 원천이라고 말합니다. 이에 비해 도덕이라는 것은 상투적이고 끊임없이 변하는 것이라 주장하지요. 자신은 서로의 사랑을 직감하고 있으며 꿈속에서 그녀를 이미 만난 적이 있는 것처럼 느낀다고 이야기합니다.

겉으로는 이렇게 말하지만 로돌프는 엠마를 비웃으며 정욕만을 원할 뿐입니다. 엠마에 대해서는 '도회지에서 살면서 매일 저녁마다 폴카를 추고 싶'어하는 속물이며, '서너 마디 달콤한 말만 걸어주면 틀림없이 홀딱 반'할 천박한 여자로 생각합니다. 그리고는 나중에 어떻게 떼어버릴까를 걱정하기까지 합니다. 즉 로돌프는 낭만적 사랑이라는 허위를 이용해서 한 여자를 자신의 애욕을 채우는 수단으로 이용하는 인물이라 할 수 있습니다. 그런데 겉으로 드러난 행위를 보면 로돌프와 엠마에게서 큰 차이를 발견하기는 어렵습니다. 현실적이지 않은 환상에 대해 지껄이기는 매일 반이니까요.

한번 열정에 휩싸인 엠마는 상대방의 진위를 파악할 만큼 이성적이지 못합니다. 소비 중독자가 소비에 대한 욕망을 스스로 제어하기 어렵듯이 사랑에 빠진 엠마는 자기감정을 조절하지 못합니다. 로돌프의 생각을 모르는 그녀는 열병과도 같은 행복을 가지게 되었다고 착각하고 황홀한 무엇 속으로 들어가고 있다고 생각합니다. 로돌프에 대한 사랑이라기보다 자신의 사랑에 대한 도취라 할만한 감정입니다. 그 도취는 현재의 감정이지만 사실은 과거에 꿈꾸던 감정이 실현된 데서 오는 만족입니다. 그녀는 매우 부주의하기도 해서 규칙적으로 편지를 주고받는 등 불륜의 흔적을 사방에 남기기까지 합니다.

엠마의 이러한 열정에 기름을 부은 것은 육체적인 사랑입니다. 소설에서 엠마와 샤를르의 성적인 관계에 대해서는 잘 드러나 있지 않습니다. 신혼 초의 생활을 통해 엠마의 성적인 욕구가 충족되지 않았을 것이라는 추측을 할 수 있을 뿐이지요. 이에 반해 로돌프와의 관계는 한층 더 육감적이고 쾌락적인 방향으로 발전합니다. 낭만적 사랑에서 육체적인 쾌락은 매우 중요합니다. 사랑하는 이들은 함께 육체적으로 즐기면서 자신의 고유한 욕망 충족을 넘어 타인의 욕망까지 욕망하는 경험을 하지요. 타인도 욕망 되기를 바란다는 사실을 경험하면서 새로운 공감을 느끼기도 합니다. 이 모든 것을 통해 섹슈얼리티는 이기주의/이타주의라는 도식을 깨뜨리며, 감성/이성이라는 도식에 따른 인간관계의 위계화도 깨뜨립니다.* 엠마는 로돌프와의 관계를 통해 육체적 사랑이 주는 이런 경험을 깊이 받아들입니다.

하지만 로돌프의 사랑은 서로를 이해하고 상대와 하나가 되는 경험이 아니라 쾌락 자체를 목적으로 합니다. 그는 순수한 사랑이라는 환상이 아니라 놀이로서의 사랑을 즐깁니다. 아름다운 여자를 정부로 두고자 하는 '오락'인 셈이지요. 겉으로는 사랑이라는 같은 단어를 사용하지만, 다른 목적을 위해 만나는 이 두 사람의 관계가 오래 유지되기는 어렵겠지요. 머

* 니클라스 루만, 『열정으로서의 사랑』, 정성훈 외 역, 새물결, 2009, 49쪽.

릿속의 사랑과 실제의 사랑이 어떻게 다른지 알지 못하는 엠마는 그 무지의 값을 톡톡히 치르게 됩니다.

로돌프에게 버림받은 후 삼 년 만에 레옹을 만난 엠마는 다시 한번 사랑에 빠집니다. 레옹 역시 이번에야말로 엠마를 자신의 여자로 만들어야겠다고 생각합니다. 그러나 레옹에게도 엠마는 영원한 사랑이 될 수는 없었습니다. 누군가 레옹의 어머니에게 아드님이 어떤 유부녀에게 빠져 신세를 망치고 있다고 귀띔해주자 둘의 관계는 쉽게 끝나고 맙니다. 둘의 연애가 자신이 사회적으로 독립하여 자리 잡는 데 도움이 안 될 것이라 생각하자 레옹은 아주 쉽게 그녀를 포기하리라 맹세합니다.

소비문화로서의 사랑

그런데 이 소설에서 엠마를 파멸에 빠뜨리는 것은 사랑이 아니라 돈입니다. 집안은 물론 아이까지 돌보지 않고 사랑에 집착하며, 남들의 눈까지 무시하며 온 동네의 조롱거리가 되지만 엠마는 그것 때문에 무너지지는 않습니다. 정신이 황폐해지고 심리적으로 불안해지는 면이 있지만 남편 샤를르의 무심한 성격 탓에 오랫동안 그 생활을 유지해 갑니다. 그리고 두 남자가 차례로 자신을 버리고 떠났으니 엠마로서는 더 이상 나빠질 것도 없습니다. 하지만 사랑이라는 이름으로 소비한 재화에 대해서는 무한책임을 져야 했습니다. 사랑의 비용을 마련하는 데 남편의 도움을 받을 수 없었기에, 그 비용에 대한 부담도 혼자 져야 했던 것이지요.

이 소설의 중심 서사는 엠마의 열정적인 사랑과 파탄이지만 작가가 꼭 이 주제에 집착하고 있다고 보이지는 않습니다. 작가가 엠마의 사랑에 동의하거나 그의 파탄에 동정의 시선을 보내는 것 같지도 않습니다. 작가에게 있어 그녀의 사랑은 하나의 풍속에 가까워 보입니다. 보바리에 대한 비판은 자본주의가 만들어내는 풍속에 대한 비판 중 하나일 뿐입니다. 사랑이라는 욕망을 소비문화의 하나로 본 것이지요.

작가는 시대의 주인인 부르주아나 그들의 풍속에 대해서도 곱지 않은 시선을 보냅니다. 엠마를 제외하고도 이 소설에는 주목할 만한 인물이 여럿 등장합니다. 주요 배경이 되는 용빌 라베이는 루앙에서 팔십 리 떨어진 도시인데 그곳에는 공증인이 살고, 약제사 오메가 살고 있습니다. 오메는 소설의 마지막 장면을 장식하는 인물로 소위 '시민'을 대표한다고 할 수 있습니다. 그는 물질에 집착하는 속물이자 허황된 자부심을 가진 인물입니다. 기회가 되면 마치 시의회에서 연설하듯이 긴 이야기를 뱉어내곤 하지요. 한편 유행품 가게 주인 뢰르는 능숙한 장사꾼입니다. 손님들의 소비욕망을 부추겨 이익을 챙길 줄 아는 인물이지요. 이 둘은 연애에 따른 사치에 빠진 엠마를 파멸에 빠뜨리는 역할을 합니다.

전형적인 부르주아의 삶과 가치관을 구현하는 인물은 엠마의 남편 샤를르 보바리입니다. 그는 세련되지 못한 생활 방식으로 필수적인 것만을 챙기는 '검소한' 부르주아입니다. 그는 어머니를 통해 당대 프랑스의 성공적이고 행복한 삶의 모범을 내면화합니다. 샤를르의 어머니는 단지 밥벌이로서 가장 안정적이라는 이유로 아들이 전문직에 종사하길 소망하면서 어린 아들을 악착스럽게 가르치고 그에게 자기의 꿈을 불어넣었습니다. 샤를르는 어머니의 기대대로 의학교육을 받고 좋은 자리에서 개업도 하였으며 지참금을 많이 가져올 만한 여자와 결혼했습니다. 샤를르와 그의 어머니에겐 삶의 목표가 의식주를 걱정 없이 해결하는 것 정도에 한정되어 있었습니다. 절제와 검소가 미덕인 이 부르주아는 여행, 스포츠와 같은 문화생활을 향유하는 데는 서툽니다.

> 백만장자가 한 번도 나온 적이 없는 걸 보면 천벌을 받은 것이 농사였던 것이다.(41쪽)
>
> 아직 서로 붙은 페이지들을 자르지도 않은, 그러나 이곳저곳에 팔려서 여러 사람 손을 거치는 동안에 제본된 곳이 상한 의학 사전 한 질이 전나무로 짠 책장의 여섯 단을 거의 꽉 채우고 있었다.(52쪽)
>
> 그녀는 자기를 이토록 끔찍한 상태에 몰아넣은 원인이 무엇이었는지를, 즉 그게 돈 문제였음을 까마득히 잊고 있었던 것이다. 그녀가 괴로운 것은 오로지 사랑 때문이었다.(452쪽)

세 예문은 각각 등장인물들에 대한 가벼운 풍자로 읽을 수 있습니다. 하지만 그 안에는 이들 계급이 가진 속물근성에 대한 날카로운 비판이 담겨 있습니다. 엠마의 아버지인 루오 영감은 농사를 짓는 소지주였습니다. 시대가 변화함에 따라 경제적으로 어려움을 겪고 있는 인물이지요. 위 첫 번째 문장은 농사라는 직업으로 돈을 벌기 어렵다는 푸념으로 들리는데 많은 돈을 벌 수 없는 형편을 천벌과 연결한다는 점이 재미 있습니다. 조금 과장된 듯 하지만 물질에 대한 그의 집착을 잘 보여줍니다. 샤를르를 몇번 만난 후 루오 영감은 그가 엠마에게 청혼해 올 것을 짐작하는데, 볼품 없는 인상 때문에 썩 마음에 들어하지는 않습니다. 하지만 품행이 바르고 검약하며 교육도 상당히 많이 받았다고 하니 지참금을 많이 요구하지 않을 것이라 예상하고 결혼을 허락하리라 결심합니다. 그 즈음 루오 영감은 돈 쓸 일이 많았습니다.

두 번째 문장은 샤를르의 진찰실 묘사입니다. 작가는 의학 사전 한 질을 통해 샤를르와 의사들을 조롱합니다. 여러 사람 손을 거치는 동안 제본된 곳이 상한 낡은 사전이지만 아직 서로 붙은 페이지가 떨어지지도 않았다고 합니다. 책장을 가득 채우고는 있지만 지금이나 이전에나 이 의학 사전은 읽기 위해서가 아니라 남들에게 보이기 위해서 쓰였다는 점을 비꼬는 것이지요.

마지막 예문에서는 자신이 끔찍한 상태에 이르렀으면서도 그렇게 된 원인을 여전히 모르고 있는 엠마에 대해 이야기합니다. 여전히 사랑 때문에 괴로워하는 그녀의 비현실적 감각을 비꼬는 것이지요.

위 예문들 속에는 작가가 비판하고자 하는 부르주아의 대표적 특성이 그대로 담겨 있습니다. 흔히 허위의식 혹은 속물근성이라고 부르는 것이지요. 그들이 철저하게 계산적인 것 같으면서도 한편으로 허술한 면을 가지고 있음을 보여주기도 하고요.

부르주아 풍속에 대한 비판이라는 관점에서 보면 엠마의 사랑도 결국은 부르주아 속물성의 한 측면이라고 볼 수 있습니다. 앞서 말했듯이 그녀의 욕망은 귀족 계급 흉내 내기의 성격을 띠고 있지요. 실제로 경험하지 못한 귀족 계급의 일상과 가치관을 교육과 체험, 독서 등을 통해 배워 체득합니다. 자신이 속한 공간에서는 결코 경험할 수 없는 귀족의 삶에 빠져들자 엠마는 현실의 삶, 부르주아의 삶에는 적응하지 못하게 됩니다. 또, 무도회의 경험을 통해 자신의 것보다 우월한 경제적 자본뿐 아니라 그들의 문화적, 사회적 자본을 발견하고 더 나아가 그 자본이 귀족들의 상징적 자본을 더해준다는 사실을 깨닫게 됩니다.*

> 엠마 쪽으로 말하면, 자기가 그를 사랑하는지 어떤지 생각조차 해본 일이 없었다. 연애란 요란한 번개와 천둥과 더불어 갑자기 찾아오는 것이라고 그녀는 믿고 있었던 것이다. 하늘에서 인간이 사는 땅 위로 떨어져 인생을 뒤집어엎고 인간의 의지를 나뭇잎인 양 뿌리째 뽑아버리며 마음을 송두리째 심연 속으로 몰고 가는 태풍과도 같은 것이라고 말이다. 그녀는 집 안의 테라스에서 물받이 홈통이 막히면 빗물이 호수를 이루게 된다는 것을 알지 못하고 있었다. 그래서 태연히 안심하고 있다가 문득 벽에 금이 간 것을 발견한 것이다.(148쪽)

위 예문에서 작가는 엠마가 생각하는 연애의 위험성에 대해 말합니다. 연애가 천둥과 번개처럼 갑자기 찾아온다고 '믿는' 엠마는 사랑이 인간의

---

* 박양희, 「보바리 부인에 나타난 19세기 프랑스 부르주아지」, 『프랑스문화예술연구』 40, 2012, 160쪽.

의지를 넘어서는 태풍 같은 것이라 생각합니다. 이런 생각에 도취된 나머지 홈통이 막히면 빗물이 호수를 이루고 범람할 수 있으며, 심지어 집 전체에 문제가 생길 수도 있다는 점을 그녀는 모릅니다. 벽에 금이 간 후에야 그 폭풍의 심각성을 알 수 있겠지요. 결혼을 하면서도 그녀는 자신이 샤를르를 사랑하는지 생각조차 하지 않았습니다. 격정이 휘몰아치지 않았기에 결혼을 사랑과 연관시키려 노력하지도 않았지요.

사랑에 빠진 엠마는 자기도 모르는 사이에 조금씩 변해갑니다. 주변 사람들은 정부에 불과한 엠마를 음탕한 여인, 하층민 여자처럼 여깁니다. 실제 그런 대접을 받을 만한 사건이 벌어지기도 합니다. 루앙에서 열린 가장무도회 후 벌어진 일이 대표적입니다. 밤새 춤을 추고 난 후 아침이 되어서 보니 그녀는 극장의 대기실에서 여자 인부나 선원으로 가장한 대여섯 사람들 가운데 섞여 있었습니다. 주변의 여자들은 소리만 들어도 모두가 최하급의 패들이라는 것을 알 수 있었습니다. 엠마는 자신이 어떻게 그곳에 이르게 되었는지 몰라 부끄러워 하지만 그런 일은 한 번으로 끝나지 않습니다.

로돌프를 맞이하는 엠마의 모습도 점점 천박해집니다. 커다란 푸른색 유리 꽃병에 장미를 가득 꽂아놓고 왕자님을 기다리는 기생처럼 자기 집과 몸을 대령해 놓고 로돌프를 기다립니다. 그녀의 화장은 점점 더 교묘하게 마무리되었으며 자신의 집에 머물 때는 마치 하렘에서나 피울 것 같은 향을 피워댑니다. 극장과 선술집과 창녀들의 거리에 자리 잡고 있는 레옹의 집을 드나들면서는 성을 잘 내고 굶주린 듯이 먹어대는 사람으로 변하고 음탕해집니다. 돈을 구할 때는 더 천박한 모습을 보입니다. 그녀는 자신이 빚을 진 상인은 물론 헤어진 로돌프에게까지 찾아가 도와달라고 부탁합니다. 그들이 자기를 얼마나 경멸하는지 자신이 얼마나 비참하게 사정하는지 깨닫지도 못합니다.

안타깝게도 순수한 사랑이라는 이데올로기를 완전히 허락하는 사회는 과거에도 없었고 현재에도 없습니다. 사랑이 실현되어야 하는 현실은 정염이 아니라 제도와 질서로 존재하기 때문입니다. 그렇다고 이 소설이 엠마의 철없는 사랑을 일방적으로 비판하고 있지는 않습니다. 이 소설은 낭만적 사랑을 제재로 하지만 자본주의 시대의 사랑을 말하는 소설입니다. 사랑이라는 욕망은 물질 소비의 욕망과 별반 다르지 않습니다. 그녀의 내면을 타락시킨 것이 사랑이었다면 사회적으로 그녀를 무너뜨린 것은 소비 욕망이었습니다. 이 소설이 이재에 밝은 오메가 자신의 권력을 유지하고 훈장까지 받는 것으로 마무리된다는 점은 시사하는 바가 큽니다. 그런 인물에게 훈장을 수여하는 제 2제정기의 위선적인 분위기와 부르주아의 기회주의도 함께 비판하고 있는 것이지요.

열정이라는 선물

일반적으로 낭만주의는 여기가 아닌 다른 곳, 지금이 아닌 다른 시간에 대한 상상에 기반을 두고 있습니다. 그래서 낭만주의는 때로 진취적이고 진보적인 모습을 보입니다. 그러나 다른 곳에 대한 상상도 현실적 근거 없이 이루어지지는 않습니다. 엠마의 경우 책을 통해 다른 세상에 대해 꿈을 꾸었고 귀족 무도회를 통해 강렬한 기억을 갖게 되었습니다. 그녀는 그런 꿈을 자신의 현실로 만들려다가 불행에 빠지고 만 것입니다.

사랑은 열정이라는 생각은 하나의 발명품이자 신화일 수도 있습니다. 남녀 사이 감정의 떨림은 오래전부터 있었다고 해도 그것을 절대화하는 관념은 근대 이후 보편화 되었습니다. 그런 사랑을 받아들일 준비가 되어 있지 않은 사회에서 사랑은 희극이 아니라 비극이었습니다. '트리스탄과 이졸대'나 '로미오와 줄리엣'이 그랬고 '베르터'도 그랬습니다. 하지만 그들의 낭만적 사랑을 방해한 요소로 자본주의는 그리 중요하지 않았습니다. 그들의 욕망은 비교적 순수했습니다. 이에 비해 보바리의 비극은 훨씬 더 자본주의적입니다.

보바리에게 사랑은 일종의 욕망입니다. 그것도 철저하게 중개자를 매개로 한 욕망이지요. 그녀는 물건을 소비하고 싶어 하는 마음처럼 사랑을 소비하고 싶어 합니다. 그런 그녀에게 상대방은 하나의 수단일 뿐입니다. 상대방이 자신을 어떻게 생각하는지를 자각하지 못할 정도로 말입니다. 그녀의 사랑이 불행한 이유를 여기에서 찾을 수도 있습니다. 올바른 사랑에는 준거의 보편성이 요구되며, 준거의 보편성이란 삶의 모든 상황에서 파트너를 계속 고려해야 함을 뜻합니다. 모든 소통의 정보 내용을 '파트너를 위해'라는 측면에서 계속 함께 쌓아 나가야 합니다.* 그녀는 자신의 욕

---

* 니클라스 루만, 앞의 책, 39쪽.

망을 채우려 할 뿐 상대방을 고려할 줄 몰랐습니다.

하지만 엠마를 비난하거나 동정하는 사람 모두 그녀에게 닥친 사랑의 폭풍이 가진 힘은 인정합니다. 누구나 그런 감정에 휩싸이면 평정심을 유지하기 어렵습니다. 어떤 사람은 이성에 의해 자기를 억제하지만 어떤 사람들은 그렇지 못합니다. 엠마는 그렇지 못한 사람이었을 뿐입니다. 이런 경험은 굳이 사랑이 아니어도 찾아올 수 있습니다. 어느 날 열정이 휘몰아쳤을 때 우리는 어떻게 대응해야 할까요? 엠마처럼 무너지는 것도 비극이지만 무너지지 않기 위해 철저히 거부하는 것 역시 비극이 아닐까요?

개츠비와 집착이 부른 절망

피츠제럴드, 『위대한 개츠비』

첫사랑에 대한 노스텔지아

앞서 우리는 한 여인을 향한 베르터의 순애보와 열정적이고 관능적인 사랑으로 인해 파멸에 이르고 마는 보바리의 열애에 대해 살펴보았습니다. 두 소설 모두 근대에 접어들어 보편적인 사랑의 방식으로 떠오른 '낭만적 사랑'을 다룬 작품이었습니다. 두 주인공은 낭만적 사랑의 환희와 절망을 보여주는 대표적인 인물들이었지요. 이번에는 이루지 못한 과거의 사랑에 집착하여 현재와 미래를 희생하고 마는 비극적 주인공에 대한 이야기를 해 보겠습니다. 이런 주제로 가장 먼저 떠오르는 작품은 『위대한 개츠비』(1925)[*] 입니다.

이 소설은 첫사랑과 그것의 좌절을 다룹니다. 주인공 개츠비는 첫사랑 데이지의 사랑을 회복하기 위해 청춘을 바칩니다. 영원히 자신의 첫사랑에 매여 있는 '어리석은' 인물인 셈이지요. 베르터나 엠마와 마찬가지로 그에게도 사랑은 인생의 목적입니다. 그에게 사랑은 이성을 마비시키고 감상의 깊은 심연으로 모든 것을 끌어들이는 무서운 소용돌이이지요. 하지만 그의 이런 사랑은 일방적인 시도에 그치고 맙니다. 그녀의 기대와 달리 사랑하는 연인 데이지와 세상의 풍속은 크게 달라져 있었기 때문이지요. 첫사랑을 회복하려는 노력이 무위로 끝나자 그의 모든 것이 무너지고 맙니다.

그는 이미 결혼해 딸까지 두고 있는 자신의 첫사랑 데이지에게 공공연한 애정 공세를 벌입니다. 이런 개츠비의 사랑은 자칫 사회적 비난을 받을 수도 있습니다. 하지만 데이지를 향한 그의 열정은 보바리를 향한 로돌프나 레옹의 사랑과는 크게 다르다는 인상을 줍니다. 엠마의 남자들이 정부들이며 그들의 사랑이 부정해 보인다면 개츠비의 사랑은 순수하고 불행하고 안타깝다는 느낌을 줍니다. 무엇보다 그가 찾아오고자 하는, 집착하는 것이 '첫사랑'이기 때문입니다.

수많은 사랑 중에 첫사랑은 특별한 지위를 차지하고 있어서, 훼손되지 말아야 하고 오랫동안 간직되어야 할 무엇으로 여겨집니다. 첫사랑은 기

---

* F. 스콧 피츠제럴드, 『위대한 개츠비』, 김욱동, 민음사, 2010.

억 속에서 과장되고 신비화되는 경향을 보이기도 합니다. 첫사랑이 아무것도 아닌 사람은 많지 않습니다. 아니 어쩌면 특별한 의미를 담지 않은 사랑을 첫사랑이라 말하지 않는지도 모르겠군요.

우리가 첫사랑에 특별한 의미를 두는 이유는 첫사랑을 가장 순수한 감정이라고 여기기 때문입니다. 첫사랑은 "합리적이기보다는 비합리적이고, 이윤 지향적이기보다는 이유가 없고, 공리주의적이기보다는 유기적이며, 공적이기보다는 사적"[*] 인 것으로 받아들여집니다. 즉, 첫사랑은 관심이 온전히 대상 자체에 있고, 그 주변의 환경이나 조건에 이끌리지 않는 사랑입니다. 어떤 사람들은 연인과의 사랑 자체가 아니라 그러한 감정을 가지고 있었던 시간에 대한 그리움 때문에 첫사랑을 신성시합니다. 대부분에게 첫사랑은 과거형으로 존재하게 마련이고, 그것은 현재에는 없는 무엇으로 그려집니다. 이는 반대로 말하면 우리가 첫사랑이 아닌 다른 사랑이 순수하지 못하다는 생각을 무의식 속에 가지고 있다고 볼 수도 있습니다.[**]

물론 『위대한 개츠비』를 순전히 첫사랑 이야기로 보는 데는 무리가 있

---

* 에바 일루즈 『낭만적 유토피아 소비하기』, 박형신·권오헌 역, 이학사, 2014, 19쪽.

** 첫사랑이 왜 다른 감정이 아닌 유독 순수함, 애틋함, 설렘과 같은 감정을 유발하는지 설명하기는 쉽지 않다. 하지만 이러한 감정이 현재 시점에서 경험하는 일종의 상실, 소외, 이별에서 비롯된 보상감이라는 점은 분명하다. '잃어버린 것'에 대한 현재적 아쉬움과 애잔함이 이런 감정을 증폭시키는 경우가 많다. 이에 대해서는 정수남의 「'첫사랑'의 후기근대적 운명과 노스탤지어에의 '차가운' 열정」(『정신문화연구』, 2016.3) 참조.

습니다. 인물의 감정 역시 진공 상태에 존재하는 것이 아니라 시대의 영향을 받는다는 사실을 이 소설처럼 잘 보여주는 예도 많지 않습니다. 구체적으로 이 소설은 흔히 재즈 시대로 불리는 1920년대 미국의 풍속을 보여줍니다. 뉴욕이라는 대도시와 그 안에서 살아가는 청년들의 허위와 욕망 그리고 몰락을 통해 시대를 그려내지요. 점차로 타락해가는 시대 속에서 개츠비의 사랑은 훼손되고 그의 순수는 왜곡되며 희망은 물거품처럼 사라지고 맙니다. 마치 돌아오지 못할 첫사랑의 시절처럼.

뉴욕이라는 욕망의 땅

『위대한 개츠비』는 드라마틱한 내용 전개, 풍속에 대한 생생한 묘사, 풍부한 상징의 활용으로 오랫동안 독자의 사랑을 받아왔습니다. 등장인물의 배치나 배경과 사건의 조화, 서술자와 주인공의 역할 배분 등에 있어서도 빈틈이 없는 소설입니다. 분량도 그리 많지 않아 군더더기 없이 깔끔하게 이야기가 전개됩니다. 현대 소설의 교과서라 불러도 좋을 만큼 내용과 형식 양면에서 아주 잘 만들어진 작품이라 할 수 있습니다.

소설은 미국 중부의 명문가 출신 닉 캐러웨이가 동부에 와서 겪은 여름 동안의 일을 서술하는 방식으로 전개됩니다. 그는 개츠비, 톰, 데이지, 조던 등을 만나면서 한 인간의 몰락과 동부의 욕망을 경험합니다. 닉이 서술하는 이야기의 중심에는 개츠비가 자리하고 있습니다. 개츠비는 톰의 아내가 된 옛 애인 데이지를 찾기 위해 부자가 되어 그녀 앞에 나타난 인물입니다. 톰은 정비공의 아내를 정부로 두고 있고 데이지는 톰 앞에서 개츠비와의 애정을 노골적으로 드러냅니다. 운동선수 출신으로 이들과 어울리는 조던은 닉과 연인 관계로 발전하려 합니다. 그렇게 부유한 젊은이들이 어울려 복잡하고 퇴폐적인 여름을 보내던 끝에, 데이지가 교통사고로 톰의 정부 머틀을 죽이는 사고가 발생합니다. 이어 개츠비를 범인으로 오인한 머틀의 남편이 개츠비를 살해하자, 톰 부부는 급히 동부를 뜹니다. 개츠비의 장례를 치러준 후 닉 역시 고향인 중부로 돌아가기로 결심합니다.

이상의 정리에서 알 수 있듯이 이 소설은 누구를 주인공을 볼 것이냐에 따라 크게 두 가지 주제를 가지고 있습니다. 개츠비를 주인공으로 볼 경우 『위대한 개츠비』는 미국의 꿈과 그것이 무너지는 과정을 보여줍니다. 사랑에 대한 낭만적 상상과 그것을 이루기 위한 개츠비의 노력, 그리고 변해버린 세상에서 느끼는 절망 등이 아련한 분위기를 만들어내지요. 반면 닉을 주인공으로 볼 경우 시대의 부조리를 통해 변화하는 중부 청년의 성장과정을 보여주는 소설로 읽을 수 있습니다. 시대의 분위기를 좇아, 성공을 위해 동부로 왔지만 닉이 발견한 것은 새로운 시대의 희망보다는 풍요 속에 숨겨진 욕망과 타락이었습니다. 그는 개츠비의 외로운 죽음을 통해 시대의 냉정함마저 느끼게 됩니다.

소설 초반의 다음 문장에는 닉의 내면과 함께 당시의 시대 분위기가 잘 나타나 있습니다.

> 미국의 역습을 너무나 만끽했던 나는 고향에 돌아와서도 마음의 안정을 찾을 수가 없었다. 중서부 지방은 이제 활기찬 세계의 중심지가 아니라 우주의 남루한 변두리와 같았다. 그래서 나는 동부로 가서 증권업을 배우기로 결심했다. 내가 알고 있는 사람들이 하나같이 증권업에 종사하고 있었던지라 증권업이 독신자 하나쯤은 더 먹여 살릴 수 있으리라고 생각했던 것이다.(12쪽)

그는 1차 대전 유럽 전선에 참전하고 돌아온 직후 동부로 갈 것을 결심합니다. 중서부에서 활기를 느낄 수 없었기에, 새로운 시대 분위기를 좇아간 것이지요. 그가 속한 캐러웨이 가문은 중서부 도시에서 삼대에 걸쳐 꽤 이름이 알려진 부유한 집안이었습니다. 그는 아버지보다 25년 늦게 뉴헤이븐에 있는 대학(예일)을 졸업했고, 동부로 이동해 처음 소요될 돈은 집에서 지원해 주기로 했습니다. 이 정도면 닉은 부족한 것 없이 자란 인물이라고 해도 좋을 듯합니다.

그는 중서부의 청교도적인 분위기 속에서 자랐습니다. 어릴 때부터 다른 사람이 자신들처럼 유리한 환경에서 자라는 것은 아니라는 교육을 받아와서인지, 쉽게 다른 사람을 판단하려 들지도 않는 인물입니다. 그래서 가끔은 자신을 귀찮게 하는 사람들을 거부하지 못해 곤란한 지경에 이르기도 했다고 합니다. 이런 그를 서술자로 내세웠기 때문에 실제로는 더 거칠고 비도덕적이고 퇴폐적이었을 지도 모르는 소설 속 사건들은 비교적 잔잔하게 전달됩니다. 관점에 따라 그다지 아름답지도 위대하지도 않을 수 있는 개츠비를 사랑의 영웅으로 만들어주는 데도 그의 역할이 큽니다.

> 그곳이 바로 나의 중서부이다. 밀밭이나 평원 또는 사라져버린 스웨덴 사람들의 읍이 아니라, 감격으로 가슴이 두근거리는 내 젊음의 귀향 기차, 서리가 내린 어두운 밤의 가로등과 썰매의 종소리, 불 켜진 창의 불빛에 크리스마스를 장식하는 화환의 그림자가 눈 위에 비치는 곳 말이다. 그곳의 일부인 나는 그 기나긴 겨울을 떠올리면 조금은 엄숙한 기분이 들고, 몇십 년 동안 아직도 가문의 이름이 주소를 대신하는 도시의 캐러웨이 가에서 자란 것에 대해 약간은 자부심을 느낀다. 이제 나는 그것이 결국 서부의 이야기였다는 것을 알고 있다. 톰과 개츠비, 데이지와 조던과 나는 모두 서부 사람이었고, 어쩌면 우리는 동부 생활에 적응하지 못하는 결함을 공통적으로 지니고 있었는지도 모른다.(248쪽)

위는 소설의 마지막 부분입니다. 개츠비 등의 인물들이 관련된 애정 행각, 퇴폐 파티 등이 모두 끝나고 1922년의 여름도 막을 내립니다. 개츠비는 죽고, 톰과 데이지는 고향으로 돌아가고, 닉과 조던의 연애도 끝납니다. 그리고 닉에게 남는 것은 동부에 대한 환멸과 중부에 대한 애정뿐입니다. 앞서 말한 대로 이 소설은 닉의 성장 서사로 읽을 수 있지만, 일종의 귀환 서사로도 읽을 수 있습니다. 탕아가 방랑을 마치고 집으로 돌아오듯이 중부를 떠난 인물이 중부의 가치를 새롭게 발견하고 돌아오는 이야기가 되는 것이지요.

닉이 톰과 개츠비의 집이 있는 로드아일랜드에서 보낸 몇 달의 시간 동안 참으로 많은 사건이 벌어집니다. 이 긴 욕망과 퇴폐와 부정의 시간을 여름과 연결시키는 것은 상징적으로 그럴듯해 보입니다. 왕성한 생명, 끈끈한 땀, 느끼한 정열 등이 여름이라는 계절과 잘 어울립니다. 이에 비해 늑이 돌아가기로 결심한 중부의 이미지는 겨울과 연결되어 있습니다. '서리가 내린 어두운 밤의 가로등', '썰매의 종소리', '크리스마스를 장식하는 화환의 그림자' 등을 그가 그리워하고 있는 것들입니다. 그리고 그곳의 기나긴 겨울이 주는 엄숙한 기분마저 느낍니다. 심지어 그는 "이제 나는 그것이 결국 서부의 이야기였다는 것을 알고 있다"고 말하기도 합니다. 소설 내내 배경이 되었던 뉴욕과 로드아일랜드는 결국 그와 대비되는 중부를 부각하기 위한 장소에 불과했다는 말이 됩니다.

중부와 동부가 대비되듯이 이 소설에는 서로 대비되는 이미지가 많이 사용됩니다. 일단 이스트에그와 웨스트에그의 차이가 두드러집니다. 개츠비는 웨스트에그에 살고 있는데, 이곳은 새롭게 부를 축적한 사람들이 사는 곳입니다. 이에 비해 톰과 데이지가 사는 이스트에그는 비교적 오래된 부자들이 사는 곳입니다. 개츠비의 집은 노르망디 시청을 닮았고, 톰의 집은 조지 왕조 시대풍의 저택입니다. 두 지역은 좁은 해협을 사이에 두고 마주 보고 있습니다. 로드아일랜드에서 맨해튼으로 가는 길에 자주 등장하는 재의 골짜기는 풍요와 향락에 넘치는 도시와 대비되는 초라하고 낙후된 지역입니다.

쉽게 변하는 사랑

닉과 달리 개츠비는 자신의 정체를 잘 드러내지 않는 신비로운 인물로 등장합니다. 닉이 그의 사연을 알아가는 과정을 따라 서사가 전개되는 것이지요. 뉴욕에서 닉이 처음 만난 개츠비는 부자 동네에서도 가장 근사한 집을 짓고 매일 화려한 파티를 여는 신흥 부자였습니다. 뉴욕의 유명 인사들이 그의 파티에 초대되기를 바라며 유력한 인사들이 그의 집 정원에서 벌어지는 파티를 즐깁니다. 이렇게 사치스러운 파티를 여는 이유가 데이지를 만나기 위해서였다는 사실은 나중에 밝혀집니다.

개츠비는 갖은 방법을 동원하여 경제적인 성공을 이루었습니다. 그리고 그 성공을 바탕으로 이전의 아름다운 시절로 돌아갈 꿈을 꿉니다. 이런 개츠비의 사랑이 빛나는 이유는 그의 주변에 있는 사람들의 사랑이 개츠비처럼 '순수'하지 못하기 때문입니다. 데이지의 남편인 톰을 먼저 보지요.

> 톰에게 정부가 있다는 사실은 그의 이름이 알려진 곳이라면 어디에서나 화젯거리가 되었다. 사람들은 그가 카페에 가서 그녀를 자리에 앉혀둔 채 어슬렁거리다 아는 사람이 나타나기만 하면 누구든 붙잡고 지껄여댄다는 사실에 분개했다. 나는 그녀가 어떻게 생겼는지 보고 싶기는 했지만 만나고 싶은 생각은 없었다. 하지만 나는 그녀를 만나고 말았다. 어느 날 오후 나는 톰과 함께 기차를 타고 뉴욕에 갔는데, 기차가 그 재의 골짜기에서 멈추자 그는 자리에서 일어나더니 내 팔을 붙잡고 강제로 기차에서 끌어내리다시피 했다.

"여기서 내리자고!" 그가 고집했다. "자네에게 내 애인을 소개해 줄 테니까."(40-41쪽)

오랜만에 만난 닉에게 톰은 굳이 자신의 정부를 소개해 주겠다고 합니다. 그리고 주변 사람들을 모아 뉴욕의 호텔에서 퇴폐적인 파티를 벌입니다. 사실 톰은 자신의 정부 머틀을 거짓 약속으로 유혹해 곁에 머물게 하고 있었습니다. 자신은 이혼을 원하지만 아내가 가톨릭 신자이기 때문에 이혼을 못 하고 있다고 거짓말을 하지요. 정부를 두고 있다는 것이 분명한 증거이겠지만, 데이지에 대한 톰의 사랑은 의심스러울 때가 많습니다. 톰은 데이지가 애를 낳을 때도 옆에 있지 않았습니다.

머틀은 재의 골짜기 정비공 윌슨의 아내인데 그녀 역시 남편을 무시하고 자신의 현재 상황에서 벗어나기를 원합니다. 머틀은 남편이 돈이 없다는 것을 깨닫는 순간 결혼을 후회했던 그런 여자입니다. 그녀는 부자인 톰이 자신을 정비공인 남편 윌슨으로부터 해방시켜 주기를 원합니다. 그것이 때로 굴욕적인 대접까지 참아가며 그녀가 바람둥이인 톰과 연애를 하는 이유입니다. 개츠비의 사랑이 '변하지 않는' 특징을 가지고 있다면 이 둘의 사랑은 '변하는' 특징을 가지고 있다고 할까요? 이 둘의 사랑은 처음부터 끝까지 순수하지 못합니다.

그럼 데이지는 어떨까요? 그녀가 예전에 개츠비를 사랑했던 것은 분명해 보입니다.

어느 겨울밤, 데이지가 해외로 가는 한 군인을 전송하러 뉴욕에 가려고 가방을 챙기다가 어머니한테 들켰다는 거예요. 가지 못하게 된 그녀는 몇 주일 동안 집안 식구들하고는 말도 하지 않았대요. 그 일이 있은 뒤 그녀는 더 이상 군인들과 사귀지 않았고 그 대신 군대에 들어갈 수 없는 평발이나 근시인 젊은 남자들하고만 돌아다녔어요.

하지만 이듬해 가을이 되자 데이지는 다시 평소와 마찬가지로 명랑해졌어요. 세계대전이 휴전에 들어간 후 사교계에 데뷔하더니 2월에 뉴올리언스 출신의 남자와 약혼했다는 얘기가 있었죠. 그런데 6월이 되자 그녀는 시카고에서 톰 뷰캐넌과 결혼했어요. 루이빌에서는 일찍이 보지 못한 그야말로 성대한 결혼식이었지요. 그는 자동차 네 대에 백여 명의 사람들을 태우고 실바크 호텔 한 층을 통째로 빌렸고, 결혼식 전날에는 그녀에게 35만 달러짜리 진주 목걸이를 선물했어요.(109-110쪽)

두 문단의 전과 후에서 보이는 데이지의 행동은 매우 다릅니다. 켄터키의 루이빌은 시카고나 뉴욕에 비하면 시골이지요. 그곳에서 군인인 개츠비와 데이지가 만납니다. 그리고 개츠비는 해외로 떠나고 데이지는 그를 잊지 못해 짐까지 싸지요. 하지만 둘째 문단의 데이지는 사교계에 푹 빠져 현재를 즐기는 여인처럼 보입니다. 루이빌과는 규모가 다른 도시 뉴올리언스 출신의 남자와 약혼하고 다음 해 시카고의 부자와 결혼합니다. 톰은 결혼식을 위해 자동차 네 대를 동원하고 호텔 한 층을 모두 빌리고 비싼 진주 목걸이를 준비합니다. 다른 사람들에게 해를 끼치는 것도 아닌데, 성대한 결혼식을 굳이 흠잡을 이유는 없습니다. 하지만 가난한 청년을 좋아하던 데이지가 한두 해 지나 부자와 성대한 결혼식을 올린다는 점은 그의 사랑을 의심하게 만들기에 충분합니다.

개츠비도 부자이기는 하지만 톰은 그와 비교가 되지 않는 유한계급 출신입니다. 현재의 재산 정도를 떠나 톰은 미국에서도 알아주는 가문 출신이지요. 그는 대학 때도 돈을 물 쓰듯 했고 결혼해서는 별다른 이유 없이 프랑스에서 한 해를 보내고 왔습니다. 톰이 왜 동부로 왔는지 그 이유도 확실하지 않습니다. 서술자 닉이 증권가에서 한몫을 잡으러 왔고, 개츠비가 부자가 되어 데이지를 찾으러 왔던 것과 달리 그에게는 특별한 목적이 없어 보입니다. 단지 동부의 환락을 즐기기 위해 왔다고밖에 설명할 수 없습니다.

그렇다면 다시 개츠비를 만난 데이지의 심정은 어떨까요? 여전히 자신을 사랑하고 있다고 애정 표현을 서슴지 않는 남자를 대하는 그녀의 마음은 조금 애매합니다.

> "당신은 언제나 멋져 보여요." 그녀가 되풀이해서 말했다.
>
> 데이지는 그를 사랑한다고 말한 것이었고, 톰 뷰캐넌은 그것을 알아차렸다. 그는 그야말로 아연실색했다. 입을 벌린 채 개츠비를 쳐다보다가 마치 오래전에 알았던 사람을 지금에서야 막 다시 알아본 것처럼 데이지를 쳐다보았다.(169쪽)

데이지는 남편이 보는 앞에서 개츠비에게 '멋져 보인다'고 말합니다. 자신의 애정사에 매달려 전혀 눈치를 못 채고 있던 톰이 둘의 관계를 본격적으로 의심하기 시작하는 부분이기도 합니다. "한 시간 전만 해도 온전히 그의 소유였던 아내와 정부가 갑자기 그의 손아귀에서 빠져나가고 있었던 것"(177쪽)을 느낍니다. 사랑한다는 단어를 선택하지는 않았지만 반복해서 말하는 멋지다는 말이 모든 것을 대변한다고 여긴 것이지요. 아마도 톰은 데이지가 자신보다 더 부자로 보이기 때문에 개츠비를 멋지다고 말한 것이라 여겼을지도 모릅니다. 부족한 것 없이 자란 자신에게 불만을 느끼고 있다는 생각은 하지 못합니다. 물론 이때 자신도 정부를 두고 있다는 점은 고려의 대상이 되지 않겠지요.

그런데 데이지의 이러한 태도는 첫사랑의 회복일까요, 아니면 새로운 변심일까요? 아무려나 그에게 애정을 보이는 행동은 옳은 것일까요? 물론 '멋져 보인다'는 말이 곧 사랑한다는 말은 아닙니다. 현재 개츠비를 둘러싼 화려한 생활을 염두에 두고 말한 것인지 개인에 대한 애정을 말한 것인지도 분명하지 않습니다. 하지만 어찌 되었든 그녀는 개츠비의 접근을 거부하지 않습니다. 굳이 첫사랑이 아니었더라도 개츠비는 많은 부를 가진 사교계의 중심인물이기 때문이지요.

물질적인 면이 개입되면 개츠비의 사랑에 대해서도 의심하게 됩니다. 데이지의 사랑을 찾겠다던 개츠비의 생각도 결국은 데이지를 물질적으로 만족시켜 주는 방법으로 현실화됩니다. 데이지에 대한 개츠비의 사랑은 변하지 않았을지 모르지만 그녀를 사랑하는 방법은 톰과 크게 다르지 않다고 말해도 무리가 없어 보입니다.

유한계급이 살아가는 법

개츠비는 졸부로서 미국의 꿈을 상징하는 인물이기도 합니다. 누구나 노력하면 잘 살 수 있다는 미국의 꿈 말입니다. 그러나 그의 성공은 결국 파멸로 끝나고 맙니다. 성공하기 위한 과정도 청교도적인 성실함과는 거리가 멀어 보입니다. 그는 돈을 벌기 위해 불법과 위법을 가리지 않은 인물입니다. 밀주나 도박 등을 통해 돈을 벌었던 것으로 짐작될 뿐 아니라 심지어 월드시리즈 승부 조작의 배후인 울프심과 같은 암흑의 거물과도 연관되어 있습니다. 도덕적인 면에서 그는 충분히 비난받아 마땅한 인물입니다. 목표를 위한 수단이 잘못되어 있었던 것이지요.

이는 그의 사랑도 마찬가지입니다. 첫사랑을 다시 찾고 싶다는 마음은 순수할 수 있습니다. 하지만 그를 위해 사용한 방법은 그리 건전해 보이지 않습니다.

> "당신 부인은 당신을 사랑하고 있지 않아요." 개츠비가 말했다. "당신을 한 번도 사랑한 적이 없다고요. 나를 사랑하고 있을 뿐."
>
> "미쳤군 그래!" 톰이 자기도 모르게 버럭 소리를 질렀다.
>
> 잔뜩 흥분해서 개츠비가 자리에서 벌떡 일어섰다.
>
> "당신을 사랑한 적이 없었단 말입니다. 알아듣겠소?" 그가 소리쳤다. "내가 가난했던 탓에 기다리다 지쳐서 그녀는 당신과 결혼한 것뿐이오. 그건 아주 큰 실수였지만 그녀는 마음속으로 나 말고는 어느 누구도 사랑하지 않았던 거요!"(185쪽)

자신의 사랑이 순수하다고 믿는다고 해서 다른 이들의 사랑이 그렇지 못하다고 주장할 권리는 없습니다. 그렇게 말하는 것조차 현재의 욕망에 지나지 않을지도 모릅니다. 실제로 개츠비는 자기를 합리화하기 위해 주변의 현실을 자주 부정합니다. 그는 사랑이 발현되는 형태가 다양할 수 있고, 사랑이 욕망하는 방향이 각기 다를 수 있다는 점도 인정하지 않습니다. 데이지가 물질적 욕망을 만족시켜 주는 톰이 아니라 인간 톰을 사랑했을 가능성 같은 것은 결코 인정하지 않지요.

이 소설에서 사랑은 소비로 대표되는 물질의 욕망과 떼어 생각할 수 없습니다. 그 욕망은 사랑이라는 감정의 떨림을 대신할 만큼 큰 힘을 가지고 있습니다.

> "그녀의 목소리는 돈으로 가득 차 있어요." 갑자기 그가 말했다.
>
> 바로 그것이었다. 전에는 미처 깨닫지 못했던 것이었다. 데이지의 목소리는 돈으로 가득 차 있었다. 그 안에서 높아졌다 낮아졌다 하는 그 끝없는 매력, 그 딸랑거리는 소리, 그 심벌즈 같은 노랫소리…… 하얀 궁전 저 높은 곳에 임금님의 따님이, 그 황금의 아가씨가……(171쪽)

자본주의 이전 귀족과 평민의 구분이 분명했던 시절에는 신분 차이가 사랑을 막는 장애물이었습니다. 근대 들어 새롭게 생긴 장벽은 자본가와 노동자라는 계급입니다. 데이지의 목소리가 돈으로 가득 차 있다는 위의 지적은 그녀가 이미 자본가 계급의 사랑에 익숙해졌음을 의미합니다. 개츠비에 대한 애정과 상관없이 그녀는 예전의 생활로는 결코 돌아갈 수 없는 것이지요. 다른 의미에서 보면 데이지가 가진 새로운 매력이 '돈' 때문에 가능해 지기도 했습니다. 그녀는 유한계급으로 충분한 여유를 누리는 법, 몸을 가꾸는 법, 남자를 유혹하는 법을 알게 되었기 때문입니다. 오랜만에 만난 개츠비가 데이지에게 느끼는 매력 역시 과거의 그녀 모습이 아니라 '돈으로 가득 차' 있는 현재의 모습에서 비롯되는 것일지 모릅니다. 비록 자신은 그러한 모습을 과거의 데이지 모습이라고 착각하고 있겠지만 말입니다.

『위대한 개츠비』는 말하자면 뉴욕 부자들의 사랑 이야기입니다. 닉이 관찰하고 개츠비나 데이지가 관여된 사건들은 로드아일랜드의 저택과 뉴욕의 호텔 그리고 자동차 안에서 벌어집니다. 웨스트에그에 있는 개츠비의 집에서는 날마다 파티가 벌어집니다. 작가는 파티 모습을 매우 상세히 묘사합니다. 초대받은 사람들의 면면이 한 페이지에 걸쳐 나열되고, 음식과 음악과 춤 등이 파티가 얼마나 소비적이었는지 짐작할 수 있을 만큼 자세히 그려집니다.

당시의 소비문화와 관련하여 가장 인상적으로 그려진 아이템은 자동차입니다. 전후 석유 개발과 자동차 산업의 호황으로 바야흐로 미국은 자동차 시대에 접어듭니다. 이 소설에서는 그러한 분위를 충분히 느낄 수 있을 만큼 자주 자동차가 중요한 소재로 사용됩니다. 개츠비와 주변 인물들을 파탄에 이르게 한 결정적 사건도 자동차 사고입니다. 데이지는 술에 취해 위험한 운전을 했고, 머틀은 톰이 부인과 같이 앉아 있다고 오해를 해서 차에 뛰어든 것입니다. 이 시기 차는 당연히 부의 상징이기도 했습니다. 머틀의 남편 조지 B. 윌슨의 직업은 차주가 아니라 정비공이었습니다.

이처럼 이 소설에서 자동차라는 소재는 중요한 장면에서 분위기를 드러내는 데 요긴하게 사용됩니다. 예를 들어 부자가 된 개츠비의 차는 매우 화려하게 묘사되지요. "짙은 크림색에 니켈이 번쩍이고, 괴물처럼 기다란 차체 곳곳에 뽐내듯이 모자 상자와 음식 상자 그리고 장난감 상자가 놓여 있었고, 앞 유리는 미로처럼 복잡하게 되어 있어 태양이 여러 개로 반사되고 있었다."(93쪽)고 합니다. 이에 비해 그가 가난한 시절 루이빌에서 데이지와 만날 때의 차는 그저 소박한 '하얀 자동차'로 묘사됩니다. 톰의 차는 노란 쿠페입니다.

인생을 건 하나의 사랑

비도덕적이고 시대착오적임에도 불구하고 제목처럼 개츠비가 위대한 이유는 무엇일까요? 그가 가진 희망에 대한 집념과 재능, 물질을 목적이 아닌 수단으로 보는 정신 우선주의, 낭만적 민감성, 파멸의 예감에서 비롯되는 미학적 숭고함 등을 구체적인 이유로 들 수 있습니다.* 그중에서도 가장 중요한 이유는 개츠비가 '사랑' 하나를 위해 인생을 걸었다는 점입니다. 변하지 않는 순수한 사랑은 많은 사람들이 높이 평가하는 가치입니다.

---

* 강준만, 「개츠비는 왜 위대한가」, 『인물과 사상』, 2013.7, 38쪽.

개츠비를 시대에 맞지 않는 인물이라 볼 수도 있지만, 그의 사랑을 의심하기는 어렵습니다. 사랑을 되찾기 위해 노스타코다 출신의 가난한 군인이 벌인 노력의 절실함은 독자들의 공감과 동정을 사기에 충분합니다.

앞서 말했듯이 주인공 개츠비가 순전히 선한 사람은 아닙니다. 그는 돈을 벌기 위해 수상한 일을 벌였습니다. 도덕적인 면에서 그는 비난받아 마땅합니다. 목적을 위해 부정한 수단도 마다하지 않았다는 점에서 그의 몰락은 당연하다고 볼 수도 있습니다. 이때 '위대한'이라는 형용사는 역설적으로 사용된 것이 됩니다. 그리고 그는 데이지의 사랑을 완전히 회복하는 데도 실패합니다. 이미 달라져 버린 여인과 더 많이 변해버린 시대 풍속을 완전히 돌려놓는 것은 그에게도 불가능한 일이었습니다.

다음은 개츠비의 낭만적 성격을 보여줌과 동시에 예견된 비극을 암시하는 장면입니다.

> "나 같으면 그녀에게 너무 많은 것을 요구하지는 않을 겁니다." 내가 불쑥 말했다. "과거는 반복할 수 없지 않습니까."
>
> "과거를 반복할 수 없다고요?" 그는 믿어지지 않는다는 듯이 큰 소리로 말했다. "아뇨, 그럴 수 있고말고요!"
>
> 그는 마치 과거가 그의 손이 닿지 않는 곳에, 집 앞 그늘진 구석에 숨어 있기라도 하듯 주위를 두리번거렸다.
>
> "전 모든 것을 옛날과 똑같이 돌려놓을 생각입니다." 그가 단호하게 고개를 끄덕이며 말했다. "그녀도 알게 될 겁니다."(159쪽)

짧은 대화이지만 과거를 반복할 수 있는가 없는가에 대한 닉과 개츠비의 이견을 확인할 수 있습니다. 여기서 개츠비가 말하는 과거는 데이지와 사랑하던 시절이겠지요. 데이지가 부자인 톰과 결혼했고, 아이까지 두고 있는 상태에서 그들의 관계를 과거로 돌리는 것은 일반적인 생각에서 보면 불가능한 일입니다. 지나간 일 때문에 그녀에게 부담을 주지 말아야 한다는 닉의 생각이 상식에 가깝습니다. 그러나 이 소설에서 작가가 개츠비의 생각을 비상식이라고 비난하거나 시대착오적이라고 무시하지는 않습니다. 오히려 개츠비의 이런 생각을 이상주의적인 것으로 여기는 듯 합니다. 그의 이런 특성에 대해 닉은 '희망에 대한 탁월한 재능' 또는 '다시는 발견할 수 없을 것 같은 낭만적인 민감성'이라고 표현합니다. 개츠비에 대한 이런 느낌은 독자들도 쉽게 동의할 수 있습니다.

개츠비의 이런 순진한 생각은 예상치 못한 사건으로 종결을 맞게 되고, 이후 데이지는 개츠비에게서 멀어집니다. 톰과 함께 뉴욕을 떠나 새롭게 출발하려 하지요. 개츠비가 차를 몬 것으로 오해한 머틀의 남편은 개츠비를 죽이게 됩니다. 그 사이에 톰이 개입한 정황도 보입니다.

과거를 돌릴 수 있다는 개츠비의 생각이 위험한 이유는 자신의 꿈을 이루지 못하면 지난 시간을 보상받을 수 없기 때문입니다. 미래를 과거에 두고 있는 셈이기에 다른 삶을 계획하기도 쉽지 않습니다. 톰의 음모가 가미된 사고에 의해서 개츠비는 죽게 되지만, 그의 꿈이 현실에서 실현되지 못할 것이 분명해지면서 그는 이미 죽은 것과 다름 없었다고 할 수 있습니다.

"단 하나의 꿈을 품고 너무 오랫동안 살아온 것에 값비싼 대가를 치렀다고 느꼈던 것이 틀림없다. 그는 장미꽃이 얼마나 기괴한 것인지, 또 거의 가꾸지 않은 잡초 위에 쏟아지는 햇볕이 얼마나 냉랭한 것인지 알았을 때, 간담을 서늘하게 하는 나뭇잎 사이로 낯선 하늘을 올려다보며 몸서리를 쳤음에 틀림없다, 현실감이라고 없는 세계, 가엾은 허깨비들이 공기처럼 꿈을 마시며 이리저리 방황하는 새로운 세계……. 형체도 없는 나무를 헤치고 그를 향해 서서히 다가오는 그 잿빛 환영의 인물처럼."(227-228쪽)

개츠비가 자신의 꿈이 무너졌음을 안 이후의 회한을 표현한 부분입니다. 무너진 꿈도 꿈이지만 시대가 변한 것을 알아버린 절망이 더 큰지도 모릅니다. 아름답게 보이는 장미꽃이 실제로는 기괴한 것이라는 사실을, 따뜻해 보이는 햇빛이 실제로는 냉랭한 것임을 알았을 때 개츠비는 간담이 서늘함을 느꼈다고 말합니다. 이런 세상 속에서 하나의 꿈을 가지고 살아온 자신이 오히려 '가엾은 허깨비', '잿빛 환영'처럼 비현실적인 인물이었다는 점을 아프게 깨닫습니다.

개츠비가 죽었을 때 그의 순수함은 다시 한 번 현실을 만나게 됩니다. 닉은 개츠비가 죽은 후 그의 편을 드는 사람은 자신밖에 없다는 사실을 깨닫게 됩니다. 그리고 미네소타 주의 한 읍에서 헨리 C. 개츠비라는 이의 전보 한 장이 날아옵니다. 그의 아버지가 찾아온 것이지요. 화려한 파티에 초대되던 수많은 인물 중에서는 아무도 장례식장에 오지 않습니다. 톰과 데이지도 물론 개츠비의 장례식을 무시합니다.

변화를 견디는 노력

감정의 떨림, 열정을 바탕으로 한 사랑은 그것이 비록 유일한 방식은 아니지만, 우리 시대를 지배하고 있는 가장 중요한 사랑입니다. 이런 사랑이 아름다운 결말로 이어지는 이야기는 독자들을 편안하게 합니다. 반면에 사랑이 비극으로 끝날 경우 독자들의 마음은 불편해집니다. 우리는 사랑은 순수한 것이고 그것이 이루어지는 것이 아름답거나 행복한 것이라 생각합니다.

그런데도 문학에서는 사랑의 성공보다는 실패를 많이 다룹니다. 현실에서 낭만적 사랑이 실제로 이루어지기 어렵고 그것이 낳은 불행은 강렬한 인상을 남기기 때문이지요. 현실에서 낭만적 사랑은 수많은 장애를 만납니다. 베르터의 경우는 결혼한 여인에 대한 짝사랑이라는 점이 장애였고, 엠마의 경우는 결혼한 여인의 부정한 사랑이라는 점이 문제였습니다. 개츠비의 경우 변해버린 시대와 사람을 개인의 의지로 바꾸려 한 것이 문제였습니다. 혼자만의 순수한 사랑은 그를 비극으로 몰고 갔습니다.

『위대한 개츠비』는 사랑이 진공 상태 속에 존재하는 것이 아니라는 사실을 보여줍니다. 개츠비는 사랑을 얻기 위해 세속적인 성공을 이루어야 했고, 성공한 후에는 다른 이의 사랑을 빼앗아야 했습니다. 아무것도 변하지 않았다면 개츠비는 사랑을 이루었을지 모릅니다. 하지만 과거 그대로 남아 있는 것은 세상에 아무것도 없습니다. 사랑이라고 다른 것이겠습니까? 과거를 지키려 했던 개츠비가 비극을 맞는 것은 어쩌면 당연한 일이었습니다. 심지어 이 소설에서 사랑이 모든 가치보다 높이 있다고 생각하는 인물은 개츠비뿐이었습니다.

사랑을 다룬 세 편의 소설이 공통적으로 주는 교훈은 열정적으로 사랑하는 것과 그것을 유지하는 일은 다르다는 사실입니다. 열정은 순간이지만 그것을 유지하는 데는 긴 시간과 노력이 필요합니다. 다른 인간관계와 마찬가지로 사랑은 상호의 이해 안에서만 유지되고 발전할 수 있습니다. 또 사랑은 인간관계 이상의 조건에 휘둘리기도 합니다. 그 역시 관리해야 하는 중요한 대상입니다. 열정을 방해하는 그런 어려운 시간을 견디면서 사랑은 단단해지고 아름다워집니다. 그렇다고 깨어진 사랑 이야기가 아름답지 않은 것은 아닙니다. 깨지기 쉽기에 더욱 빛나고 깨어졌기에 더 아련한 것이 사랑이니까요.

Ⅱ. 성장은 어떻게 완성되는가?

디덜러스와 이카로스의 꿈

제임스 조이스, 『젊은 예술가의 초상』

자존감과 성장소설

곤충이 알에서 유충으로 유충에서 성충으로 변해가는 것처럼 아이도 시간이 지남에 따라 어른으로 성장해갑니다. 키가 자라고 체중이 늘면서 성적인 특징이 분명해지고 신체 능력과 사고 능력이 함께 발달하지요. 성장하면서 인간은 다양한 지식을 습득하고 사회 제도나 관습에 적응하는 법도 배웁니다. 거기에 더해 인간은 심리적으로도 변화를 겪습니다. 기쁨과 슬픔, 만족과 좌절, 사랑과 증오 등 다양한 감정을 느끼면서 온전한 자아를 형성하게 되지요.

인간은 주변과 소통하면서 자신의 의미나 위치를 깨닫고 타인에 대한 이해도 넓힙니다. 이때 개인의 지향과 주변의 기대가 일치하지 않을 경우 갈등이 생기기도 하지요. 이런 갈등이 꼭 부정적인 것만은 아닙니다. 자아가 세계의 교양을 습득하고 올바른 관계를 정립하는 데 도움을 주기 때문입니다. 개인에 따라 갈등이 크기와 영향은 다를 수 있지만, 이러한 갈등을 잘 해결해야 개인은 공동체와 조화롭고 안정된 관계를 유지할 수 있습니다. 개인들의 온전한 성장에 따라 그 사회의 미래가 결정된다고 해도 과언은 아닙니다. 어느 사회든 성장기에 이른 젊은이들을 특별하게 취급하는 이유가 여기 있습니다.

자아의 성숙에서 가장 중요한 심리적 요소는 자존감입니다. 일반적으로 자존감은 자신에 대한 의미부여가 적절히 이루어졌을 때 채워집니다. 현재의 자존감은 과거와 미래에 의해 큰 영향을 받지요. 성장 과정을 비롯한 과거의 환경과 장래에 대한 기대나 꿈이 현재의 심리상태를 결정하기 때문입니다. 자존감은 스스로 주체임을 확인할 때 커집니다. 자기 삶을 주도적으로 이끌어간다는 자부심과 긍지 그리고 보람을 느낄 때 충만하게 되지요.

자존감은 주관적 성격이 강하기 때문에 그것을 잴 수 있는 객관적 척도가 존재하지는 않습니다. 극히 낮은 자존감과 지나치게 높은 자존감을 역시 주관적으로 판단할 수 있을 뿐입니다. 일반적으로 낮은 자존감은 여러 문제를 일으키며 높은 자존감은 삶에 긍정적 효과를 가져온다고 알려져 있습니다. 하지만 꼭 그런 것만도 아니라는 의견도 있습니다. 개인심리학을 창안한 아들러는 낮은 자존감에서 비롯된 열등감을 성공의 중요한 요소로 뽑기도 했습니다. 열등감을 극복하기 위해 노력하고, 자신들의 강점과 재능을 발달시키기 위해 분투하는 사람이 올바로 성장할 수 있다는 것이지요. 높은 자존감을 지닌 사람은 주변인에게 공격적이고 상대방을 지배하려는 경향이 강한 반면, 자존감이 낮은 사람은 상대적으로 공격성이 낮다는 연구 결과도 있습니다.

처음부터 적절한 자존감을 가지고 살아가는 아이도 있겠지만 대부분의 아이는 부모의 사랑이나 주변의 관심, 성취의 경험 등을 통해 점차 자존감을 높여갑니다. 그것이 일반적인 성장의 과정이기도 합니다. 이런 과정을 제대로 거치지 못하는 경우 문제가 발생하기도 합니다. 겉으로 보기에 무난한 성장 과정을 겪는다고 해도 실제로 성장은 모두에게 어려운 일입니다. 인간은 누구나 불완전하고 나약하게 태어나기 때문에 자아를 찾고 자존감을 높이기 위해서는 지난한 노력이 필요합니다. 우리는 이를 경험을 통해서도 알 수 있습니다. 주변 사람들을 생각해보십시오. 성장 과정에 나름의 사연을 가지고 있지 않은 사람이 얼마나 되는지.

잘 알려져 있듯 '성장소설'은 위에서 말한 성장의 심리적 과정을 주로 다룹니다. 그런데 문제는 인간의 성장이 한 시기에 한정되는 것이 아니라는 점입니다. 관점에 따라 성장은 죽기 전까지 지속적으로 이루어지는 긴 과정일 수도 있습니다. 성장소설의 스펙트럼이 대단히 넓은 이유도 여기에 있습니다. 괴테의 『빌헬름 마이스터의 수업 시대』* 는 성인으로서의 교

* 괴테의 『빌헬름 마이스터의 수업 시대』는 아이의 성장이 아니라 성숙한 시민이 되기 위한 교양의 문제를 다루고 있다. 당시 새로운 교양으로 떠오른 연극과 문학

양 문제를 다루고 있는 대표적인 소설입니다. 반면 『호밀밭의 파수꾼』은 현실에 적응하지 못하고 동정조차 받지 못하는 외로운 청년을 주인공으로, 『수레바퀴 아래서』는 주변의 기대에 부응하지 못한 가련한 청년을 주인공으로 내세웁니다. 이 두 소설은 자존감을 잃고 방황하는 인물들에 관한 이야기라고 할 수 있습니다.

이처럼 성장소설은 원만하게 사회에 진입하는 '착한' 아이들의 이야기만은 아닙니다. 동화가 아닌 소설에서 인물의 성장이 쉽게 이루어진다면 그것도 이상한 일이겠지요. 성장이 곧 원만한 사회화라는 등식도 성장소설에는 적당한 말이 아닙니다. 대표적인 성장소설로 꼽히는 『젊은 예술가의 초상』(1916년)* 역시 사회에 잘 적응하는 주인공의 이야기는 아닙니다. 주인공 스티븐 디덜러스는 주어진 환경을 거부하고 자신의 꿈을 찾아 탈출을 감행하는 인물입니다. 고리타분한 민족주의적 관점에서 보면 『젊은 예술가의 초상』은 그리 건강한 소설이 아닐지도 모릅니다. 하지만 그렇기 때문에 한 인물의 온전한 성장의 모습을 담아낼 수 있는 소설입니다.

에 대한 고민을 담은 책이다. 주인공의 나이 역시 상대적으로 많은 편이다.

* 제임스 조이스, 『젊은 예술가의 초상』, 장경렬 역, 시공사, 2012.

두 주인에서 벗어나기

제임스 조이스의 문학은 난해한 것으로 유명합니다. 『율리시스』나 『피네건의 경야』는 말할 것도 없고 첫 작품집 『더블린 사람들』도 결코 읽기가 녹록하지 않지요. 그는 의식의 흐름 기법은 물론 다양한 패러디와 상징의 사용으로 '모더니즘'의 대표 작가로 칭송받습니다. 하지만, 그 모든 장치들이 독자들에게는 독서의 장애물이기도 합니다. 그나마 『젊은 예술가의 초상』은 그의 다른 작품에 비해 읽기가 수월(?)한 편입니다. 최소한 주인공이 분명하고 그의 행위나 의식이 어디로 가고 있는지는 파악할 수 있기 때문이지요. 한 인물의 성장이라는 중심 서사가 있기 때문에 세세한 부분을 조금 놓치더라도 끝까지 읽는 데는 어려움이 없습니다.

감수성 예민한 소년 스티븐 디덜러스는 아일랜드 더블린의 유복한 가정에서 태어나 예수회 기숙학교인 클롱고우스에 입학합니다. 이후 가세가 기울면서 벨비디어 학교로 옮기게 되지요. 가난해진 생활에 대한 좌절감과 강한 자의식, 시적 감수성 등은 스티븐을 반항적인 소년으로 만듭니다. 이 무렵 성에 눈뜬 스티븐은 사창가에 드나들게 되는데, 그 경험 때문에 죄의식에 시달리게 되지요. 고해성사와 회개를 통해 구원받았다고 생각한 그는 종교에 깊이 빠져들어 학업이나 신앙에서 나무랄 데 없는 학생이 됩니다. 모범생 스티븐에게 교장은 가톨릭 사제가 될 것을 권하지만 이미 종교에서 마음이 떠난 그는 새로운 길을 찾습니다. 그러던 어느 날 스티븐은 바닷가에서 물장난을 치는 한 소녀의 모습을 보고 초월적인 아름다움을 느끼게 됩니다. 이 사건 이후 예술가로서의 자신을 자각한 스티븐은 예술가라는 이상을 좇아 유럽으로 떠날 것을 결심합니다.

이상의 요약에서 우리는 두 가지 점에 주목하게 됩니다. 첫째는 스티븐의 성장 과정이 세계에 대한 긍정이 아니라 부정을 통해 이루어진다는 점입니다. 그의 성장은 가족과 종교, 학교와 민족이라는 굴레를 벗어나 예술가의 길을 택하는 과정이라고 할 수 있습니다. 그는 쇠락하는 가정과 조국, 그리고 종교에 대한 의무감을 강하게 느끼지만 그것이 자신에게 올가미라 판단하고 과감히 그것을 벗어던지는 것이지요. 그는 자신을 둘러싼 모든 것을 거부하는 대가로 고독과 방황 그리고 혼돈의 시간을 보내야 했습니다.

둘째는 스티븐 디덜러스가 작가 제임스 조이스의 분신이라는 점입니다. 조이스는 『젊은 예술가의 초상』과 『율리시스』를 통해 자신의 성장 과정과 더블린의 사람들을 섬세하게 재현해 놓습니다. 아버지와 어머니 등 두 소설에 공통으로 등장하는 인물들은 물론 이웃이나 친구 등 잠시 등장하는 인물들도 대부분 현실에서의 모델을 가지고 있습니다. 소설 속에서 스티븐의 고민과 행적 역시 작가의 그것들과 다르지 않습니다. 한 예로 『젊은 예술가의 초상』에서 예상된 주인공의 미래 행로는 현실에서 제임스 조이스의 행로입니다.

『율리시스』의 첫 권에서 스티븐은 스스로를 '두 주인을 섬기는 종놈'이라고 말합니다. 영국인과 이탈리아인, 즉 대영제국과 가톨릭의 영향에서 자유롭지 못한 아일랜드와 자신에 대한 조소라 할 수 있습니다. 아일랜드가 영국의 식민지이면서 가톨릭 사제들에게 지배받는 땅이라는 뜻이겠지요. 제임스 조이스는 아일랜드에 대한 애정을 특별히 드러낸 작가는 아닙니다. 당시에 활발히 일어나고 있던 아일랜드 민족주의 운동에 대해서도 주인공 스티븐은 큰 관심을 보이지 않습니다. 그가 어떤 아일랜드 작가보다도 아일랜드에 더 깊은 뿌리를 두고 있는데도 말입니다.

아일랜드에는 조이스 말고도 유명한 작가들이 많습니다. 조너선 스위프트, 토머스 무어, 버나드 쇼, 오스카 와일드, 윌리엄 예이츠, 사뮈엘 베케트가 모두 더블린 출신의 문인들입니다. 그런데 버나드 쇼나 예이츠처럼 세계적 명성을 얻은 문인들이 정복자들의 후예인 영국계 아일랜드인이었던 데 비해 조이스는 토착 가톨릭 집안에서 태어난 아일랜드인이었습니다. 그래서 다른 이들이 영국에 기대어 이름을 얻었던 것과 달리 조이스는 영국을 건너뛰고 파리, 취리히 등으로의 유럽 망명을 택합니다. 그는 19세기 초까지 아일랜드의 유일한 대학이었던 트리니티 칼리지(Trinity College)를 다니지 않고 가톨릭계 토착민들을 위한 '2류 대학' 유니버시티 칼리지(University College)를 다녔습니다.*

만약 국가나 민족, 집단의 이익을 중시하는 사람들이라면 지금까지 확인한 상황만으로 그의 행위에 대한 윤리적 판단을 내리고 싶을 것입니다. 그의 행위가 왠지 바람직하지 않다는 생각을 할 수 있지요. 하지만 그런 생각은 여기서 접어두기로 합니다. 아일랜드 토박이 출신에 가톨릭 집안

---

* 김한식, 「분열된 영웅의 비루한 하루」, 『고전의 이유』, 뜨인돌, 2017, 316쪽.

에서 태어났다고 해서 문제 많은 조국을 무조건 긍정해야 하는 것은 아닙니다. 예술가가 되는 꿈을 이루기 위해 홀로 조국에서 탈출했다고 그를 일방적으로 비난하는 것도 옳지 못합니다. 물론 그가 민족주의자가 되고 사제가 되어 아일랜드의 정치적 미래에 적극적으로 공헌했다면 우리의 맘이 편했을지 모릅니다. 훌륭한 사람이라고 칭찬했겠지요. 그러나 그는 다른 선택을 했기 때문에 그러한 길을 갈 수 없었을 뿐입니다.

앞서 말했듯 성장이라면 개인이 기존 질서를 받아들이고 개인의 꿈이나 이상을 거기에 맞추는 것을 상상하기 쉽습니다. 사회 없이 개인이 없다는 상투적인 말이 아니라도 보통 사람은 자기 주변을 이처럼 전면적으로 거부할 용기를 갖고 있지 못합니다. 인생의 중요한 가치는 개인마다 다를 수 있다는 것을 알고 있지만, 실제 문제에 닥치면 우리는 개인의 이익이니 편협한 생각이니 하며 개인의 선택을 비난하기 쉽습니다. 하지만 의미 있는 삶을 살려는 개인의 의지는 부당하게 폄하되어선 안 됩니다. 남에게 큰 해를 끼치는 것이 아닌 한 말입니다.

실제로 『젊은 예술가의 초상』에 그려진 더블린과 아일랜드는 희망과 기쁨이 넘치는 축복의 땅은 아닙니다. 자기 땅의 그런 현실에 대해 조이스는 애증의 감정을 갖습니다. 그가 단순히 아일랜드를 증오했다면 고향을 떠난 이후에도 더블린을 배경으로 한 소설을 그렇게 열정적으로 쓰기 어려웠을 것입니다. 떠나온 땅에 대한 복잡한 감정을 떨칠 수 없었기에 그는 스티븐이라는 주인공을 내세워 아일랜드를 부정하도록 한 것이지요. 어떤 면에서 보면 조이스의 소설은 그가 조국의 독자들에게 보낸 '트로이의 목마'였습니다. 작가는 그들이 이 소설을 통해 아일랜드의 현실을 냉정하게 읽어주기를 바랐는지 모릅니다. 그는 조국의 시대적 현실을 객관적이고 냉정하게 인식해서 암울한 시대 상황을 딛고 일어설 수 있는 공동체적 방향성을 이끌어 내려 했을 것입니다. 그것이 조국에의 귀환이라는 형태로 끝내 이루어지지 못했다는 점에서 완성되었다고 보기는 어렵지만 말입니다.*

슬픈 아일랜드

이 소설은 모두 다섯 장으로 구성되어 있습니다. 주인공의 어린 시절부터 시작하여 대학을 졸업할 때까지를 시기별로 나눈 것입니다. 짧지 않은 소설이지만, 주인공이 성장기 내내 풀어야 할 갈등의 내용은 소설 전반부에 압축적으로 제시되어 있습니다.

> 아줌마의 서랍장에는 옷솔이 두 개 있었다. 밤색 벨벳으로 등을 장식한 옷솔은 마이클 대빗을 위한 것이었고, 녹색 벨벳으로 등을 장식한 옷솔은 파넬을 위한 것이었다. 아줌마는 아이가 화장지 한 장을 가져다줄 때마다 캐슈를 한 알씩 주었다.
>
> 아일린 밴스는 7번지에 있는 집에 살았다. 아일린의 집에도 아버지와 어머니가 있었는데, 그들은 아일린의 아버지와 어머니였다. 커서 어른이 되

---

* 최병갑, 「제임스 조이스와 사랑」, 『인문과학연구』36, 2011.2, 190-191쪽.

면 아이는 아일린과 결혼할 생각이었다.

아이가 식탁 아래로 숨었다. 그러자 어머니가 이렇게 말했다.

"그럼요, 스티븐이 잘못을 빌 거예요."

아줌마가 이렇게 말을 받았다.

"그럼요! 잘못을 빌지 않으면, 독수리가 와서 눈알을 빼갈 거니까요."(11쪽)

위 예문에는 어머니와 아줌마 외에도 몇 사람의 이름이 등장합니다. 그중 파넬과 아일린은 아일랜드 사람인 스티븐이 처한 현실을 상징적으로 보여주는 인물들입니다. 우선 파넬은 아일랜드 민족주의 운동을 대표하는 사람입니다. 녹색은 그를 상징하는 색깔이지요. 따라서 그의 옷솔을 가지고 있는 아줌마는 아일랜드 민족주의를 지지한다고 할 수 있습니다. 한편 아일린은 더블린에 사는 신교도 집안의 딸입니다. 이웃에 있는 그녀와 결혼할 생각을 한 탓에 스티븐은 크게 혼이 납니다. 어머니와 아줌마가 험한 말을 주고받으며 스티븐의 잘못을 꾸짖지요. 어머니가 '잘못을 빌' 것이라고 말하자 아줌마는 더 거친 말로 응답합니다. 어린 스티븐의 말이 신교도 어머니로서는 무척 화가 날 만한 일이었던 모양입니다.

아일랜드는 잉글랜드가 있는 그레이트 브리튼 섬과는 달리 가톨릭을 믿는 지역입니다. 따라서 스티븐이 신교도의 딸과 결혼하겠다는 것은 '터무니없는' 생각이었습니다. 이런 분위기를 알 길 없는 어린 스티븐은 그저 순수한 마음으로 아일린과 결혼하겠다고 했겠지요. 하지만 어른들의 반응은 의외로 거칠었고 그래서 스티븐은 식탁 아래로 숨은 것입니다. 스티븐은 이때 주변으로부터 강렬한 소외감을 느꼈을 것입니다. 아줌마 이야기 속의 '독수리들'은 감시자나 처벌자로서 스티븐이 겪게 될 사회라는 슈퍼에고를 상징합니다. 어머니가 말한 '빌 것'이라는 말에는 기존의 질서에 복종하라는 압력이 담겨 있습니다. 그러나 스티븐은 이러한 억압과 강요에 좌절하기보다는 오히려 테이블 밑에 숨음으로써 도피와 반항 의지를 보여줍니다.*

파넬이라는 인물은 아일랜드 근대사를 이해하는 데 매우 중요합니다. 19세기 아일랜드 민족주의자들은 독립보다는 자치를 주장했습니다. 그 운동을 이끈 것은 가난한 농민 등이 아니라 영국 출신 아일랜드인들이었습니다. 19세기 후반에 국민들의 신임을 얻은 파넬은 자치를 거의 완성시킬 단계에 이르지만 여러 이유로 실각하고 결국 죽음을 맞게 됩니다. 신교도였던 파넬은 가톨릭 농민계층의 광범위한 지지를 얻는 데는 성공하지 못했습니다.

당시 지배층이었던 성직자들 역시 신교도들의 자치운동을 반대하였습니다. 이 때문에 가톨릭에 대한 일반인들의 생각이 나빠지기도 했답니다. 조이스 역시 가톨릭 세력은 변절이나 배신을 일삼는 위정자들의 무리보다 아일랜드의 독립에 더 많은 방해 요소가 된다고 수차례 언급한 적이 있

---

* 한영숙, 「〈젊은 예술가의 초상〉: 언어를 통한 자의식의 성장」, 『영어영문학』, 2001.12, 112쪽.

습니다. 비록 모두가 지지한 것은 아니었지만 아일랜드인들은 파넬의 몰락이 아일랜드 정체성 회복 기회의 상실, 정치적 공백의 장기화로 이어졌다고 생각했습니다. 그렇다고 스티븐이 파넬로 상징되는 민족주의 운동에 적극적으로 호응하는 것은 아닙니다. 그의 주변에는 민족주의에 열광하는 사람이 많지만 그는 민족주의 운동 자체의 모순과 한계를 더 중요하게 생각합니다. 스티븐은 자신이 놓인 아일랜드의 상황이 크게 나아질 것이라 기대하지 않습니다.

가정에서뿐 아니라 학교에서도 스티븐은 비합리와 야만을 경험합니다. 이를 통해 그는 자신을 둘러싸고 있는 환경의 폭력성과 부정성에 대해 눈을 뜹니다.

> 자신의 잘 마른 밤을 스티븐이 갖고 있던 자그마한 코담뱃갑과 바꾸려 하지 않는다고 해서 그의 어깨를 밀어 화장실 오물 구덩이에 빠뜨렸던 웰스는 참으로 비열한 녀석이었다. 오물 구덩이의 물이 얼마나 차갑고 끈적끈적했던가! 언젠가 커다란 들쥐가 찌꺼기가 뒤엉켜 있는 그 오물 구덩이로 풍덩 뛰어드는 것을 보았다는 아이도 있었다. 그는 몸서리를 쳤으며 울고 싶었다. 집에 있었다면 얼마나 좋았을까!(16-17쪽)

어린 시절에 경험한 폭력은 쉽게 지워지지 않는 상처가 됩니다. 부당한 폭력인 경우는 더 그렇겠지요. 다른 아이처럼 스티븐이 처음 만난 사회는 학교였는데 유감스럽게 스티브에게 그곳은 비열한 인간들이 있는 더러운 곳이었습니다. 위 예문에서는 웰스의 폭력 못지않게 스피븐이 빠졌던 오물 구덩이에 대한 묘사가 인상적입니다. 이런 묘사가 가능한 이유는 그가 집 밖을 온통 오물 구덩이로 느끼고 있기 때문입니다. '이불 밖은 위험해'라는 말이 있는데, 스티븐에게 집 밖이 그러했습니다. 좀 비약이긴 하지만 스티븐은 성장하면서 아일랜드의 현실을 이 구덩이와 연관시킵니다.

스티븐은 학생들에게만 아니라 교사에게도 공평치 못한 대우를 받습니다. 안경이 부서져서 책을 볼 수 없게 된 스티븐은 학감에게 게으름뱅이 취급을 당하며 매까지 맞습니다. 의사의 처방을 받았고, 집에서 새로운 안경을 주문했는데도 말입니다. 담당 신부 역시 안경이 올 때까지 책을 보지 않아도 된다고 했습니다. 이 부분에서 작가는 "공평치 못하고 야만적인 처사"라는 표현을 여러 차례 사용합니다. 고민 끝에 스티븐은 교장 선생님께 자신의 억울함을 호소하고 어느 정도 자기 입장을 이해받습니다.

물론 이런 일들은 학교에서 일상적으로 벌어지는 사건이기는 합니다. 웰스의 행위는 철없는 아이의 못된 행동으로 봐줄 수 있습니다. 그가 나중에 사과하기도 했고요. 학감도 마찬가지입니다. 여러 학생을 대하다 보면 개별 학생의 처지를 이해하지 못하고 실수할 수도 있습니다. 그러나 가해자들에게는 대단치 않은 실수일지 모르지만 민감한 기질의 아이에게 이런 주변 환경은 견디기 어려운 고통입니다. 자라면서 그 고통은 더욱 커지겠지요. 그 고통의 기억을 간직한 채 스티븐은 이제 더 큰 세계와 만나야 합니다.

질곡에서 벗어나기

스티븐 디덜러스의 성장은 주변에서 가해지는 압박과 질곡에서 스스로를 해방시키는 과정이기도 합니다. 앞서 살핀 대로 그는 경제적으로 어려워진 가정, 식민지 아일랜드, 가톨릭이라는 종교에 의해 의무를 강요당하고 있습니다. 어느 것도 자신이 선택한 것이 아니었기에 그는 이것들을 질곡으로 여깁니다.

그는 성장하는 내내 공허한 목소리에 시달립니다. 주위에서는 그에게 신사가 되라 말합니다. 아버지와 선생님들의 목소리였는데, 그들은 또 강해질 것을, 사나이다워질 것을, 건강할 것을 요구합니다. 민족주의 운동의 기운이 커지자 주변에서는 새로운 목소리가 들려오기도 합니다. 이는 조국에 충성할 것을, 빈사 상태에 처한 조국의 언어와 전통을 되살리는 데 복무할 것을 명령하는 목소리였습니다. 게다가 학교 친구들은 그에게 모나지 않은 친구가 될 것을, 친구들의 보호막 역할을 해줄 것을 요구합니다. 이 목소리들이 공허한 이유는 어느 것도 스티븐의 심장에까지는 닿지 못하기 때문입니다.

독자에 따라서는 이런 요구들에 민감한 스티븐에게 문제가 있다고 지적할 수도 있습니다. 앞서도 말했지만 그의 성격이 지나치게 예민한 면도 없지 않습니다. 평범한 사람들은 가족과 민족에 대한 의무 그리고 친구 사이에서의 역할을 당연한 것으로 받아들입니다. 그렇다고 그의 민감성 자체를 탓할 수는 없습니다. 같은 압력이라도 사람에 따라서 느끼는 부담의 크기는 다를 수 있으니까요. 그는 세속적인 사회인이 되기에는 자아가 너무 강한 인물이었을 뿐입니다. 그는 주변의 요구를 수용할 경우 자신이 가까이 가고자 하는 삶에 한 발도 다가갈 수 없는 그런 성격의 인물이었습니다. 남들이 어떻게 받아들이든 그의 성격이 이상한 것은 아닙니다.

> 그는 또한 스스로 자신을 고립시키려는 시도가 부질없는 것임을 분명하게 깨달았다. 그는 자신이 가까이 가고자 하는 삶으로 한 걸음도 다가가지 못했고, 자신과 아버지, 자신과 어머니, 자신과 남동생들, 자신과 누이동생들 사이를 갈라놓는 부끄러움과 적대감이라는 불편한 감정을 극복하지도 못했다. 그에게는 자신이 그들과 피를 나눈 가족의 일원이라는 느낌이 거의 들지 않았다. 자신이 알 수 없는 인연으로 그들의 집으로 보내져 양육되고 있는 존재, 그들에게 기껏해야 의붓자식 또는 부모가 다른 형이나 오빠에 불과한 존재로 느껴졌던 것이다.(180쪽)

그는 자신을 둘러 싼 환경으로부터 벗어나고 싶어 합니다. 위에서 보듯 스티븐은 가족과의 일체감을 느끼지 못합니다. '부끄러움과 적대감이라는 불편한 감정'을 가지고 살아가지요. 그 이질감은 자신이 가족의 일원이 아니라는 느낌마저 들게 합니다. 하지만 그는 가족을 비롯한 주변 사람들로부터 완전히 벗어날 수는 없습니다. 이런 감정과 현실 사이의 모순은 성장과정에서 그가 겪게 되는 혼란의 한 원인이 됩니다.

가족에 대한 부정이라 부를 수 있는 스티븐의 이런 심리적 갈등은 성장기 남자 아이에게 일반적으로 나타나는 현상이라고 합니다. 정신분석의 말을 빌리면 만족스럽지 못한 가정에서 자란 어린이가 자신을 업둥이나 사생아라 느끼는 것이지요. 자신은 사생아이기 때문에 현재의 아버지는 진짜 아버지가 아니라거나, 고귀한 가문에서 버려진 자기를 받아 키운 지금의 부모는 친부모가 아니라는 생각입니다. 어쨌든 아이들은 자신은 더 고귀한 신분의 사람이라고 믿고 싶어 합니다. 이런 생각은 부모를 넘어서려는 아이의 무의식과 관련된다고 합니다. 이런 과정을 통해 아이는 아버지보다 나아지고 부모로부터 독립하는 것이지요. 위에서는 그것이 '부끄러움과 적대감이라는 불편한 감정'으로 표현됩니다.

그렇다고 스티븐이 정말로 가족으로부터 완전히 벗어나는 것은 아닙니다. 그 역시 자신이 부모와 조국을 등진 것에 대한 죄책감을 떨치지 못합니다. 이 소설 이후의 시기를 다룬 『율리시스』에서 스티븐은 작품 내내 '어머니'라는 환영에 괴로워합니다. 상징적으로 보면 어머니는 조국 '아일랜드'를 포함하는 말입니다. 그러나 『젊은 예술가의 초상』은 모든 의무를 벗어던지고 유럽으로 떠나는 것으로 끝이 납니다. 따라서 이 소설에서 죄책감이나 반성을 거론하기에는 아직 이른 것이지요.

『젊은 예술가의 초상』에서 스티븐을 마지막까지 붙잡고 있던 것은 종교입니다. 그는 성장기 내내 가톨릭 학교를 다녔고 한때 종교를 통한 구원에 매달리기도 합니다. 특히 그가 자신의 방탕한 생활에 대한 죄책감에 시달릴 때 종교는 큰 힘이 됩니다. 그는 거리의 여자를 만나 부정한 짓을 했던 기억을 결코 떨쳐버릴 수 없습니다. 그리고 한 번 지은 죄를 영원히 용서받을 수 없다는 생각에 괴로워하지요. 이후로는 아무리 선한 일을 해도 그것은 은총을 받기 위한 허위일 뿐이라 생각하게 됩니다. 열렬한 신앙심도 꺾이자 그는 차라리 신을 멀리하려고까지 합니다.

> 그가 아무리 거룩한 삶을 살더라도, 또는 그 어떤 미덕과 완벽함을 성취한다 하더라도, 과거의 죄에서 결단코 완전하게 벗어날 수 없으리라고 생각하니, 그는 굴욕감과 수치심에서 벗어날 수 없었다. 결코 잠들지 않을 죄의식이 그와 항상 함께할 것이다. 그는 고백을 할 것이고 회개를 할 것이며 죄를 용서받을 것이다. 그리고 다시 고백을 할 것이고 회개를 할 것이며, 다시 죄를 용서받을 것이다. 아무런 열매도 맺지 못한 채, 어쩌면 지옥에 대한 두려움으로 인해 억지로 쥐어짜듯 그의 입에서 나온 성급한 첫 고백은 선한 것이 아니었는지도 몰랐다.(282쪽)

과거의 죄에서 벗어날 수 없음에 대한 회의를 보여주는 부분입니다. 그는 고백과 회개를 통해 용서를 받는다고 해도 그것은 종교적인 문제일 뿐 양심의 문제가 아니라 생각합니다. 새로운 죄를 새로운 회개를 통해 용서받는다는 것도 모순이라 느끼지요. 회개를 하더라도 그것이 지옥에 대한 두려움 때문이라면 진실하다고 볼 수 있을까 의심하기도 합니다. 이런 논리를 따르면 종교적으로나 양심으로나 진정한 회개와 용서는 불가능합니다. 회개는 죄를 지은 인간들의 안일한 대응이며 자기 위안에 불과한 것이지요. 이런 생각 안에 갇히면 죄를 지은 사람이 빠져나갈 길은 없습니다. 이러한 생각의 회로에서 벗어나지 못한다면 말입니다. 죄의식에 대해 고민하는 장면은 『젊은 예술가의 초상』 전체에서 성장 소설적인 요소가 가장 두드러지는 부분이라 할 수 있습니다.

이런 죄의식에서 벗어나면서 스티븐은 과거에서도 벗어나게 됩니다. 이때 그는 선한 삶을 사는 기독교 사제들에게 영향을 받습니다. 그들에 의해 기독교 교리에도 한층 가깝게 다가가게 됩니다. 이런 신실한 생활 때문에 스티븐은 신앙심 깊은 우수한 학생으로 인정받습니다. 졸업 때가 되자 학교에서는 그에게 예수회 신부가 될 것을 권합니다. 그에게 '소명'에 대해 고민하는 순간이 온 것이지요. 이때 그는 "어떤 체제 안에서도 타인과 거리를 둔 채 존재하는 개별자라는 생각을 갖도록 그를 항상 이끌어왔던 영혼의 자부심"(297쪽)을 어찌할 것인가를 고민합니다. 아마도 그것이 어린 시절부터 자신이 느꼈던 영혼의 소리가 아니었는지 새삼 깨닫게도 됩니다. 그는 스스로 교육이나 신앙심으로 통제될 수 없는 어떤 강렬한 본능이 자기 안에 있다는 것도 느낍니다. 만약 사제가 된다면 조만간 그리고 영원히 그의 자유를 빼앗길지도 모른다고 생각하지요. 그리고 다른 사람들의 것과는 다른 자기만의 지혜를 터득하는 것이 그에게 주어진 운명이라 여깁니다. '세상이라는 그물 안에서 방황하는 가운데 스스로 다른 사람들의 지혜를 터득하는 것'을 운명으로 받아들입니다. 그 길은 말할 것도 없이 예술가의 길입니다.

다이달로스와 에피파니

스티븐 디덜러스는 아일랜드에서는 평범한 이름이 아니라고 합니다. '스티븐'은 신약성서 사도행전에 나오는 최초의 순교자 이름이고, '다이달로스'는 그리스 신화 속에 나오는 건축가이자 발명가의 이름입니다. 다이달로스는 크레타 섬의 미노스 왕을 위하여 미궁을 짓지만, 미노스 왕에 의해 감옥에 갇히고 말지요. 그는 그곳에서 밀랍과 깃털로 날개를 만들어 아들인 이카로스와 함께 시칠리아로 탈출합니다. 그러고 보면 다이달로스는 탈출한 사람이기도 하네요.

> 구름들은 이동 중인 한 무리의 유목민처럼 하늘이라는 사막을 가로질러, 아일랜드의 하늘 저 높은 곳을 가로질러 서쪽을 향해 떠가고 있었다. 그들이 지나온 유럽은 아일랜드 해협 저 너머로 펼쳐져 있었다. 구름들은 낯선 언어들과 패인 계곡들과 둘러싼 숲들과 요새화된 성채들이 있는 유럽을, 참호에 갇히고 전투 대열로 내몰린 민족들이 있는 유럽을 지나온 것이었다. 그는 자신의 내부에서 혼란스런 음악이, 가물가물 떠오르긴 하지만 단 한 순간도 명확하게 포착할 수 없는 기억들과 이름들로 뒤엉켜 있는 듯한 혼란스런 음악이 울려 나오고 있음을 감지했다. 이윽고 음악이 서서히, 아주 서서히, 아주 서서히 잦아들고 있음을 느꼈다. 안개와도 같이 막연한 가락의 음악이 조금씩, 아주 조금씩, 아주 조금씩 잦아들 때마다 길게 꼬리를 드리운 부름의 소리 하나가, 어둠의 침묵을 꿰뚫는 별빛과 같은 부름의 소리가, 예외 없이 비집고 들어와 그 자리를 채웠다. 그 부름의 소리가 다시, 그리고 다시, 그리고 또 다시, 그리고 또 한 번 다시 울렸다. 이 세상의

바깥쪽 어딘가에서 누군가 그를 부르고 있었다.(309쪽)

윗글은 스티븐이 구름을 보면서 유럽에 대한 끌림을 표현하고 있는 부분입니다. 유럽에서 흘러온 구름에서 느낀 영감과 내부에서 솟아나는 욕구가 부딪쳐 순간적인 깨달음을 만들어내고 있지요. 그는 이 세상의 바깥에서 누군가 자기를 부르고 있음을 강하게 느낍니다. 이러한 열망 때문인지 그는 '자신의 이름이 자신의 이상한 이름이 그에게 하나의 예언처럼 느껴'진다고 합니다. 그는 낯선 언어들과 민족들이 있는 그곳에서 외부인으로 살기를 원합니다.

제임스 조이스는 이처럼 외부의 사소한 자극을 통해 영혼의 깨달음을 표현하는 기법을 매우 중시했습니다. 이를 에피파니 이론이라 부릅니다. 원래 에피파니란 동방박사들이 베들레헴에서 탄생한 아기 예수를 보고 신성과 인성이 합쳐진 모습을 인식했다는 숭고한 순간을 말합니다. 이러한 종교적 형식을 그가 문학에 도입한 것이지요. 에피파니는 순간 사라져버리는 것이기 때문에 세심한 주의를 기울여야 발견할 수 있습니다. 아무리 사소한 경험에서라도 예술가는 충분히 감수성의 자극을 받을 수 있다는 신념이 있어야 하고, 영감을 주는 한순간 한순간을 소중히 여겨야 하는 것이지요.

위 예문 뒤에는 스티븐이 예술가적 소명을 느끼는 에피파니의 순간이 이어집니다.

전설적인 장인의 이름을 듣자, 이제 그는 희미한 파도 소리가 들리는 것을 느낄 수 있었고, 날개를 단 한 형상이 파도 위로 날아다니다 천천히 공중으로 솟아오르는 것을 볼 수 있었다. 이것이 뜻하는 바는 무엇인가. 바다 위에서 태양을 향해 매처럼 날아오르는 사나이, 이는 예언과 상징으로 가득 찬 중세의 어떤 서적을 한 페이지 열기 위한 신기한 도구가 아닌가. 그가 운명적으로 몸 바쳐 실현해야 할 대의가 무엇인지를, 안개를 헤매듯 어린 시절과 소년 시절을 지내는 동안 줄곧 그를 따라다녔던 대의가 무엇인가를 말해주는 예언이 아닌가! [……] 그의 가슴이 뛰고 있었다. 그의 호흡이 점점 빨라지고, 마치 그 자신이 태양을 향해 날아오르고 있기라도 하듯 야성적인 생명력이 그의 팔과 다리를 휩쓸고 지나갔다. 그의 심장은 황홀하고 아찔한 두려움에 떨고 있었고, 그의 영혼은 하늘을 날고 있었다. 하늘을 날던 그의 영혼이 이윽고 이 세상 너머의 저편 하늘을 향해 드높이 치솟아 올랐다.(312쪽)

4장의 끝부분으로 세계와 교류하기 시작하는 정신의 장관을 보여주는 장면이라 할 수 있습니다. 이 장면은 그의 이름에 대한 친구들의 야유에서 시작합니다. 그들은 주인공의 이름에 대해 "스테파노스 디덜러스! 보우스 스테파노우메노스! 보우스 스테파네포로스!"(311쪽)라고 말합니다. 스테파노스는 그의 이름을 그리스 식으로 발음한 것인데, 승리자에게 수여하는 화환이나 왕관이라는 뜻입니다. '보우스 스테파노우메노스'는 화환을 쓴 황소라는 뜻이지요. 고대에는 희생 제의에 산 채로 제물로 바쳐지는 황소에게 화환을 씌우는 풍습이 있었다고 합니다. 디덜러스는 예술가를 상징하고요. 이름을 통해 친구들은 그의 예술가적인 태도, 비 민족주의적, 비 가톨릭적 태도를 조롱하고 있는 것입니다. 하지만 스티븐은 오히려 거기서 자신의 운명을 느낍니다.

장인의 이름에서 그는 날개를 떠올립니다. 바다 위를 태양처럼 나는 사나이의 모습도 연상합니다. 그 날개가 하나의 예언처럼 느껴지자 어릴 때부터 막연하게 자신을 따라다니던 어떤 대의가 그것이었음을 깨닫게 됩니다. 진정한 자기를 찾은 것이지요. 자신의 운명을 깨닫자 그는 새삼스러운 감동을 느끼고 육체가 강하게 반응하는 기분도 느낍니다. 다이달로스가 그랬듯이 자신이 바다를 건너 다른 세상으로 넘어가는 듯한 감동을 받습니다. 어떻게 살아야 할지, 자신이 꾸어온 꿈이 무엇인지 구체적으로 느끼는 순간입니다. 이렇게 자신의 운명을 확인하고 난 후 스티븐은 예술가로서의 신념을 다져갑니다.

삶의 중요한 국면에서 논리화는 감동적인 깨달음 뒤에 따라오는 경우가 많습니다. 스티븐에게는 에피파니의 체험이 그의 앞길을 결정해 주었다고 할 수 있지요. 그는 이제 구체적인 자신의 미래상을 가지고 있습니다. 자신이 아일랜드를 탈출해야 하는 이유도 분명히 밝힐 수 있습니다. 영혼의 탄생은 육체의 탄생보다 더 신비로운 것인데 '이 나라에서는 인간의 영혼이 탄생하면 그 영혼을 향해 던져지는 올가미'가 있고 그것은 '날아오르지 못하도록 하는 올가미'라고 분명히 말합니다. 민족이니, 언어니, 종교니 하는 것들이 바로 그런 올가미이고 바야흐로 스티븐은 그 올가미에서 벗어나고자 합니다. 그의 성장은 곧 현실에서의 해방이었던 셈입니다.

성장과 도덕적 삶

성장을 사회화와 동일시하는 소설이 있습니다. 특히 남성을 주인공으로 한 우리나라 성장소설은 대부분 순진한 아이가 어른이 되면서 사회의 속성을 받아들이는 구조로 이야기가 전개됩니다. 그런 소설에는 교양의 요소, 자존감 고양의 요소가 끼어들 자리가 없습니다. 개성 있는 인물보다 사회적 요구에 부합하는 인물, 성공을 위해 노력하는 인물이 자주 등장합니다. 좀 나아가면 성장이 곧 타락이 되는 구조마저 발견하게 됩니다. 이 역시 성장이라 할 수는 있지만, 『젊은 예술가의 초상』과 같은 성장소설에서 성장은 사회화 이상을 의미하기도 합니다.

어떤 독자들에게는 주인공 스티븐 디덜러스가 가족과 사회가 부여한 자신의 책임을 회피하는 비겁한 인물로 보일 수 있습니다. 자신의 꿈도 중요하지만 사회적 책임도 그 못지않게 중요하니까 말이지요. 그가 선택한 예술가의 길은 자신의 꿈을 좇는 것일지언정 조국 아일랜드에 큰 도움이 되지 않는 것인지도 모릅니다. 하지만 주변의 요구에 따르지 않았다고 그를 비난해서는 안 됩니다. 주변의 요구에 따르는 사람은 그런 사람대로 그렇지 못한 사람은 그렇지 못한 사람대로 힘겨운 성장을 겪게 됩니다. 그 차이를 너무 크게 부각할 필요는 없습니다. 누군가는 조국이라는 이름에 감동할 수 있지만 누군가는 해변의 풍경에서 운명을 느낄 수도 있는 것이니까요.

스티븐 디덜러스가 처한 상황은 식민지 시절 우리 지식인들이 처한 상황과 유사한 점이 많습니다. 총독부에서 일했던 시인 이상이나, 지주에서 가난뱅이가 된 김유정, 경성제대를 다녔던 이효석, 식민지 경성에서 나고 자란 박태원 등은 조선에 대해 어떤 생각을 가지고 있었을까요? 일제에 저항했든 안 했든 그들은 일본 문화를 받아들였고, 그들이 보급한 소설을 읽고 썼으며, 도쿄라는 도시를 어느 정도는 동경하며 살았을 것입니다. 그리고 일본이 아닌 다른 땅도 꿈꾸었을까요? 그들이 쓴 소설은 이런 질문에 대한 답이었을지도 모릅니다.

스티븐 디덜러스가 제임스 조이스의 분신이라는 사실은 앞서도 이야기한 바 있습니다. 『젊은 예술가의 초상』은 그가 아일랜드를 떠난 후 유럽 대륙에서 쓴 소설입니다. 이후 어머니의 죽음으로 조이스는 아일랜드로 잠시 돌아옵니다. 그리고는 다시 유럽으로 나오지요. 잠시 아일랜드로 돌아와 있던 시기를 배경으로 쓴 소설이 『율리시스』입니다. 그리고 조이스의 첫 소설집 제목은 『더블린 사람들』이지요. 이렇게 보면 그토록 아일랜드를 벗어나려고 했던 조이스이지만 결국 그곳을 완전히 벗어나지는 못했다는 사실을 알 수 있습니다. 오히려 그의 탈출은 아일랜드와 그 안에서 사는 사람들에 대한 시각을 크게 열어주었습니다. 그가 아일랜드를 떠난 이유가 이 때문이었는지는 결코 알 수 없겠지만 말입니다.

올리버 트위스트와 어둠에서 살아남기

찰스 디킨스, 『올리버 트위스트』

자유와 자본주의

현대 사회에서 자유는 가장 중요하고 기본적인 인간의 권리입니다. 모든 인간은 무엇에도 구속받거나 간섭받지 말아야 한다는 생각은 이제 상식에 가깝습니다. 이를 자유에 대한 수동적인 해석이라 하지요. 현실에서 구속과 간섭을 느끼는 이들에게, 즉 부자유를 느끼는 사람들에게 이런 자유는 절대적으로 중요합니다. 반면에 자유를 적극적으로 해석하는 사람들은 원하는 것을 할 수 있고 정신적 · 물질적 편안을 누릴 수 있는 상태를 자유라 부릅니다. 누군가는 원하는 일을 마음대로 할 수 있고 누군가는 마음대로 할 수 없다면 모두가 자유를 누린다고 말하기 어렵다는 것이지요.

민주주의 사회에서는 기댈 곳 없는 하층민이나 대기업의 사장이 모두 부당한 간섭 없이 살아갈 수 있습니다. 당장 해결해야 할 끼니가 주는 압박을 제외하면 아무리 가난한 사람도 자유로운 것이지요. 그렇다고 위의 두 사람이 똑같은 자유를 누린다고 할 수 있을까요? 몸이 아파도 쉴 수 없는 사람과 일주일에 사흘만 일해도 되는 사람이 같은 자유를 누린다고 말하기는 어렵습니다. 자본주의 사회에서 자유를 누리기 위해서는 무언가를 소유하고 있어야 합니다. 재산이든 권력이든 명예든 많이 소유한 사람은 자신의 의지대로 살아갈 수 있지만 그렇지 못한 사람은 자기 의지를 내세울 수 없습니다.

슬픈 이야기이지만 인간의 삶은 태어나면서 절반 정도는 결정됩니다. 그것이 신분이든, 계급이든 아니면 성격이든 태어나면서 갖게 된 핸디캡을 완전히 극복하는 일은 쉽지 않습니다. 핸디캡을 극복하고 성공한 사람이 없지 않지만, 그들이 사회적으로 조명받는 이유는 그 성공이 예외적이기 때문입니다. 시대에 따라 삶을 결정하는 주요 요인이 다르긴 하지만, 현재는 부와 가난의 대물림이 가장 광범위하고 심각하게 영향을 미치는 요인입니다. 가까운 주변을 돌아보아도 부자집에서 태어나 큰 노력 없이도 평생 돈 걱정 없이 살 것 같은 아이들이 적지 않습니다. 세뱃돈을 모아 억대의 예금 잔고를 유지하고, 여러 채의 아파트를 소유한 미성년자도 있습니다. 이와 대조적으로 가난한 집에서 태어나 원하는 공부나 취미활동을 하는 데도 어려움을 겪는 아이들도 많이 있습니다. 비난과 자조가 섞여 있기는 하지만 금수저, 은수저, 흙수저라는 말은 충분히 공감할 만합니다.

소유를 늘리기 위한 인간의 욕망은 정당한 경쟁이나 분배에 만족하지 못합니다. 그래서 인간에 대한 인간의 공공연한 착취는 역사 이래 한 번도 멈춘 적이 없지요. 착취의 형태가 시대에 따라 달라지기는 했지만 그 정도가 약해졌는지는 잘 모르겠습니다. 경제 규모가 커지면 커질수록 소유에 대한 욕망도 커지는 것이 아닌가 의심할 때도 있습니다. 그렇지 않다면 이토록 풍요로워진 세상에 그렇게 많은 가난한 사람이 남아 있어야 할 이유가 없을 테니까요.

정치경제학에서는 자본주의가 경제외적 강제로부터 인간을 해방시켰다고 말합니다. 다르게 말하면 자본주의는 경제적 강제가 어느 시대보다 강해진 사회라는 의미도 됩니다. 부자가 될 자유 못지않게 굶어 죽을 자유 또한 보장되는 사회이지요. 그곳에서는 보이는 사물은 물론 추상적인 사고, 심지어 인격까지 사고 팔 수 있는 상품으로 취급됩니다. 물론 현재의 자본주의는 이렇게까지 참혹한 민낯을 그대로 보여주지는 않습니다. 사회를 유지하기 위한 다양한 노력으로 '최악'은 막으려 노력합니다. 욕망을 그대로 내버려 두면 자본주의 자체가 무너질 수도 있으니까요.

찰스 디킨스가 살았던 19세기 영국은 자본주의가 급속도로 발전하던 곳입니다. 도시에는 사람들이 넘쳐나고, 인간의 욕망이 골목 곳곳을 가득 채우고 있었지요. 퇴폐와 범죄가 기승을 부리던 때이기도 합니다. 그것들을 어떻게 처리해야 할지 위정자들이 본격적인 고민을 시작하던 때이기도 합니다. 마르크스는 이 시기 런던에 거주하며 『자본론』 1권을 썼습니다. 디킨스의 초기작 『올리버 트위스트』(1837년)*는 이 시대에 대한 우화와도 같은 소설입니다. 그는 자본주의가 만들어놓은 뒷골목의 어두운 풍경과 멀지 않은 곳에 존재하는 부자들의 따뜻한 저택을 대조해 보여주지요. 그리고 선한 인성을 가지고 태어난 올리버가 어떻게 안정된 삶을 찾게 되는지 이야기해 줍니다.

도시 뒷골목의 풍경

줄거리만을 따라갔을 때 『올리버 트위스트』는 구빈원에서 태어난 소년 올리버가 혈통에 맞는 자기 신분과 재산을 찾는 이야기입니다. 아버지가 누구인지도 모르고 어머니도 없이 자란 고아 소년의 파란만장한 성장기라고 할 수 있지요. 그렇다고 전기처럼 성장 과정을 자세히 다루고 있지는 않습니다. 소설은 유아기의 모습은 생략하고 어린이가 된 후 그가 겪게 되는 사건들로 채워져 있습니다. 그의 성 트위스트는 구빈원 하급 관리 범블이 지은 것인데, 그는 알파벳 순서에 따라 구빈원 아이들의 성을 지어주곤 했습니다. 올리버 트위스트는 S로 시작하는 성을 가진 아이 다음에 태어난 아이였습니다.

구빈원의 형편없는 식사에 시달리던 아이들은 식사를 개선해 달라는 청원을 하게 됩니다. 그 대표로 뽑힌 올리버는 "한 그릇만 더 주세

---

* 찰스 디킨스, 『올리버 트위스트』 1-2, 윤혜준 역, 창비, 2008.

요."(Please Sir. I want some more.)라고 이전 원생들이 감히 하지 못했던 말을 꺼내게 되고, 그 말 때문에 범블의 미움을 사게 됩니다. 구타를 당한 후 다락방에 감금되는 벌을 받기도 하지요. 화가 난 범블은 올리버를 급히 일반인에게 도제로 넘기려 합니다. 올리버는 굴뚝 청소부에게 맡겨질 듯했지만 결국 소어베리라는 장의사 집에 맡겨지게 됩니다. 올리버는 장의사 도제 일에 잘 적응해 가지만 주변 사람들의 괴롭힘을 견디지 못하고 시골 도시를 탈출하여 런던을 향하게 됩니다.

> 이곳에서는 구빈법을 어긴 죄로 2, 30명의 어린 수용수들이, 밥을 너무 많이 먹었다든지 옷을 너무 많이 껴입었다든지 하는 데서 오는 불편 없이 하루 종일 바닥에서 뒹굴고 있었고, 나이 지긋한 아주머니 하나가 일주일에 한 명당 7페니 반 시세로 돈을 받고 이 어린 죄수들을 친자식처럼 보살피고 있었다. 일주일에 7페니 반이면 아이 하나쯤은 잘 먹이고도 남을 만한 돈이다. 7페니 반은 아이가 배가 불러 불편할 정도로 많은 음식을 살 수 있는 큰돈이다. 나이가 지긋한 이 아주머니는 지혜와 경륜이 넘치는 분이라 아이들에게 무엇이 좋은지 잘 알았을 뿐 아니라 자신에게 좋은 것이 무엇인지도 매우 정확하게 파악하고 있었다.(1권, 22쪽)

올리버가 지내고 있는 구빈원 분원의 상황을 짐작하게 해 주는 부분입니다. 작가는 사실을 직설적으로 전달하기보다 풍자적인 언어로 당시 상황을 비꼬고 있습니다. 작가는 어린 수용수들은 음식을 너무 먹거나 옷을 너무 껴입는 데서 오는 불편 없이 하루 종일 바닥에서 뒹군다고 말합니다. 배부르게 먹지 못하고 따뜻하게 입지 못해 밖으로도 잘 나오지 못하는 아이들의 불쌍한 모습을 이렇게 표현한 것이지요. 아이를 돌보는 아주머니는 정부에서 지급되는 돈을 착복하는 부정을 저지르기도 합니다. 이 역시 그녀가 '지혜와 경륜이 넘치는 분'이라 아이들에게 무엇이 좋은지 잘 알지만 그보다 '자신에게 좋은 것이 무엇인지도 매우 정확히' 알고 있기 때문이라 말합니다.

위 예문에서 독자들은 구빈원이 단순히 고아원이 아니라는 점도 알 수 있습니다. 구빈원에는 올리버처럼 그곳에서 태어난 고아도 있지만 구빈법을 어긴 죄로 수용된 아이들도 많았습니다. 당시 영국의 구빈법은 구빈 대상을 정하고 그 대상을 사회와 엄격히 격리하도록 했습니다. 그들에게는 엄격한 규율과 의무노동을 부과하였는데 이는 구빈원을 형무소로 만드는 일이라고 비판을 받기도 했습니다. 간접적이지만 우리는 구빈원이라는 제도를 통해 당시 사회가 가난한 사람들을 어떻게 대했는지 짐작해 볼 수 있습니다. 그들은 사회적으로 보살피고 도와줘야 할 대상이라기보다 격리하고 숨겨야 할 사람들이었던 것이지요.

구빈원에서 벌어지는 더 충격적인 일은 성장한 올리버를 '처리'하는 데서 벌어집니다. 정당한 자기 권리인 '한 그릇 더'를 요구하자 올리버는 약간의 돈과 함께 장의사에게 맡겨집니다. 장의사는 올리버보다 그를 맡아주면 받게 될 현금에 더 관심이 많습니다. 그는 아이를 맡아 재우고 먹이는 대가로 더 많은 돈을 받지 못하는 것을 아쉬워하지요. 자본주의 초기 아이들이 어떤 대우를 받았는지 알 수 있는 대목입니다. 구빈원이나 가난한 이들에게서 아동 노동에 대한 거부감은 찾아볼 수 없습니다. 실제로 당시에는 싼 노동력이라는 점 때문에 아동 노동이나 여성 노동이 남성 노동을 대체하는 일이 많았다고 합니다. 물론 이는 부자들에게는 해당되지 않는 문제였겠지요.

런던으로 가던 중 올리버는 잭 도오킨스(이후에는 미꾸라지라는 별명으로 불리는)라는 소년을 만나 런던 뒷골목의 일원이 됩니다. 그곳은 도시에서 가장 더러운 곳으로, 어른을 흉내 내어 술 마시고 담배를 피우는 아이들이 사는 곳이었습니다. 소매치기, 강도, 창녀들이 모여 있는 우범지대였지요.

> 올리버가 더욱 열심히 일하고자 안달한 것은 노신사의 엄격한 도덕률을 본 바 있기 때문이다. 미꾸라지나 찰리가 밤에 빈 손으로 집에 오면 그는 게으르고 빈둥거리는 습관이 낳는 불행함에 대해 매우 열성적인 설교를 늘어놓았고, 저녁을 굶겨 재움으로써 열심히 살아야 할 필요성을 강조했던 것이다. 한번은 그가 아이들을 걷어차 계단 밑으로 떨어뜨린 적도 있었는데, 이것은 그의 도덕 훈계를 극단적으로 몰고 간 예외적인 경우였다.(1권, 106쪽)

여기에서도 작가는 '도덕률'이라는 단어가 갖는 의미를 역설적으로 사용합니다. 미꾸라지를 따라 올리버가 도착한 곳은 소매치기 대장이라고 할 수 있는 페이긴의 집이었습니다. 그는 아이들에게 소매치기 기술을 가르치고 그들이 벌어온 돈을 갈취하는 인물입니다. 아이들이 수입 없이 돌아오면 밥을 굶기고 폭력을 휘두르기도 합니다. 이를 위 예문에서는 아이들에게 열심히 살아야 할 필요성을 느끼게 해주는 방법이라고 비꼬아 말합니다. 남의 물건을 훔치지 않았다고 게으르고 빈둥거리는 습관을 운운하는 부분에서는 헛웃음이 나올 만합니다. 폭력은 '도덕 훈계'를 극단적으로 몰고 간 경우라 하네요.

도덕률이나 도덕 훈계라는 단어는 노동과 근면의 중요성을 강조하던 당시 분위기를 조롱하는 듯한 인상도 줍니다. 디킨즈가 살았던 빅토리아 시대에는 노동과 근면이라는 덕목이 매우 강조되었습니다. 이 시대 지배계급은 물질적 빈곤은 게으름의 결과이며 근면을 통해 해결할 수 있는 개인적 차원의 문제라 여겼습니다.* 이런 분위기를 비판하기 위해 작가는 범죄자에게 노동과 근면이라는 어울리지 않는 단어를 사용한 것이지요. 가치를 제외하고 단순히 노동과 근면이라는 측면에서 보면 소매치기를 열심히 살아가는 것으로, 범죄를 저지르지 않은 날은 게으르고 빈둥거린 날로 표현한다고 완전히 잘못되었다고 말하기 어렵습니다.

시대 현실에 대한 풍자와 조롱의 목소리가 담겨 있기는 하지만 이 소설은 런던의 빈민가와 범죄자들을 상세하고 감상적으로 묘사합니다. 작품이 발표된 직후부터 이런 점을 불편해하는 독자들이 많이 있었습니다. 이는 어느 정도 작가가 의도한 바이기도 합니다. 작가는 런던의 가장 지저분하고 혐오스러운 범죄자들의 세계를 다룸으로써 독자들이 새로운 인식을 얻을 수 있도록 하려는 의도를 가지고 있었습니다.

---

* 김외현, 「『올리버 트위스트』에 나타난 빈민 통제 전략」, 『신영어영문학』 64, 2016. 8, 27쪽.

물론 그 의도가 성공했는지는 생각해볼 문제입니다. 이 소설은 가난과 도덕적 타락을 직접 연결시킨다는 비판을 받고 있기 때문입니다. 등장인물을 둘로 나누자면 가난한 이들은 대부분 도덕적으로 타락했고, 부자들은 비교적 건전합니다. 올리버 트위스트만이 유일한 예외일 뿐입니다.

다시 소설로 돌아오면, 페이긴의 집에서 며칠 소매치기 연습을 한 후 올리버는 거리에서 동료들이 소매치기하는 모습을 보게 됩니다. 그 과정에서 손수건 절도범으로 몰려 감옥으로 끌려갈 위기에 처하지요. 다행히 소매치기 대상이었던 브라운로우라는 점잖은 신사 덕에 위기를 넘깁니다. 다시 페이긴의 집으로 끌려온 올리버는 이번에는 싸익스라는 흉악한 인물에게 맡겨져 강도 일에 동원됩니다. 올리버는 거기서도 차마 악행을 저지르지 못하고 탈출하여 강도를 하려 했던 메일리 가 사람들에게 신세를 지게 됩니다. 우여곡절 끝에 브라운로우 씨를 다시 만나 출생의 비밀을 알게 된 올리버는 새롭게 알게 된 선한 사람들과 행복한 미래를 꿈꿀 수 있게 됩니다.

옥돌같이 깨끗한 도덕적 영웅

이 소설의 등장인물들은 올리버를 중심으로 부유한 사람과 가난한 사람, 선한 인물과 악한 인물로 분명히 나뉩니다. 또 세 부류로 나눌 수도 있습니다. 첫째는 팽 판사나 구빈원 이사 같은 정책 집행자들입니다. 둘째는 페이신과 싸익스 같이 범죄자나 빈민으로 구성된 사회 밑바닥 계층입니다. 세 번째는 브라운로우나 로즈처럼 선을 상징하며 평안하게 살아가는 유복한 사람들입니다. 그들의 성격은 졸라의 소설에서처럼 타고난 유전적 경향이나 환경에 의해 절대적으로 지배받는 것처럼 보입니다. 가난한 인물들은 그들이 처한 현실처럼 각박하게 살아가고, 부자들은 그들의 풍요만큼 너그러움을 가지고 있습니다. 작가는 인물의 과거 이력이나 가계를 철저히 파고 들어가지도 않습니다. 그런 만큼 이 소설에서 현대소설에서 선호하는 복잡한 내면을 가진 인물을 찾기는 어렵습니다.

특이한 점은 올리버가 이 세 부류의 사람들을 차례로 경험하면서도 성격의 변화나 성장을 보이지 않는다는 점입니다. 그는 주변 인물들과 항상 거리를 두고 있습니다. 그는 비록 구빈원에서 성장하고 범죄자들의 소굴에서 살아가지만 전혀 그들을 닮아 가지 않습니다. 부자들과 함께 살면서도 그들의 삶에 완전히 젖어 들지는 못합니다. 현대소설의 주인공이지만 올리버는 고귀한 혈통을 타고나서 누추한 곳에 버려진 고전 소설의 주인공을 떠오르게 합니다.

> 아무리 잘난 체하는 양반이라 해도 그를 잘 모른다면 이 아기의 사회적 지위를 알아맞히기 어려웠을 것이다. 그러나 이제 동일한 직무를 이미 숱하게 수행하느라 누렇게 바랜 캘리코 천으로 된 헌 옷으로 그를 감싸고 이름표와 번호표를 달아놓자 올리버는 즉시 자기에 합당한 신분으로 분류되었다-교구가 책임지는 아이, 구빈원 고아, 끼니의 반은 굶고 뼈 빠지게 일만 하는 미천한 처지, 세상을 헤매다니며 쇠고랑을 차거나 구둣발에나 차

일 신세, 누구나 경멸하고 아무도 동정하지 않는 인간.(1권, 20쪽)

구빈원의 아이가 어떤 운명에 처할 것이지를 이야기하는 부분입니다. 앞서 살펴본 예문에서처럼 작가는 여전히 냉소적입니다. 이름표와 번호표를 단 올리버가 비로소 자기에게 합당한 신분으로 분류되었다고 말합니다. 여기서 합당한 신분이란 구빈원 고아, 가난하게 일만 하는 아이, 범죄자가 되거나 하층민으로 남아 있어야 하는 아이를 말합니다. 사회적으로는 경멸은 받되 동정을 받지 못하는 아이입니다. 동일한 업무를 수없이 수행한 옷처럼 이는 한 사람이 아니라 구빈원에 들어온 대부분 아이의 운명입니다. 구빈원은 빈민을 구한다는 의도와 달리 빈민에게 지워지지 않을 라벨을 붙이고 마는 것이지요.

실제로 이 소설에서 성공하는 뒷골목 사람은 올리버 하나뿐입니다. 좋은 혈통을 타고 나지 않은 가난한 사람들은 힘겨운 삶을 지속하다가 불행한 최후를 맞게 되지요. 올리버가 구원을 받는 다른 이유는 그가 남들이 가지고 있지 않은 영웅적 면모를 보여주기 때문입니다. 그는 말하자면 '도덕적 영웅'입니다. 어려운 환경 속에서도 더럽혀지지 않는 깨끗한 영혼을 유지하는 인물이라 할 수 있지요. 중세 로맨스의 주인공처럼 무공이 뛰어나거나 해리포터처럼 마법 능력이 탁월하지는 않지만, 올리버는 옳고 그른 것을 구분하고 자신의 처지에서 최선을 다할 줄 아는 미덕을 가지고 있습니다. 이런 미덕은 영웅이 사라진 시대가 요구하는 바로 그것이기도 합니다.

이 소설이 올리버를 도덕적 영웅으로 내세운 데는 여러 가지 이유가 있을 것입니다. 대중들의 기호도 한 가지 이유가 되었을 수 있지요. 많은 독자는 선한 사람은 상을 받고 악한 사람은 벌을 받아야 한다는 상식이 소설 속에서 구현되기를 바랍니다. 또 소설이 초지일관 비참한 현실을 보여주는 것도 대중들은 좋아하지 않습니다. 현재의 암울함도 견디기 어려운데 소설까지 그렇다면 독서는 힘겨운 노역이 될 가능성이 큽니다.

여하튼 올리버는 자신을 범죄에 이용하려는 주변 사람들의 의도를 읽고 불안해합니다. 그는 비록 가난하고 불결한 환경에서 살지만 범죄를 저지를 수는 없다고 생각합니다.

> 아이는 두려움으로 갑자기 부르르 떨면서 책을 덮어 옆으로 밀어버렸다. 그러고는 무릎을 꿇고, 자기가 이런 짓을 하지 않게 해달라고, 만약 이렇게 무섭고 엄청난 범죄를 저지를 운명이라면 차라리 당장 죽게 해달라고 하늘에 기도했다. 그는 점차 평온해져서 낮고 떨리는 목소리로 현재 처해 있는 위험으로부터 구해주실 것을 빌었다. 그리고 아직까지 친구와 친척의 사랑을 알지 못한 버림받은 불쌍한 아이에게 혹시 도움을 주시려면 바로 지금, 사악함과 죄악의 한가운데 적막하게 내버려져 홀로 서 있는 지금 그렇게 해주실 것을 빌었다.(1권, 222쪽)

올리버가 이러한 도덕적 감수성을 어디에서 익혔는지는 알 수 없습니다. 틈틈이 그가 책을 읽는다는 점도 놀랍습니다. 앞서 작가가 보여주던 구빈원 분위기와는 잘 어울리지 않는다는 느낌이 들지요. 누구를 향해서

기도를 하고 있는지도 의문이기는 마찬가지입니다. 마지막에는 사랑을 받지 못한 자신에게 구원을 베풀어 달라고 말합니다. 그는 구빈원의 환경에 전혀 영향을 받지 않은 사람처럼 보입니다. 그는 아무리 주위에 범죄자가 넘쳐도 홀로 그 위험을 피했으며, 정신적으로나 육체적으로 아무리 학대를 당해도 상대방을 원망할 줄 모르는 아이로 성장합니다. 그렇다고 특별히 그들을 동정하는 것처럼 보이지도 않습니다. 그는 어두운 뒷골목에서 살면서도 홀로 자기를 지키며 이끼 하나 끼지 않는 옥돌 같은 인물인 셈입니다.

올리버의 모습을 통해 작가는 선은 모든 힘든 환경을 이겨낼 수 있고 마침내는 승리한다는 원칙을 보여주고자 했는지 모릅니다. 결과적으로 온갖 악을 경험하면서도 그 안에서 자신을 지킨 선한 소년 올리버는 구원을 얻으니까요. 하지만 이때도 올리버는 경험을 통해 얻을 수 있는 의식의 성장이나 인식의 변화를 보여주지는 않습니다. 환경을 이겨내는 모범적이고 선한 인물임에는 틀림이 없지만 환경과 상호 작용을 통해 자기를 변화시키고 때로 환경을 변화시키는 능동적인 인물형은 아닌 것이지요. 그가 구빈원에 든 것이 우연인 것처럼 그가 구원을 받은 것도 어쩌면 우연입니다. 그리고 대부분의 사람들은 우연에 의해 구원되는 행운을 누리기 어렵습니다.

이 소설이 런던 혹은 영국의 비참한 현실을 다루고 있음에도 불구하고 구체적으로 어떤 전망을 제시하고 있는지 의심되는 이유가 여기에 있습니다. 뒷골목이라는 환경을 보여주고 있지만 그러한 환경이 선한 인간성과 악한 인간성에 어떤 영향을 미치는지 입체적으로 보여주지도 않습니다. 악한 사람은 원래 악하고 선한 사람은 원래 선하다는 생각이 소설 저변에 깔려있다는 느낌도 줍니다. 올리버가 힘든 환경에서도 그것을 이겨내고 선한 심성을 유지할 수 있는 소년이고 그가 칭찬받아 마땅하다면, 같은 환경 속에서 선함을 유지하지 못하는 소년은 어떻게 보아야 하나요? 그들의 악에 대한 책임이 온전히 그들에게 돌아가게 된다면 뒷골목의 참혹한 환경을 굳이 거론할 필요도 없습니다. 아차피 타고난 대로 살게 된다면 말입니다.

좋은 사람과 나쁜 사람

사실 『올리버 트위스트』에서는 주인공 올리버보다 그를 둘러싼 인물들이 더 흥미롭습니다. 인물 각각을 살펴보면 단순한 면이 있지만 그들이 모여서 만들어내는 인상은 시대 현실과 모순을 잘 보여주고 있습니다.

올리버가 만난 사람들은 대부분 범죄자 혹은 부랑자들입니다. 좋은 사람이라고는 브라운로우와 로즈 아가씨 정도이지요. 특별히 페이긴과 싸익스는 강렬한 인상을 남기는 인물입니다. 둘은 도덕적 영웅인 올리버와 극명하게 대조를 이루기도 하지요.

> "다 생각해봤네." 유대인이 힘을 내며 대답했다. "난 이미…… 이미 그 애를 잘 살펴봤다고, 아주 자세히…… 자세하게 말이야. 일단 걔에게 자기도 우리랑 한통속이라는 것을 느끼게만 해준다면, 일단 그 녀석 맘속에 자

기도 도둑질을 했다는 생각을 심어주기만 한다면, 녀석은 우리 것이 되는 거야! 평생 우리 것이. 거 참! 일이 이보다 더 잘되기도 어려울 거야!" 늙은 사내는 팔짱을 끼고 머리와 어깨를 끌어들여 둥그렇게 만들면서 기쁨에 넘쳐 말 그대로 자기 몸을 껴안았다.(1권, 215쪽)

처음에는 아무 일도 시키지 않고 올리버를 보호해 주는 척하지만 페이긴의 목적은 올리버를 소매치기로 만들어 수익을 얻는 데 있습니다. 위에는 올리버를 자기편으로 끌어들이는 방법에 대한 그의 계산이 잘 드러나 있습니다. 자기들이 계획한 나쁜 짓에 일단 올리버를 끌어들이기만 한다면 올리버는 쉽게 자신들의 편이 될 것이라 생각합니다. 자기도 도둑질을 했다는 사실을 인정하게 되면 더이상 양심 같은 것에 매달리지 않을 것이라 예상하는 것이지요. 어찌 보면 이는 상대방을 함정에 빠뜨리는 일이기도 합니다.

페이긴은 양심이라는 것이 한 번 무너지면 걷잡을 수 없이 무너질 수 있다는 생각도 하는 것 같습니다. 이는 올리버가 특별히 도덕적인 아이라는 점을 알고 그가 고안해낸 방법이라기보다 페이긴의 집으로 들어온 아이들에게 일반적으로 써온 수법이라 할 수 있습니다. 보통 사람들은 한 번 나쁜 짓을 저지르면 자포자기하고 자기를 지키는 일을 포기하게 되니까요. 게다가 희망이라고는 찾아보기 어려운 환경 속에서 팽팽히 쥐고 있던 양심의 끈을 한번 놓치면 누구라도 걷잡을 수 없이 무너지게 되겠지요. 올리버가 첫 번째 범죄에 빠지지 않기 위해 노력하는 이유도 여기에 있을 것입니다.

이렇게 보면 올리버보다 먼저 페이긴 집단에 합류한 아이들은 범죄를 저지르는 나쁜 인물들이기는 하지만 지극히 평범한 사람들이라고 할 수 있습니다. 처음부터 나쁜 사람이 아니었더라도 한 번 페이긴 같은 사람과 어울리게 되면 누구라도 빠져나오기가 쉽지 않으니까요. 어쩌면 그들에게는 페이긴과 함께 사는 것 말고는 다른 방법이 딱히 없었는지도 모릅니다. 그래도 그는 때에 맞춰 먹을 것을 주고 잘 곳도 제공해줍니다. 불량하지만 페이긴의 집에는 치고받으며 함께 지낼 친구들까지 있습니다. 그들은 페이긴의 집을 벗어난다고 더 좋은 대접을 받으리란 보장도 없는 아이들입니다. 반대로 올리버는 좋은 사람이기는 하지만 현실에서 보기 쉬운 사람은 아닙니다. 그래서 영웅이라는 말을 쓸 수 있는 것이지요. 어떤 삶이 바람직한지 알더라도, 이런 환경에서 어떻게 잘 살 수 있을지는 쉽게 자신하기 어렵습니다.

도오킨스와 같이 나쁜 아이들의 관점에서 보면 좋은 사람들은 나쁜 사람이 될 위기를 겪지 않은 사람들입니다. 다음은 올리버를 구해준 부자 아가씨 로즈에게 뒷골목의 여인 낸시가 한 말입니다.

> "소중한 아가씨, 당신은 무릎을 꿇고 하늘에 감사하세요." 여자가 외쳤다. "당신은 어릴 적부터 당신을 돌봐주고 보살펴줄 친구들이 있었고, 한 번도 추위와 배고픔, 난폭함과 술주정 그리고 …… 그리고…… 최악의 상태에 처해보지 않았으니까요. 나는 요람에 있을 때부터 그랬어요. 그렇게 말

해도 될 거예요. 도랑과 수렁이 내 요람이었고, 또 내 임종 자리가 될 거니까."(2권, 142쪽)

낸시의 말은 얼핏 부잣집에서 태어나 고귀하게 자란 여인의 행운을 질투하는 것처럼 들리기도 합니다. 그리고 자신의 처지를 한탄하고 있다는 느낌도 들지요. 추위와 배고픔 그리고 주변의 거친 사람들 속에서 살아보지 않은 여인에 대한 부러움이 담긴 말이라고 해도 좋겠네요. 낸시는 자신은 부자들과 달리 어릴 때부터 지금까지 더럽고 추한 곳에서 살고 있으며 그렇기 때문에 미래에도 그곳에서 벗어날 수 없다고 생각하는 것 같습니다.

로즈는 싸익스가 올리버를 데리고 강도를 하기 위해 들어간 집의 주인 아가씨입니다. 올리버 덕에 강도를 당하지 않았지요. 이후 그녀는 올리버를 불쌍히 여겨 물심양면으로 도와줍니다. 다시 범죄자들에게 납치당할 것을 염려하여 어머니와 함께 셋이 시골로 내려가기까지 하지요. 자신과 직접 관련이 없다고도 할 수 있는 소년을 위해 할 수 있는 모든 노력을 다 하는 셈입니다. 하지만 낸시의 말에 따르면 이러한 노력이 가능한 이유는 그녀가 '행운'을 가지고 태어났기 때문입니다. 만약 그녀가 부자가 아니었다면 이러한 호의를 베풀 수는 없었을 것입니다.

그런데 처한 환경이 극단적으로 다름에도 불구하고, 두 여인 중 노동을 하는 사람은 낸시입니다. 로즈는 어머니의 재산, 즉 자본으로 살아가는 인물입니다. 자본을 가지고 특별한 사업을 꾸리는 것도 아닙니다. 곱게 자라 부잣집 청년과 결혼하여 역시 풍요롭게 살아가는 것이 그녀의 운명입니다. 이에 비해 낸시는 일은 하지만 그것을 정당한 노동으로 인정받지 못합니다. 노동이 경제적인 문제를 해결하기 위한 노력이라면 그녀가 하는 일도 노동이라 할 수 있겠지만 그녀의 일은 사회적으로 지탄의 대상이 됩니다. 그녀는 범죄자로 멸시받고 격리되어 마땅한 사람 취급을 받습니다.

말하자면 낸시는 호모 사케르라고 할 수 있습니다. 호모 사케르는 공동체의 법적, 종교적 질서로부터 이중으로 배제된 자를 말합니다. 아무런 법적 종교적 보호도 받지 못하는 사람들이지요. 1789년의 인권선언 이후 "모든 인간은 불가침의 파기할 수 없는 권리를 갖고 태어난다"는 주장은 가장 보편적인 근대정신이 되었지만, 『올리버 트위스트』의 주요인물들인 사생아, 미혼모, 도둑, 포주, 소매치기, 그리고 매춘부는 그 인권을 가지지 못합니다. 인권을 가지지 못하면서도 그들은 사회 제도 안에서 완전히 배제되는 것은 아닙니다. 법은 본질상 예외를 통해 작동하는 체제이기 때문에 이들을 예외적인 곳에 두고 관리해 나갑니다.* 구빈원이나 런던의 뒷골목이 그런 곳인 셈입니다.

『올리버 트위스트』에서 작가는 주인공을 중심에 두고 그를 둘러싸고 있는 다양한 인물들을 통해 현실을 보여주려 합니다. 그들 중에는 삶이 나아지리라는 헛된 희망에 젖어있거나, 가난 속에서도 선한 인간성을 유지하려는 인물이 없습니다. 그래서 이 소설에서 고발 이상의 무엇을 찾기는

---

* 이선주, 「『올리버 트위스트』-'잉여인구'에 대한 근대국가의 우려」, 『현대영미어문학』, 2009.11, 214쪽.

쉽지 않습니다. 흔히 말하는 전망이나 대안을 발견하기 어렵다는 말이지요. 작가는 가난이 가져온 절망은 개인의 힘으로 벗어나기 어렵다는 점을 확인하는 것으로 충분하다고 생각했는지도 모릅니다. 그 이상의 문제는 소설 밖의 문제라 여겼을 수도 있습니다.

악당들을 위한 변명

범죄자나 악당들의 삶을 그들은 그렇게 살 수밖에 없었다며 옹호하는 태도는 결코 바람직하지 못합니다. 아무리 개선의 가능성이 희박하더라도 가능한 옳은 방향을 선택해서 사는 것이 인생이 우리에게 준 의무이니까요. 비록 정상 참작이라는 말이 존재하기는 하지만 범죄나 악행이 아무것도 아닌 일로 치부될 수는 없습니다. 어차피 우리는 조건에 대한 책임이 아니라 결과에 대한 책임만을 묻는 사회에 살고 있습니다. 인생의 다른 방면에서도 그렇습니다.

그렇다고 각각의 인물들이 처한 삶의 조건을 이해하는 일이 무용하지는 않습니다. 그 조건이 만들어낸 인물의 삶을 이해하려는 시도가 무익하지도 않습니다. 바람직한 삶에 대한 신념이 흔들리지 않는다면 말이지요.

> "네가 손수건과 시계를 가져오지 않으면" 미꾸라지가 올리버에 맞게 대화의 수준을 낮추어 말했다. "다른 놈이 가져갈 거라는 거야. 그래서 잃어버린 놈만 손해고 너도 그만큼 손해를 보는 거니까 아무도 반푼어치라도 더 나을 것이 없어, 그걸 가져간 녀석들만 빼고는. 그러니 너도 걔들만큼이나

그걸 가질 권리가 있는 거야."

"맞아, 맞다고!" 올리버가 모르는 사이에 방에 들어온 유대인이 말했다. "그게 한마디로 잘 요약한 거란다, 얘야. 한마디로 하면 그래. 미꾸라지 말을 잘 들으라고, 하하하! 얘는 자기 직업의 교리를 잘 알고 있거든."(1권, 203쪽)

자신들이 하는 일에 대한 어이없는 합리화라고 볼 수 있습니다. 자신들이 부자들의 손수건과 시계를 훔치지 않는다고 해도 어차피 다른 사람들이 훔칠 테니 그러기 전에 자신들이 먼저 훔치는 게 낫다는 말이지요. 미꾸라지의 말에 유대인도 동의합니다.(작가는 페이긴이라는 이름을 쓰지 않고 유대인이라 부릅니다. 악인에 대한 인종적 편견이 분명히 드러나는 부분입니다. 부자들에게는 이런 표현을 쓰지 않겠지요.) 한술 더 떠서 '자기 직업의 교리'라는 말까지 사용합니다. 직업이라는 말을 내세운다는 것도 우습지만 범죄 행위에 '교리'라는 단어를 쓰는 것도 적절해 보이지 않습니다. 무엇보다 피해를 당한 사람에 대한 고려 없이 누가 훔치느냐에 대해서만 관심을 갖는 것이 어이없습니다.

그런데 생각해보면 도오킨스와 페이긴의 생각이야말로 자본주의적 직업 교리에 가장 가깝습니다. 기업가나 상인이 서로 경쟁하는 방식이 위와 얼마나 다를까요? 직장에서 행해지는 경쟁은 위 두 사람의 생각과 완전히 다른가요? 제국주의와 식민지의 관계, 대기업과 소기업의 관계, 자본가와 노동자의 관계에서도 피해자에 대한 고려는 없습니다. 힘 있는 이들은 누가 먼저 이윤을 위해 움직이느냐, 얼마나 효과적으로 착취하느냐에만 관심을 가지지요. 생각한 만큼 이익을 보지 못하면 그것을 손해라고 생각한다는 면에서도 그들은 같습니다. 최소한 자본가들은 남들의 사정에는 큰 관심이 없습니다.

소설에서도 악인 집단과 악인이 아닌 다른 집단이 동일한 논리로 움직이는 예를 찾을 수 있습니다. 치안판사 팽씨는 범죄 집단 바깥의 인물입니다. 그는 어려운 처지에 빠진 피의자의 처지를 세밀히 헤아려서 억울한 사람이 없게 하고 그를 통해 사회적 정의를 수호해야 하는 판사입니다. 하지만 그는 자기 기분에 따라 일을 처리하며 증인이든 피의자든 상대의 인격은 철저하게 무시하는 인물입니다. 올리버를 도둑으로 단정 짓고 3개월의 중노동 형을 선고하는 일련의 과정에서 드러나는 팽씨의 무책임성은 구빈원의 말단관리와 이사진이 구빈원을 운영하는 태도에서 드러나는 무책임성, 비인간성과 크게 다르지 않습니다.

당연한 말이지만 런던의 뒷골목이라고 해서 모두 양심이 없는 사람들만 모여 있지는 않습니다. 싸익스가 가장 극악무도한 인물이라면 낸시는 최소한 자신의 처지와 행동을 부끄럽게 생각하는 인물입니다. 그녀는 범죄를 저지르려는 페이긴과 싸익스의 계획을 로즈에게 일러주어 올리버를 위기에서 구합니다. 그리고 배신자가 되어 싸익스에게 잔인한 복수를 당하지요.

"그렇습니다, 선생님, 그래요." 여자가 잠시 갈등한 후에 대답했다. "나는 과거의 삶에 사슬로 묶여 있습니다. 지금은 그것을 지긋지긋하게 혐오하지만 버리고 떠날 수는 없습니다. 돌아서기에는 이미 너무 멀리 온 것 같아요…… 그런데 잘 모르겠어요. 만약 이전에 그런 식으로 말씀하셨으면 전 그냥 비웃어버렸을 거예요. 하지만." 그녀가 황급히 주위를 둘러보면서 말했다. "두려움이 다시 밀려오는군요. 집에 가야만 해요."(2권, 216쪽)

낸씨는 이 소설에서 가장 갈등이 많은 인물입니다. 다른 인물들이 타고난 성격 그대로 살아간다면 이 여인은 자신의 처지를 자각하고 자신의 미래에 대해서도 깊게 고민합니다. 현재 자신의 삶이 과거에 묶여 있고 결코 바람직하지 않다고 생각하지만 경로를 바꾸기엔 너무 멀리 와 버렸다는 것도 압니다. 악인들과 함께 한 시간이 긴 만큼 그들과 함께 저지른 잘못도 많았겠지요. 그녀는 자신을 괴롭히는 악당 싸익스에게서 벗어나려는 노력도 포기합니다. '온갖 고통과 학대를 받으면서도 그 사람한테 끌'린다고 말할 정도입니다. 그녀가 최선으로 생각하는 것은 더 이상 범죄의 피해자를 늘이지는 말자는 정도입니다. 그는 올리버를 구해주지만 자신의 파멸은 막지 못합니다.

늘 회의하면서도 그녀가 다시 싸익스 등이 기다리고 있는 뒷골목으로 돌아가는 이유는 자신을 받아줄 곳이 없다는 사실을 알기 때문입니다. 그때나 지금이나 매춘부를 비롯한 빈민가의 일원들이 지배계급의 영역에 들어오는 것은 용인되지 않습니다. 가난과 이로 인한 범죄는 하나의 전염병이며, 이들은 사회 전체에 해악을 끼치지 않도록 특정 지역이나 범위 안에 머물러야만 한다는 것이 당시의 사고방식이었습니다. 실제로 다리 아래서 로즈를 만났을 때 그녀는 자신의 목소리를 내지 못합니다. 낸시에게 자기 처지를 하소연 하는 일은 허용되지 않는 것입니다. 단지 아직 더럽혀지지 않은 올리버를 구하는 일만이 허용될 뿐입니다.

> "그 아이는 고상한 품성과 따뜻한 마음을 가지고 있습니다." 로즈가 얼굴을 붉히면서 말했다. "그리고 그에게 나이에 맞지 않을 만큼 시련을 주는 것이 온당하다고 생각하신 권력자께서는 그의 가슴에, 그보다 여섯 배나 더 나이를 먹은 어른들 앞에서도 면목이 서게 할 애정과 감성을 심어주었습니다."(2권, 155쪽)

여전히 문제는 고상한 품성과 따뜻한 마음입니다. 로즈는 올리버에 대해 나이에 맞지 않는 심한 시련을 당했지만 그의 가슴에는 그보다 더 큰 애정과 감성이 있다고 말합니다. 반복해서 말하지만 이것이 그가 구원받을 수 있는 이유입니다. 시혜를 베푸는 입장에서 품성에 대한 강조는 반대로 이런 심성을 가지지 못한 이들을 돕지 않는 핑계가 될 수 있습니다. 모든 일이 정리된 후 올리버는 브라운로우씨의 양자가 됩니다.

올리버가 도덕적 영웅으로 구원을 얻는 만큼 악한 사람들은 고통을 겪거나 벌을 받아야 하겠지요. 실제로 이 소설의 악한 인물들은 모두 벌을 받습니다. 싸익스는 배를 타고 런던을 떠나려 하다 발각되어 죽음을 맞습니다. 뒷골목 집단을 배신한 사실이 밝혀진 후 낸시는 싸익스에게 비참하게 살해됩니다. 잭 도오킨스는 종신 유배형을 선고받습니다. 페이긴은 체포되어 교수형에 처해지지요. 올리버의 유산을 차지하려 했던 그의 이복형제 몽스마저 이국 땅에서 질병에 걸려 숨을 거둡니다. 범블씨는 공직을 상실한 다음 매우 가난하게 되어서 자신이 일하던 구빈원에 들어가는 신세가 됩니다.

이처럼 뒷골목의 군상이 벌을 받음으로 해서 사회를 오염시키는 병균은 사라졌습니다. 아무런 일도 없었다는 듯이 브라운로우 씨 집에는 활기가 넘치고 올리버는 정상적인 교육을 받으며 그의 잠재력을 확인해 갑니다. 로즈는 자신을 사랑하는 남자를 만나 교외에서 행복한 생활을 시작하지요. 그들은 모두 도시를 떠나 전원에서 생활합니다. 범죄가 만연하고 도덕이 땅에 떨어진 도시를 버린 셈입니다. 가난은 질병이며 가난한 사람들은 질병의 유포자입니다. 가난을 해결해주기보다 가난한 사람들을 제거하는 것이 질병에서 벗어나는 일인 것이지요. 아니면 스스로 질병의 도시를 떠날 수도 있고요.

개인의 성장과 환경

19세기 후반 유럽에서는 개인은 자신이 속한 사회적 환경에 영향을 받는 존재라는 사회결정론적 인식이 보편적으로 받아들여졌습니다. 이러한 인식은 문학 작품에도 영향을 미쳤는데, 『올리버 트위스터』에서도 열악한 주거환경과 도덕적 타락은 긴밀히 연관되어 있습니다. 어둠과 비위생적인 런던의 뒷골목에는 페이긴이나 싸익스가 살고 있고, 런던 근교의 잘 정리된 저택에는 브라운로우와 로즈가 살고 있습니다. 두 세계 사이에는 건널 수 없는 깊은 골이 파여 있습니다. 올리버는 유일하게 그 골을 건넌 소년입니다.

긍정적 시선으로 볼 때 이 소설은 다양한 계층의 욕망이 혼합되어 돌아가는 자본주의 사회의 모습을 적절하게 보여주는 작품입니다. 그들을 통해 재생산되는 자본주의 권력의 모습을 면밀히 관찰하고 있는 것이지요. 하지만 이 소설에서 긍정적으로 다루는 인물들은 연대의식을 가진 시민들이라기보다 자아를 보존하기 위해 애쓰는 개인들입니다. 그들은 권력을 대체하거나 사회를 개선하려 노력하기보다 주어진 조건 안에서 개인이 할 수 있는 만큼의 개선을 도모합니다. 전염병을 치료하기보다는 오염된 환경과 거리를 두어 개인위생을 지키려는 인물들입니다.

선한 인간과 악한 인간을 분명히 대비시키는 방법으로 이 소설은 대중적 인기를 얻었습니다. 그런 인물들이 보여주는 현실은 군더더기 없이 명확해 보입니다. 그래서 이 소설에는 성장하는 인물이 눈에 띄지 않습니다. 갈등하는 인물도 많지 않습니다. 런던과 전원의 풍경이 고정되어 있듯이 인물들의 성격도 고정되어 있는 것이지요. 그런 중에도 이 소설에서 가장 인상적인 인물들은 페이긴이나 싸익스 같은 악당들입니다.

이 소설은 인간의 삶과 그를 둘러싸고 있는 환경이 개선될 수 있다는 희망을 보여주지는 못합니다. 런던 뒷골목에서 올리버 한 사람이 빠져나와봤자 그것은 한 번의 예외적인 사건에 그칠 뿐입니다. 실제로 세상은 개선될 여지가 없는지도 모릅니다. 가난한 사람은 그냥 가난하고, 부자는 대부분 부자로 죽는 것이 현실이라고 비관적으로 볼 수도 있지요. 하지만 그런 이야기를 굳이 소설로 써서 독자를 더 우울하게 할 필요는 없을 것입니다. 올리버가 아니라 악당들에게 관심이 가는 이유에는 그들의 삶이 개선되는 모습을 보고 싶은 독자의 기대심리도 없지 않습니다.

한스 기벤라트와 박제가 된 천재

헤르만 헤세, 『수레바퀴 아래서』

어른이 되는 길

우리는 시간이 지나면 저절로 어른이 된다고 생각합니다. 아이가 자라서 청소년이 되고 청소년이 성장하여 어른이 되는 일은 누구나 겪는 당연한 과정처럼 보이니까요. 하지만 개인으로 눈을 돌려보면 어른이 되는 과정이 그저 순탄하고 무난했던 사람은 많지 않습니다. 남들에게 드러내지 않아서 그렇지 힘겨운 고비나 고된 시련 한두 번쯤은 누구나 겪게 마련입니다. 이런 고비나 시련을 잘 지나온 사람은 온전한 어른이 되지만 그렇지 못한 사람은 실패자 혹은 낙오자가 되는 것이지요. 세상에 '저절로'는 없습니다.

그러면 온전한 어른이 된다는 말은 구체적으로 어떤 의미일까요? 가장 먼저 떠오르는 것은 신체적인 성장입니다. 키가 자라고 몸무게가 늘고 골격이 변화하는 과정 없이 성장을 말할 수는 없을 테니까요. 다음으로 정신적인 성숙을 들 수 있겠네요. 지식을 쌓고 세상을 이해하는 능력과 자기를 성찰하는 힘을 길러야 어른이 될 수 있습니다. 또, 사회적 지위나 역할도 무시할 수 없습니다. 대단한 일은 아니어도 어른이면 자신이 살아가는 공동체 안에서 특정한 역할을 맡아 책임과 의무를 다하고 권리를 행사할 수 있어야 합니다. 이때 공동체는 가족에서부터 국가까지 다양할 수 있습니다.

이런 온전한 어른이 되기 위해서는 생각보다 많은 조건과 준비가 필요합니다. 어린 시절에는 부모의 관심과 주변과의 원만한 관계가 성장에 도움을 줍니다. 성장은 변화를 의미하기 때문에 안정보다 혼란이, 화해보다 갈등이 개인의 내면을 지배하기 쉬우니까요. 새롭게 좋은 사람을 만나는 일이나 온전한 인생의 목표를 세우는 일도 중요합니다. 어린 시절의 생각을 어른이 되어서도 그래도 유지하며 살 수는 없으니까요. 이것들은 독립의 조건이 되기도 합니다. 사회에서 요구하는 교육을 받는 일도 중요하겠지요. 어떻게 살 것인가에 따라 필요한 교육의 종류도 다를 것입니다.

자신이 선택한 꿈과 그것을 이루기 위한 계획을 갖는 것도 중요합니다. 성인이라 해도 자신이 진심으로 원하는 바가 무엇인지 아는 사람은 많지 않습니다. 우리 시대에는 주변의 욕망이 나의 욕망이 되고, 주변의 기대가 나의 희망이 되는 일이 아주 흔합니다. 원하는 바가 분명히 있다 하더라도 모든 사람이 자신의 바람을 이루기도 어렵습니다. 그것에 필요한 노력을 기울여야 하고 기능이나 감각 등 타고난 재능도 있어야 합니다. 이런 한계를 받아들이는 일이 개인에 따라서는 힘겨울 수도 있습니다. 하지만 자신의 한계와 어느 정도 타협하지 않고는 건강한 정신을 유지할 수 없는 것도 사실입니다.

좀 더 현실적인 관점에서 이야기해 보지요. 성장하면서 우리는 '무엇'이 될 것을 강요당합니다. 그 '무엇'은 인격적인 완성보다는 인정받는 '직업'을 의미합니다. 사람들은 그 직업이 아무 것이어도 좋다고 생각하지 않습니다. 좋은 직업과 그렇지 못한 직업에 대한 기준이 누구에게나 있기 마련이고 사회적으로도 존재하기 때문입니다. 그 직업에 따라 사람들은 성공 여부를 판단하기도 합니다. 어른이 되는 과정에서 보통 사람들은 이 성공에 대한 압박을 받습니다.

물론 성공을 위한 준비가 그 자체로 나쁠 이유는 없습니다. 그것이 요구하는 능력과 덕목을 따르면서 자연스럽게 성장하게 되는 일은 바람직하기까지 합니다. 그러나 자칫 성공을 향한 길이 다른 중요한 모든 것들을 놓치게 만들 수도 있습니다. 자존, 사랑, 공존, 연민, 동경 등은 성공과 무관한 것으로 여겨지니까요.

우리 주변에는 어른 되기에 대한 다양한 이야기가 존재합니다. 자기계발서류의 책들은 대부분 물질적 성공에 관한 이야기입니다. 어떤 목표를 가지고 어떻게 노력해서 어떻게 현재의 성공을 이루었나를 주로 이야기하지요. 이런 책의 주인공들은 일반적으로 겪게 되는 성장의 고민과 혼란을 너무 쉽게 이겨내곤 합니다. 단순하게 말하면 자기계발서는 인생이 참 쉬운 사람들의 이야기처럼 보입니다. 이런 책들은 성공에는 개인의 노력

만큼이나 행운이나 우연이라는 요소가 중요하다는 점을 간과하는 경향도 있습니다. 성공을 위해 희생당하거나 짓밟힌 사람들에 관한 이야기는 당연히 없지요. 전반적으로 생에 대해 낙관적인 태도를 보여주지만 독자들에게는 더 큰 절망을 줄 수도 있습니다. 흔히 위인전이라 불리던 전기류도 비슷한 특징을 보입니다.

이에 비해 소설은 '성공'이 아닌 성장에 대해 다룹니다. 그리고 그것의 완성과 함께 실패에 대해서도 말합니다. 성장소설 혹은 교양소설이라는 장르가 따로 있을 정도입니다. 실패한 주인공의 이야기이지만 대중적으로 성공을 거둔 소설로는 『수레바퀴 아래서』(1906년)* 와 『호밀밭의 파수꾼』이 있습니다. 배경으로는 반세기 정도의 차이가 있지만 두 소설은 학교라는 제도에 적응하지 못한 주인공을 다루고 있다는 점에서 비슷합니다. '학교'와 '사회' 그리고 '이웃'의 문제를 더 광범위하게 다룬 소설은 『수레바퀴 아래서』라 할 수 있습니다.

아버지의 꿈과 아들의 꿈

슈바르츠발트의 작은 마을, 평범한 상인의 아들 한스 기벤라트는 "이 자그마한 마을에서는 여지껏 그러한 인물이 배출된 적이 없었다"는 말을 들을 만큼 총명한 아이였습니다. 그는 의심할 여지 없이 재능 있는 아이였기

* 헤르만 헤세, 『수레바퀴 아래서』, 김이섭 역, 민음사, 2001.

에 당연히 마을을 대표해서 신학교의 시험을 쳐야 했습니다. 신학교 입학은 시골의 부유하지 않은 집에서 태어난 아이가 성공할 수 있는 유일한 길이었으니까요. 시험에 합격하여 신학교에 입학하고, 거기서 다시 수도원에 들어가 공부를 마치면 목사가 될 수 있었습니다. 목사가 되어 설교단에 서거나 교단에 서면 평생 생활은 보장이 되었습니다. 그래서 신학교 입학은 이 지역 학생들의 꿈이었고, 주간지에 합격 소식이 실릴 정도로 지역 최대의 관심사였습니다. 이 어려운 시험에 한스는 차석으로 합격합니다.

일찍부터 시험을 염두에 두고 있었기에 한스는 라틴어 학교에 다니면서 다른 아이들처럼 마음껏 뛰어놀지 못했습니다. 거의 모든 시간을 입시 공부에 매달렸고, 친구도 제대로 사귀지 못했지요. 변변한 취미도 갖지 못했지만, 그의 아버지와 가족 그리고 학교 선생님과 마을 목사들에게 그는 자랑스러운 아이였습니다. 이렇게 어렵게 입학한 학교에서 그는 퇴학을 당하고 맙니다. 고향으로 돌아온 한스는 시계부품공장의 견습공이 되지만, 몸이 약하고 노동경험이 없어서 공장 생활에 쉽게 적응하지 못합니다. 그러던 어느 일요일 한스는 공장 동료들과 술을 마시고 헤어진 후 취한 채 강가를 걷다가 물에 빠져 자살인지 사고인지 모를 죽음을 맞게 됩니다.

이상에서 알 수 있듯이 소설 속 한스의 일생은 촉망받던 학생이 공부의 무게에 짓눌려 죽음에 이르는 비극입니다. 어린 시절의 천재가 성장하면서 수재로, 다시 둔재로 변하는 일은 주변에서 흔히 볼 수 있습니다. 실제 천재가 아닌 사람에게 천재의 굴레를 씌웠을 때 벌어지는 일이기도 하지요. 주변의 기대가 너무 크거나 공부하는 과정이 힘들어서 견디지 못하고 천재성을 잃어버리는 사람도 있을 테고요. 한스는 주변의 큰 기대에 대한 부담을 견디지 못하고 천재에서 둔재 혹은 문제아가 되어버린 학생입니다.

한스의 삶에 가장 큰 영향을 미친 인물은 그의 아버지입니다. 한스는 그의 아버지의 기대를 무엇보다 중요하게 생각하고 아버지의 기대에 어긋나지 않으려 노력합니다. 하지만 그의 아버지는 지극히 평범한 사람으로 한스와는 매우 다릅니다. 한스의 불행은 아버지의 기준에 자신을 맞추려 한 데서 시작됩니다.

> 그가 이웃의 어느 누구와 이름을 바꾼다 하더라도 무엇 하나 달라지지는 않을 것이다. 또한 그의 영혼 깊숙이 자리 잡고 있는 부분, 즉 우월한 힘과 인물에 대한 끊임없는 불신감, 그리고 일상적이지 않은, 보다 자유롭고 세련된 정신세계에 대한 본능적인 적대감에 있어서 그는 그 도시의 다른 모든 가장들과 다를 바 없었다. 그의 적대감은 옹졸한 질투심에서 싹튼 것이었다.(9쪽)

짧지만 위 인용문은 한스의 아버지 요제프 기벤라트에 대한 많은 정보를 제공해 줍니다. 다른 마을 사람들과 견주어볼 때, 그는 장점이나 특성이랄 것이 없다고 합니다. 반면에 낡고 우악스러운 가족의식과 아들에 대한 자부심만은 대단한 인물입니다. 그는 크게 성공하지는 못했지만 물질적인 욕망에서도 남에게 뒤지지 않습니다. 물질적인 욕망을 추구하는 사람들이 보통 그렇듯이 그의 내면은 속물적인 것으로 가득 차 있습니다. 그의 정신적인 역량은 교활함과 계산적인 술책으로 차 있을 뿐 시민 교양이라는 미덕과는 거리가 멉니다.

그는 열등감이 많은 사람이기도 합니다. 그에게 한스는 자신의 열등감을 풀어줄 수 있는 아들이자 자부심의 원천이었습니다. 동네 사람들이 공부 잘하는 한스를 말하고, 신학교에 합격한 한스를 입에 올릴 때마다 그는 무한한 기쁨을 느꼈을 것입니다. 신학교를 졸업한 이후 목사가 되어 돌아온 아들이 자신에게 더 큰 만족을 주리란 기대도 하고 있었겠지요. 이런 아버지의 기대를 한스가 모를 리 없습니다. 착한 아들인 한스는 아버지의 기대를 저버릴 수 없었습니다. 그가 공부를 열심히 해야 하는 가장 중요한 이유는 자신의 꿈이 아니라 아버지의 꿈 때문이었습니다.

한스는 아버지뿐 아니라 마을 사람들의 기대도 한 몸에 받습니다. 마을의 자랑이라는 말까지 듣지요. 하지만 그의 주변에 있는 사람들이 진심으로 한스의 성공을 바란 것인지는 의심스럽습니다. 모두 그를 도와주기는 하지만 한스가 진정으로 무엇을 바라는지 생각하는 사람은 없었으니까요. 그저 한스가 자기 마을의 이름은 높여주지 않을까, 자기 학교의 이름을 빛내주지 않을까 하는 욕심에서 그의 성공을 바랐을 것입니다. 심하게 말하면 그들에게 한스 개인의 삶은 그저 재미있는 이야깃거리였습니다.

> 구름의 그림자가 서둘러 골짜기 너머로 흘러가고, 해는 이미 산기슭에 거의 닿아 있었다. 잠시 한스는 몸을 내던진 채 울부짖고 싶은 충동을 느꼈다. 하지만 그 대신에 헛간에서 손도끼를 들고나와서는 가냘픈 팔로 마

> 구 휘둘렀다. 토끼집이 산산조각으로 쪼개져 버렸다. 나무 조각들은 이리 저리 튕겨 올랐고, 철 못들은 삐걱하는 소리를 내며 휘어지고 말았다. 지난해 여름에 쓰다 남은 썩은 토기 먹이들이 밖으로 드러났다. 한스는 닥치는 대로 손도끼를 휘둘러댔다. 마치 토끼와 친구 아우구스트, 그리고 어린 시절의 옛 추억들을 모두 지워버릴 수 있기나 한 것처럼.(22쪽)

어린 한스가 자신이 사랑하던 토끼장을 스스로 부수는 장면입니다. 어린 한스는 자연을 좋아하고 낚시를 좋아했습니다. 그는 본격적으로 공부를 하기 위해 자신이 좋아하던 토끼 키우기나 낚시를 포기해야 한다고 느낍니다. 그리고는 과감하게 도끼를 휘두르는 것이지요. 비록 결심이 서서 한 행동이었겠지만 어린 그의 마음에는 갈등이 남아 있습니다. 좋아하던 것들을 버려야 한다는 생각에 '몸을 내던진 채 울부짖고' 싶은 충동을 느끼고 그러기에 더욱 '마구' 도끼를 휘두릅니다. 그는 단지 토끼를 키웠던 추억만이 아니라 다른 모든 추억들도 지워버려야 한다는 사실을 알고 있습니다. 그에게는 더 큰 목표가 있으니까요.

굳이 토끼장이 아니어도 성장을 위해 자신의 과거를 파괴하는 일이 필요할 수는 있습니다. 과거에 얽매여서는 미래의 꿈을 실현할 수 없다고 생각할 수도 있습니다. 그렇다고 하더라도 중요한 것은 그 꿈이 누구의 것인지 입니다. 소설에서 한스가 가려는 학교는 자기가 알지 못하는 세계일 뿐 구체적으로 그려본 미래의 꿈은 아닙니다. 한스는 자기 의지와 상관없이 계속 공부를 한 것이지요. 그는 신학교를 졸업해서 무엇을 할 것인지,

만약 목사가 되면 어떻게 될 것인지에 대해 진지하게 고민한 적이 없습니다. 자신의 꿈이 무엇인지 누가 묻는다며 한스는 아무 말도 못 했을 가능성이 큽니다.

어린 한스는 주변의 기대를 충족시키지 못할까 전전긍긍합니다. 공부를 하면서 한스는 '성취에 대한 강박관념'과 '승리에 대한 조급함'에 사로잡히게 됩니다. 그는 조금만 오래 산책해도 곧 피곤해지고 머리가 아프고 눈이 아팠으며, 밤에는 꿈 때문에 잠을 잘 자지 못하고 자꾸 깨어나곤 했습니다. 마울브론 신학교에 입학하기 전부터 공부로 인한 스트레스로 두통과 피로감을 호소했습니다. 이런 증상은 목적 없는 공부, 절실하지 않은 공부가 낳은 부작용입니다. 정말 좋아서 하는 일이라면 이렇게까지 큰 스트레스를 받을 이유가 없습니다.

앞서 말했듯 이렇게 성장한 한스에게 가장 큰 문제는 자신이 진정으로 원하는 일이 없었다는 점입니다. 그는 아버지를 비롯한 주변에서 원했기 때문에 공부를 했고 신학교에 갔을 뿐이었습니다. 신학교 입학 후 한스의 내면에는 조금씩 균열이 생기게 되지요. 주변의 기대 때문이든 다른 무엇 때문이든 한스는 자신의 모든 시간을 신학교 입학에 걸었는데 그 목표를 달성하자마자 목표를 잃어버린 것입니다. 신학교에서 쫓겨난 이후는 더욱 곤란한 상황에 빠지지요. 한스는 공부한다는 이유로 친구들과의 관계에 소원했으며 자기를 계발하는 데도 소홀했으니까요. 남들보다 늦은 나이에 무엇을 할 것인가를 고민하지만 그는 이제 마을 친구들처럼 평범한 삶을 사는 것도 버거워합니다. 이 소설의 결말이 마치 '자살'처럼 느껴지는 이유는 독자들 역시 한스가 자기 삶에 대해 충분히 절망할 수 있는 조건에 놓여 있다고 생각하기 때문입니다.

물론 자기가 원하는 꿈을 가지지 못했다는 것이 소년의 책임만은 아닙니다. 성장이 바로 그런 꿈을 알아가는 과정인데 그 과정을 온전히 가질 수 없게 해 놓고 왜 꿈이 없느냐고 물으면 안 되겠지요. 준비할 시간에 준비하지 못하게 해 놓고 왜 준비가 안 되었느냐고 묻는 것과 같습니다. 한스 기벤라트는 상급학교 진학을 위해 학교 수업을 마치고도 공부에 매달렸습니다. 교장 선생님으로부터 희랍어를, 목사로부터 라틴어와 종교를, 수학교사로부터 수학을 따로 배웠습니다. 그리고는 신학교 기숙사에 내던져졌습니다.

그럼에도 불구하고 우리의 주인공이 그 생활마저 잘 견뎠으면 아무런 문제가 없었겠지요. 그런데 그 생활을 잘 견디지 못했다고 우리가 그를 비난할 수 있을까요? 어떤 환경에서도 최선을 다해야 했다고 잔인하게 말해야 할까요? 한스는 일부러 못된 짓을 한 적이 없습니다. 그냥 현재 일이 그렇게 되어버렸을 뿐입니다. 누군가는 한스가 감당하기 어려운 압박에 무너지지 않게 도와주거나 심리적 안정을 찾게 감싸주어야 했는데 아무도 그 일을 해주지 않았습니다. 무너지고 있는 아이에게 왜 무너지느냐고 질타해 보았자 그가 원래 자리로 쉽게 돌아올 수는 없습니다.

교육과 훈육

자신이 진정 무엇을 원하는지 몰랐던 점이 한스가 불행해진 근본적인 이유였다면, 학생들을 질식시킬 만큼 엄격한 학교 교육은 그를 몰락으로 이끈 직접적인 이유였습니다. 단순하게 말해 바람직한 교육은 개인의 능력과 개성을 살리고, 거기에 맞는 지식과 교양을 제공하는 것입니다. 르네상스 이후 낭만주의가 유행하던 시기의 유럽에는 이런 교육 이념이 퍼져 있었지요. 하지만 근대국가의 실제 교육은 이와 달랐습니다. 개성을 말살하고 정해진 틀에 맞추어 비슷비슷한 국민을 대량생산하는 데 교육의 목표가 있었던 것이지요. 우리나라의 경우 식민지 시대 '국민 학교'의 목표가 이것이기도 했습니다. 한스가 진학하게 된 신학교는 이런 근대 국민 국가 교육을 상징적으로 보여준다고 할 수 있습니다.

『수레바퀴 아래서』의 신학교는 실제로 헤세가 다녔던 마울브로 신학교를 모델로 했다고 알려져 있습니다. 그 학교의 시간표는 대략 이러했습니다. 수업은 7시 45분에 시작합니다. 공부는 정오까지 이어지다가 2시간을 쉬고 2시에 계속됩니다. 저녁 식사 후 7시 30분에는 오락시간이 있지요. 일주일에 41시간 수업에 토론시간과 예습 시간이 추가됩니다. 일요일에 잠시 산책할 시간을 갖는 것을 제외하고 학생들은 자유 시간이 거의 없는 생활을 합니다.* 모두 같은 일정 속에서 같은 공부를 해야 하는 비인

---

* 은정윤, 「신역사주의 관점에서 본 청소년의 학교와의 불화」, 『헤세연구』18집, 2007, 40쪽.

간적인 환경에서 많은 학생이 정서적 문제를 앓는 것은 어찌 보면 당연합니다. 소설에서도 한스 외에 여러 학생이 문제를 일으킵니다.

공부가 주는 중압감에 개인 시간이 적다는 것도 문제지만 더 큰 문제는 학교의 권위적인 분위기입니다. 이 학교의 교사들은 하나같이 권위적이고 엄격합니다.

> 학교 선생은 자기가 맡은 반에 한 명의 천재보다는 차라리 여러 명의 멍청이들이 들어오기를 바라게 마련이다. 어찌 보면 당연한 일인지도 모른다. 왜냐하면 선생에게 주어진 과제는 무절제한 인간이 아닌, 라틴어나 산수에 뛰어나고, 성실하며 정직한 인간을 키워내는 것이기 때문이다. 하지만 누가 더 상대방 때문에 감당하기 힘든 고통을 겪게 되는가! 선생이 학생 때문인가, 아니면 그 반대로 학생이 선생 때문인가! 그리고 누가 더 상대방을 억누르고, 괴롭히는가! 또한 누가 상대방의 인생과 영혼에 상처를 입히고, 더럽히는가! 이러한 문제를 곰곰이 생각해 볼 때마다 누구나 분노와 수치를 느끼며 자신의 어린 시절을 돌아보게 될 것이다.(142쪽)

한스가 입학한 신학교의 목표는 창의적이고 자유로운 인재를 키워내는 것이 아니라 국가의 목표에 맞는 적당한 부속품을 만들어내는 데 있었습니다. 한 명의 천재보다 여러 명의 멍청이를 원한다는 말의 의미가 그것입니다. 학교는 무절제한 인간이 아니라 질서에 순응하고 성실한 비슷비슷한 인재를 키워내는 데 주력합니다. 이런 교육은 대부분의 학생들에게 고통을 줍니다. 주어진 틀에 자신을 맞추는 일은 자존심에 상처를 주고 심하면 모멸감마저 느끼게 만듭니다. '인생과 영혼'에 상처를 받게 된 학생들은 졸업한 후에도 자신의 학생 시절을 치욕스럽게 회고한다고 헤세는 말합니다.

하지만 목사가 되기 위해서 학생들은 학교의 규율에 절대 복종해야 합니다. 복종에는 달콤한 열매도 있습니다. 학생들은 '이제 이들은 몸가짐을 올바르게 하기만 하면, 죽는 날까지 국가로부터 생계를 보장받게'(93쪽) 됩니다. 반대로 규율을 따르지 않는다면 조직에서 배제될 것이 틀림없습니다. 한스에게 그것은 모든 것을 잃는 것과 같습니다. 아버지와 라틴어 학교 선생님들의 기대를 저버리게 되는 것이지요. 이런 상황은 한스 입장에서 보면 이러지도 저러지도 못할 함정에 빠진 것과 같습니다.

국가를 비롯해 조직이 갖는 힘이 사실은 여기에 있습니다. 조직의 힘은 개인이 저항하기에는 너무나 강력해서 결국 대부분의 저항이 개인의 불이익으로 끝나게 만듭니다. 몇 사람이 탈락한다고 해도 조직이 받는 불이익은 상대적으로 그리 크지 않습니다. 누구든 불이익을 받지 않으려면 저항은 꿈도 꾸지 말고 온순하게 적응해야 합니다.

이 소설의 배경이 되는 20세기 초 독일에서는 제국주의적이며 민족주의적인 기풍이 고조되고 있었습니다. 국가가 학교를 병영처럼 통제하던 때였지요. 당시에도 이런 획일화 교육이 개성을 말살하고 정신을 황폐화시킨다는 우려가 높았습니다. 학생들의 자살이 사회적 문제가 되었고 학교 교육과 교사들을 비판하는 분위기 역시 높았지요.

이런 시대적 분위기 때문에 20세기 초 유럽 문학에서는 학생과 학교 문제를 본격적으로 다룬 소설이 여럿 등장합니다. 주요 작품으로는 에밀 슈트라우스의 『친구 하인』(1902), 라이너 마리아 릴케의 『체조 시간』(1904), 하인리히 만의 『운라트 교수 혹은 폭군의 종말』(1905) 그리고 로베르트 무질의 『생도 퇴를레스의 혼란』(1906) 등을 들 수 있습니다.* 『수레바퀴 아래서』는 1904년 신문에 첫 선을 보이고 1906년에 책으로 출간되었습니다. 시기상으로나 내용상으로 위의 작품군에 묶일 수 있습니다.

> 이렇듯이 학교마다 법규와 정신의 싸움판이 자꾸 되풀이되고 있다. 국가나 학교가 해마다 새롭게 자라나는 보다 귀중하고 심오한 젊은이들을 뿌리째 뽑아버리기 위하여 혈안이 되어 있다는 사실을 우리는 목격하게 된다. 더욱이 선생들에게 미움이나 벌을 받은 학생들, 학교에서 도망치거나 내쫓긴 학생들, 바로 이들이 후세에 우리 민족의 정신적인 재산을 풍요롭게 만든다는 것도 변함없는 사실이다.(143쪽)

위 예문은 사설이나 비평문이 아니라 소설 속 문장입니다. 『수레바퀴 아래서』의 서술자는 학교 문제에 관해서 기꺼이 논평자가 되기를 마다하지 않습니다. 그만큼 주제를 분명히 드러내고자 하는 의지가 강한 것이지요. '귀중하고' '심오한' 젊은이들을 뿌리째 뽑아버리기 위해 학교가 혈안이 되어 있다는 표현은 매우 과격한 편입니다. 실제로 법규만을 준수한 학

---

* 안진태, 「헤르만 헤세의 『수레바퀴 밑에서』에서 학교와 사회 비판」, 『독일문학』 101집, 2007, 129쪽.

생보다는 창의적이고 자유로운 학생이 정신적인 문화에 기여할 가능성이 크다는 말도 합니다. 그런 학생들이 학교에 적응하지 못하는 것을 당연하게 보는 시선도 엿보입니다.

이 소설의 배경은 백 년 전 독일입니다. 그런데 슬프게도 『수레바퀴 아래서』는 현재의 우리 현실을 보여주는 듯한 느낌을 줍니다. 대학 입시를 위해 학생 시절을 온전히 소비하는 우리나라 청소년들이 처한 상황과 한스의 경험이 크게 달라 보이지 않습니다. 성적 위주의 교육도 그렇고 권위적이고 비합리적인 학교 분위기도 그렇습니다. 자율 학습이라는 이름으로 밤늦게까지 학교에 학생을 잡아두는 학교 문화는 어떻습니까. 신학교에 입학하기 위해 친구도 취미도 포기했던 한스처럼 대학에 가기 위해 우리 학생들도 소중한 수많은 것들을 포기합니다. 그리고 막상 대학에 가서는 적응하지 못하고 방황하는 이들이 많지요. 이미 많은 것을 소진했기에 대학에 와서 의욕적으로 공부하지 못하는 학생도 많습니다. 그나마 원하는 대학을 가지 못한 학생들은 마치 패배자라도 되는 양 풀이 죽어 젊은 날을 보내기까지 합니다.

한스의 시대나 현재의 우리나라나 진학에 이렇게 매달리는 이유는 학력을 출세를 위한 지름길로 생각하는 사회적 분위기 때문입니다. 『수레바퀴 아래서』에서 교육은 신분 상승과 성공을 약속하는 하나의 수단입니다. 신학교 시험에 떨어지면 김나지움에 입학해도 되느냐는 한스의 물음에 그의 아버지는 터무니없는 말이라도 들은 듯 무시합니다. 한스에게는 오직 하나의 길만이 열려 있었던 셈입니다. 우리의 현실도 이와 비슷합니다. 기성세대나 청소년들 모두 신분 상승과 성공을 위해 명문대를 졸업해야 하고, 다양한 스펙을 쌓아야 한다고 생각합니다. 그것이 개인에게 어떤 의미가 있는지는 그리 중요하게 생각하지 않습니다.

문제가 많음에도 불구하고 학생 입장에서는 선택지가 그리 많지 않습니다. 개인이 소신 있게 행동한다 해도 교육을 출세를 위한 좁은 길로 생각하는 기성세대의 생각이 바뀌지 않으면 학생들은 자칫 피해를 볼 수 있으니까요. 신학교의 교장 선생님은 한스의 손을 잡으면서 경고처럼 '아무튼 지치지 않도록 해야 한다. 그렇지 않으면 수레바퀴 아래 깔리게 될지도 모'(146쪽)른다고 말합니다. 소설의 제목이기도 한 '수레바퀴 아래'는 분명히 낙오자 이미지를 포함하고 있습니다. 이 수레바퀴 아래 깔린 학생이 한스인 셈이지요. 하지만 이 말을 하는 교장 선생님은 자신을 포함한 어른들이 바로 바퀴의 한 축이라는 사실은 결코 인지하지 못합니다.

모범생에서 문제아로

다시 한스로 돌아가 보지요. 한스가 수도원 생활에 적응하지 못한 이유는 규율 때문이기도 하지만 친구들과 원만한 관계를 유지하지 못했기 때문입니다. 오직 공부만 생각하고 신학교에 입학했기에 그는 친구와 어떻게 친해져야 하는지 잘 알지 못합니다. 라틴어 학교 교장 선생님이나 목사, 아버지 누구도 그에게 학교생활을 어떻게 하라고 알려 준 적이 없습니다. 유일한 충고는 다른 학생들에게 뒤처지지 않게 열심히 공부하라는 말

뿐이었습니다.

한스와 같은 기숙사에서 생활하게 된 학생들은 각지에서 모여 전혀 다른 개성을 가지고 있었습니다. 슈투트가르트에서 온 교수의 아들 오토 하르트너는 재능이 뛰어나고, 침착하며, 언제나 자신감이 넘칩니다. 첫인상만으로 가장 특이한 존재는 엷은 금발의 에밀 루치우스였습니다. 그는 과하다 싶을 만큼 모든 일에 집중하여 주변을 불편하게 하는 존재였습니다. 슈바르츠발트에서 온 헤르만 하일너는 자유분방한 정신을 가진 아이로 학교 선생님들에 의해 곧 문제아로 낙인이 찍힙니다. 그런데 한스는 자신과는 너무 다른 개성을 가진 하일너에게 끌립니다.

> 한스가 느끼는 고민이나 바람이 그 소년에게는 전혀 존재하지 않았다. 하일너는 자기 나름대로의 사고와 언어를 가지고 있었다. 그리고 남들보다 더 열정적이고 자유로운 생활을 누리고 있었다. 하지만 그는 남다른 고민으로 괴로워하며, 자기를 에워싼 주위 환경을 경멸에 찬 눈으로 쳐다보았다. 그는 낡은 기둥과 담장의 아름다움을 이해하고 있었다. 또한 자신의 영혼을 시구에 반영하고, 환상에서 자기만의 허구적인 삶을 만들어내는 기이한 방법을 터득하고 있었다. 그는 감정이 풍부할 뿐 아니라, 남에게 구속받기를 꺼렸다. 한스가 1년 동안에 내뱉은 농담을 하일너는 단 하루 만에 해대었다. 동시에 그는 우울한 소년이었다. 자기 자신의 슬픔을 낯설고 귀한, 값진 보물처럼 즐기고 있는 것처럼 보였다.(109쪽)

하일너는 남들이 시키는 일을 수동적으로 하는 것이 아니라 무엇이든 주체적으로 판단해서 자기 의지로 행동하려는 아이였습니다. 감정이 풍부하여 시의 세계나 허구의 세계에 쉽게 빠져드는 그는 남의 구속을 받기 싫어하는 자유로운 영혼을 가지고 있었던 것입니다. 당연히 신학교에서 원하는 학생 상과는 거리가 먼 학생이었지요. 그는 규율이나 질서 그리고 고리타분한 교리를 쉽게 받아들이지 못합니다. 선생님들은 그를 불량하게 보았고, 그 역시 학교나 교사를 경멸에 찬 눈으로 보았습니다. 학생들은 교사들이 싫어하는 그와 어울리기를 꺼렸고 그 역시 속물 같은 학생들과 어울리는 데는 관심을 두지 않는 듯 했지요.

모범생인 한스는 자기와 다른 점이 많은 그가 신기하기도 하고 자유로운 그가 부럽기도 했겠지요. 둘은 권위적인 학교 분위기에 적응하지 못하고 다른 친구들과 어울리지 못한다는 점에서 비슷한 면도 있었습니다. 사실 이 점이 둘을 가깝게 한 요인이었습니다. 선생님들은 공부만 열심히 하는 한스를 좋아했지만 다른 학생들은 그를 무시하고 조롱했습니다. 정서가 풍부한 서정적인 헤르만 하일너는 마음에 맞는 친구를 사귀기 위해서 무척 애를 써보았지만, 누구와도 사이좋게 지내지 못했습니다. 둘이 친해진 것에 대해 동급생들은 방탕한 소년과 성실한 소년, 시인과 노력가와의 만남이라며 의아해했지만, 한스에게 하일너는 무의식 속에 자리한 자신의 욕망을 대리해서 실현해 주는 친구였습니다.

이렇게 하일너와 가까워진 이후 한스는 학교생활에서마저 그를 닮아갑니다.

하일너와의 우정이 깊어지고, 즐거워져 갈수록 학교는 한스에게 점점 더 낯설게만 여겨졌다. 새로운 행복감이 싱싱한 포도주처럼 용솟음치며 한스의 피와 사상을 꿰뚫고 퍼져나갔다. 이에 비하면, 리비우스나 호머는 빛바랜 하찮은 미물에 지나지 않았다. 지금까지 나무랄 데 없던 모범 학생 기벤라트가 수상쩍은 하일너의 몹쓸 영향 때문에 문제 학생으로 전락해 버린 사실에 대하여 선생들 모두 경악을 금치 못했다.(141쪽)

하일너와 어울리면서 한스는 열등생이 되어갑니다. 오로지 공부에만 집중하던 그의 정신에 비로소 새로운 세상이 침투한 것이지요. 새로운 즐거움을 느끼게 되면서 한스는 학교생활과 지루한 공부에는 흥미를 잃게 됩니다. 그는 "자신의 기억력이 전혀 말을 듣지 않을 뿐 아니라, 하루가 다르게 점점 더 느슨해지고, 희미해지고 있다"(161쪽)는 것을 느끼고 절망에 빠집니다. 하지만 한번 길에서 벗어난 한스는 자기를 추스르고 제자리로 돌아오는 데 어려움을 겪습니다.

한스의 변화에 대해 교사들의 반응은 냉담합니다. 초반에는 하일너와 친하게 지내지 말 것을 충고하지만 그들의 관심은 거기까지입니다. 특히 교장 선생님은 한스를 그냥 내버려 둡니다. 그리고 마치 '바리새인이 세리에게 그러했듯'이 경멸에 가득 찬 동정심으로 그를 쳐다볼 뿐입니다. 경쟁과 결과가 중요한 신학교에서 낙오된 학생에게 온정을 베풀어줄 사람은 아무도 없었습니다. 학생들 사이에서도 그는 문둥병자나 다름없는 존재가 되어버립니다.

학생이 친구와의 우정 때문에 학업을 소홀히 한 일, 모범생에서 열등생으로 떨어진 일을 칭찬할 수는 없겠지요. 하지만 한스가 급격하게 학교 문제아가 된 이유를 순전히 개인의 책임으로 돌려야 할지는 의문입니다. 친구가 동료가 아니라 경쟁자라는 인식을 심어주는 학교 분위기, 학교에서 주입하는 지식과 경험 외의 것들은 중요하지 않다고 생각하는 교사들의 문제도 함께 생각해야 합니다. 주어진 역할에 충실하고, 불만 없이 자기 업무를 수행할 수 있는 식물 같은 인간을 만드는 교육 제도에도 책임이 있습니다. 한스는 신학교에 오기 전까지 한 명의 친구도 사귀지 못했습니다. 그러니 처음 사귄 친구인 하일너에게 충실할 수밖에 없었습니다. 그 친구의 충격을 감당할 만큼 한스가 준비된 학생이 아니었다는 점이 불행이라면 불행일 수 있었을 것입니다.

더 큰 불행은 한스가 하일너의 우정마저 잃게 되면서 시작됩니다. 하일너는 소란스럽고 질서를 어기는 루치우스에게 경고를 주려 했고 둘 사이에는 다툼이 벌어집니다. 하지만 일이 잘못되어 하일너만 억울하게 소란의 주범 누명을 쓰게 되지요. 학생들은 독특하게 굴었던 외톨이 하일너를 동정하지 않았고 교장 선생님은 하일너를 징계합니다. 이때 유일하게 친했던 한스 역시 하일너 편에 서서 저항하지 못합니다. 그의 편을 들고 싶었으나 한스에게는 용기가 없었지요. 그리고 시간이 지나자 하일너에게 한스의 배신은 돌이킬 수 없는 사실이 되고 맙니다.

열정적인 소년 하일너는 모든 사람이 자신을 멀리한다는 사실을 느끼고, 또 이해했습니다. 그래도 한스만큼은 굳게 믿어 왔었지요. 퇴교 처분을 받고 떠나면서 하일너는 한스에게 영원히 남을 모욕적인 말을 남깁니다. '비열한 겁쟁이 기벤라트'라는 말이지요. 하일너가 떠나자 학교에는 한스가 관심을 가질 아무 것도 남아있지 않게 됩니다. 그리고 한스의 마음속에는 죄책감이 자라납니다. 그 사이 같은 기숙사의 소심한 소년 힌딩어가 익사해 죽는 사건도 벌어지지요. 하일너의 퇴교 처분으로 외톨이가 된 한스는 신경 쇠약 증세까지 보이며 더 이상 학교에 남을 수 없게 됩니다.

바퀴에 깔린 아이들

눈치 빠른 분은 이미 짐작했겠지만 하일너는 작가 헤르만 헤세의 어린 시절 모습을 닮았습니다. 헤세는 1877년 독일의 남부 나골드 강변의 도시 칼브에서 태어나 스위스 바젤에서 어린 시절을 보냈습니다. 이후 독일로 돌아와 마울브론 신학교에 입학하게 되지만 7개월이 지난 후 그곳을 탈출합니다. 그는 훗날의 고백에서 자기는 시인이 되거나 전혀 아무것도 되고 싶지 않았다고 고백한 바 있습니다. 그 후 김나지움에 다니기도 했지만 그 역시 견디지 못하고 학업을 포기하고 서점 점원, 탑시계 공장의 견습공으로 소년 시절을 보냈습니다. 헤르만 헤세와 헤르만 하일너는 이름도 비슷합니다. 한스 기벤라트의 이름 Hans는 헤세의 동생 이름 Hans Hesse를 연상하게 합니다. 실제로 헤세의 형제 한스는 학교생활에 적응하지 못하고 자살했다고 알려져 있습니다. 작가는 자신과 형제들의 경험이 이 소설을 집필하게 된 동기라고 말한 바 있습니다.

신학교에서 나온 한스는 자신이 다시는 수도원으로 돌아갈 수 없으리라는 것을 압니다. 어릴 적 함께 했던 학문의 세계에 다시 접근하기도 어렵다는 사실도 알지요. 그런데 집으로 돌아오는 길이 슬픈 이유는 자신의 노력이 수포로 돌아갔기 때문이 아닙니다. 한스의 마음은 아버지의 마음을 저버렸다는 죄책감 때문에 우울하고 어두워집니다. 만약 그가 고향 말고 찾아갈 곳이 있었다면 결코 고향으로 돌아가지 않았을 지도 모릅니다. 그에게 고향은 자신의 번민과 고통을 쓰다듬어 줄 곳이 아니었기 때문입니다.

어쨌든 고향으로 돌아온 한스는 새로운 삶을 시작해야 합니다. 이미 학교를 그만둔 하일너는 자신의 시적 재능을 이용해 자기 길을 가면 됩니다. 하지만 기벤라트의 삶에서는 목적과 내용이 사라져 버렸습니다. 이제 그는 직업 교육을 받고 기능공이 된 친구들의 삶을 따라가야 합니다. 그 삶이 나쁘다고 할 수 없지만, 준비되지 않은 한스가 그러한 삶을 견디기는 쉽지 않았을 것입니다.

> 그가 어떻게 물에 빠지게 되었는지도 알 수 없는 일이었다. 길을 잃고, 가파른 언덕에서 발을 헛디뎠는지도 모른다. 아니면 목이 말라 물을 마시려다가 몸의 중심을 잃었는지도 모른다. 혹시나 아름다운 강물에 이끌려 그 위로 몸을 굽혔는지도 모른다. 평화와 깊은 안식이 가득한 밤, 그리고 창백한 달빛이 그를 향해 비추었기 때문에 피곤함과 두려움에 지친 나머지 어찌할 수 없이 죽음의 그림자에 휘말려들었는지도 모른다.(261쪽)

기능공의 생활에 어렵게 적응해 가던 한스는 결국 싸늘한 시체가 되어 발견됩니다. 그가 어떻게 죽었는지 본 사람은 없습니다. 죽을 때까지 그는 철저하게 혼자였던 모양입니다. 위에서 보듯 그의 죽음에 대한 서술은 '모른다'는 말로 가득합니다. 작가는 그가 '길을 잃고' 발을 헛디뎠거나 '목이 말라' 중심을 잃었을 것이라 짐작합니다. 실제로 그랬을 수도 있지만 그가 처한 현실을 상징적으로 표현한 것으로도 느껴집니다. '피곤함과 두려움'에 지쳤다든지 '평화와 깊은 안식'이 가득한 밤이라는 표현은 그가 스스로 목숨을 끊었을 수도 있다는 생각까지 하게 만듭니다.

소설의 마지막은 한스의 장례식 장면입니다. 그의 장례식에 참가한 구둣방 아저씨는 묘지 문을 나서는 프록코트 신사들을 향해 '한스를 이 지경에 빠지도록 도와준 사람'이라고 비난합니다. 학교 교사와 목사, 그의 아버지까지 모두 한스의 죽음에 책임이 있다는 말입니다.

> 학교와 아버지, 그리고 몇몇 선생들의 야비스러운 명예심이 연약한 어린 생명을 이처럼 무참하게 짓밟고 말았다는 사실을 생각한 사람은 하나도 없었다. 왜 그는 가장 감수성이 예민하고 상처받기 쉬운 소년 시절에 매일 밤늦게까지 공부를 해야만 했는가? 왜 그에게서 토끼를 빼앗아버리고, 라틴어 학교에서 같이 공부하던 동료들로부터 멀어지게 만들었는가? 왜 낚시하러 가거나 시내를 거닐어보는 것조차 금지했는가? 왜 심신을 피곤하게 만들뿐인 하찮은 명예심을 부추겨 그에게 저속하고 공허한 이상을 심어주었는가? 왜 시험이 끝난 뒤에도 응당 쉬어야 할 휴식조차 허락하지 않았는가? 이제 지칠 대로 지친 나머지 길가에 쓰러진 이 망아지는 아무 쓸모도

없는 존재가 되어버린 것이다.(172쪽-173쪽)

이 소설이 지속적으로 묻고 있는 학교란 무엇이고 교육이란 무엇인가라는 주제를 다시 생각하게 하는 예문입니다. 한스의 죽음은 지칠 대로 지쳐 길가에 쓰러진 망아지의 죽음에 비유됩니다. 구둣방 아저씨 플라이크는 한스를 쓰러뜨린 '야비스러운 명예심'을 비난합니다. 감수성이 예민한 소년에게 공부만을 강요했고, 상처받기 쉬운 영혼에 수많은 상처를 주었으며, 저속하고 공허한 이상만 주고 친구는 주지 않은 어른들의 책임을 묻습니다. 어른 중 누구도 야윈 소년의 얼굴에 비치는 당혹스러운 미소 뒤로 꺼져 가는 영혼을 보지 못했고, 불안과 절망에 싸인 채 주위를 두리번거리는 그의 눈빛에 관심을 두지 않았던 것입니다.

한스의 불행은 헤르만 헤세의 시대에만 해당되는 것이 아닙니다. 1951년 출간된 『호밀밭의 파수꾼』이라는 미국 소설도 유사한 주제를 다룹니다. 16세의 주인공 홀든 콜필드는 크리스마스가 다가온 어느 날, 세 번째로 전학한 고등학교에서마저 제적당하고, 집이 있는 뉴욕으로 돌아옵니다. 그는 자신에게 친절하지 않은 엉터리 세상에 절망하면서도 사람들의 온기를 찾아 2박 3일 동안 이곳저곳을 방황합니다. 자신을 비참하게 만들었던 사람들까지 포함해서 말이지요. 그는 명문 사립학교에 다녔지만 학교 생활에 적응하지 못했습니다. 그는 학교에 만연한 허위와 허식, 무신경, 약육강식, 비겁함 등을 견디지 못했습니다. 방황하는 기간 만난 사람들 역시 그가 학교에서 느낀 고독과 비관적 감정을 확인시켜 줄 뿐이었습니다. 그가 만난 사람들은 돈만 밝히는 매춘부, 마약 밀매업자, 유명인만 쫓아다니는 사무직 여성, 본질을 간파하지 못하는 여자 친구, 도무지 믿음이 가지 않는 교사 등이었습니다. 결국 어린 여동생 피비의 애정에서 구원을 찾아 가출을 포기하지만 그가 사회 부적응자로 낙인찍힌 것은 변하지 않습니다.

소설이 아닌 21세기 현실에서도 우리는 한스와 같은 청소년을 매일매일 보고 있습니다. 그들은 한스와 비교해도 더 큰 부담과 억압 속에 살고 있다고 해야겠지요. 공부와 진학이 최대 목표라는 점에서 비슷하지만 우리 학생들은 학교를 다니는 것으로도 부족해 학원까지 다녀야 합니다. 아침 9시에 학교가 시작한다고 해도 저녁 10시까지 하루의 절반 이상을 공부라는 부담과 씨름하며 살아가는 셈이지요. 그 공부가 개인의 삶을 위해 얼마나 필요한지를 생각하면 가슴이 아픕니다. 단지 입시라는 과정을 통과하기 위해 그렇게 많은 희생을 치러야 한다고 생각하면 더 그렇지요. 그들은 경쟁과 변별을 위한 어른들이 쳐놓은 그물에 꼼짝없어 걸려버린 불쌍한 물고기들일지 모릅니다. 이런 환경 속에서 수많은 한스들이 나오더라도 이상할 것이 없습니다.

이기심이 만들 암울한 미래

교육에 의한 주체의 분열을 다룬 소설로서 『수레바퀴 아래서』를 읽어 보았습니다. 교육의 목표는 다양하고 그러한 목표가 생긴 데는 나름대로 이유가 있을 것입니다. 동서양을 막론하고 인문학적 교양이 교육의 목표이던 때가 있었습니다. 그러한 목표가 근대 들어 크게 변화했습니다. 사회에 필요한 부속품, 기본적인 소양을 갖춘 기능인을 생산하는 쪽으로 말이지요. 보통 교육이 일반화되면서 규율과 질서라는 덕목도 함께 중요해졌습니다. 일부에 국한되던 교육의 혜택을 대중이 누릴 수 있게 된 것은 잘된 일이지만, 그런 교육이 가져온 부작용은 간과할 수 없습니다.

이런 교육의 대표적인 폐해는 인간의 개성을 파괴한다는 점입니다. 개인에 맞는 프로그램을 개발하기보다 주어진 목표가 만든 틀에 개인을 짜맞추는 교육이 이루어지는 것이지요. 물론 근대 교육도 겉으로는 다양한 가능성을 열어놓은 것처럼 보입니다. 하지만 어떤 길을 선택하느냐에 따라 성공의 기대치가 각기 다른 경우가 많습니다. 이런 때 다양성은 허위에 지나지 않을 것입니다.

부르디외의 말을 인용하자면 교육을 통해 얻은 학력은 하나의 자본입니다. 졸업장이 개인의 능력이나 지위와 동일시되는 경우가 많고, 학맥을 통해 이차적인 이득을 무수히 얻을 수 있기 때문이지요. 현대 우리 사회의 청소년들이 학창시절을 모두 바쳐 명문대학에 진학하려고 기를 쓰는 이유가 여기에 있습니다. 우리 교육의 구조는 경쟁을 통해 서열을 매기고 승리한 자가 과도한 혜택을 누리도록 설계되었습니다.

많은 국민들이 다른 자본에 비해 교육 자본은 그래도 개인의 노력으로 얻어내기 쉽다는 생각을 합니다. 실제로 교육 자본조차 다른 자본을 가진 이들 사이에서 세습되고 있는 게 현실이라는 점을 알면서도 말입니다. 그들은 자투리 혹은 나머지 틈에라도 자신들이 낄 수 있다고 생각합니다. 이런 생각이 얼마나 허무한 결과를 낳는지 알지만, 이 역시 개인의 책임으로 돌릴 수만은 없는 문제입니다.

한스 기벤라트의 삶을 보면서, 아니 현재 우리 주변에서 자주 일어나는 어린 학생들의 죽음을 보면서도 우리 사회는 특별한 대책을 내놓지 않고 있습니다. 다른 분야와 마찬가지로 이 역시 어른들의 이기심과 욕망이 바른길을 막고 있습니다. 이러한 이기심은 반드시 통제되고 조절되어야 합니다. 하지만 불행히도 입법기관에도 교육기관에도 언론기관에도 실패한 이들의 입장이 되어줄 사람들은 별로 없습니다. 비인간적인 경쟁을 통해 살아남은 '정상적인' 이들이 차지하고 있는 곳에서 한스와 같은 가련한 젊은이들은 고려 대상이 아닌 모양입니다. 승자들만 행복하고 패자에게 잔인한 사회가 건강하게 오래 지속되기는 어렵습니다. 언젠가 우리는 무책임하게 내버려 둔 미래 때문에 크게 한숨 쉬게 될지도 모릅니다.

Ⅲ. 범죄는 무엇으로 구원받는가?

라스꼴리니꼬프와 살인이라는 범죄

도스또예프스키, 『죄와 벌』

인류의 가장 오래된 범죄

성경에 등장하는 인간의 첫 범죄는 카인에 의한 형제 살해입니다. 알레고리를 사실로 믿을 수는 없지만 실제로 살인의 역사는 인류의 역사만큼 오래되었습니다. 고래(古來)의 어떤 법률에도 살인자를 처벌하는 조항이 빠진 경우는 드뭅니다. 함무라비 법전의 일조는 살인에 관련되어 있고, 모세의 십계명에도 살인하지 말라는 계명이 있습니다. 고조선의 8조 법에도 첫째 조항은 '살인하지 말라'였다고 합니다. 현대인들의 보편적 정서에서도 살인은 가장 대표적인 범죄, 가장 용서받지 못할 범죄로 여겨집니다.

그런데 조금 더 생각해보면 살인이 지금처럼 보편적으로 금지된 시기는 없었던 것 같습니다. 현재 우리가 당연히 받아들이고 있는 인권 사상은 사실 근대에 만들어진 비교적 새로운 발명품입니다. 인간은 원래 평등하다거나 모든 인간은 태어날 때부터 침해할 수 없는 권리를 가진다는 생각은 옛사람들에게는 낯선 관념이었을 지도 모릅니다. 인간은 신분에 의해 구분되기 때문에 타고난 제 역할이나 처지 이상을 바라는 것이 오히려 망령스럽다고 여겨지던 시기가 인류사에서는 훨씬 더 길었습니다. 신분제 사회에서는 누구를 죽이느냐에 따라 죄의 값이 다르게 매겨지기도 했습니다. 높은 신분의 사람이 낮은 신분의 사람을 죽일 경우 죄가 되지 않는 일조차 있었습니다.

제도가 살인을 인정하는 예도 있습니다. 사형 제도가 그것인데, 사형 역시 집단 혹은 법에 의한 살인입니다. 지구상의 나라들은 사형제를 실시하는 나라와 그렇지 않은 나라로 나뉩니다. 테러나 암살에 의한 살인에 대해서는 정치적인 입장에 따라 극단적으로 평가가 갈립니다. 개인적으로 동의하지는 않지만 지하드(성전)를 믿는 사람도 많습니다. 정상적인 재판 과정에서도 모든 살인에 똑같은 벌이 적용되는 것은 아닙니다. 정당방위는 큰 죄가 되지 않고, 고의적인 살인과 우연한 살인은 다른 처벌을 받는 것이 일반적입니다. 이는 사람들이 살인이라는 행위가 갖는 악의 크기를 다르게 본다는 말이기도 합니다.

따라서 행위의 결과만으로 '죄'의 양을 재는 데는 무리가 있습니다. 결과로 나타나는 죄와 함께 의도가 포함된 악의 양과 질이 평가의 중요한 기준이 되는 것이지요. 따라서 죄를 지었다고 모두 악하다고 말하기도 어렵습니다. 죄와 악이라는 관념은 관습의 영향도 많이 받습니다. 또 거기에는 양심이라는 문제가 포함되기도 합니다. 양심은 어느 정도는 개인적인 차원의 문제이기 때문에 사회적으로는 강요할 수도 처벌할 수도 없는 영역입니다. 행위로서의 죄가 사회과학의 영역이라면 양심으로서의 죄는 인문학의 영역에 속한다고 말해도 좋습니다.

문학에서도 살인은 오래된 주제 중 하나입니다. 셰익스피어를 예로 들어보지요. 「햄릿」의 시작은 국왕의 시해이고 아버지에 대한 햄릿의 복수 여부가 작품을 끌어가는 중심 모티프입니다. 맥베스와 오셀로 역시 살인으로 인해 고통받는 인물들이지요. 사랑 이야기인 「로미오와 줄리엣」에도 살인이 등장합니다. 더 오래된 이야기로는 오이디푸스의 비극을 들 수 있겠네요. 자신도 모르게 아버지를 살해하고 어머니와 결혼하게 된 불행한 인물이 오이디푸스입니다.

근대 문학으로 좁혀 보면 살인은 그리 인기 있는 주제는 아닙니다. 너무나 명백한 '악'과 '죄'의 표현이기 때문에 살인은 부정적으로 다루어져야 할 뿐 아니라, 부르주아들의 일상이나 내면이라는 소설의 일반적인 제재와도 거리가 멀기 때문입니다. 『올리버 트위스트』에 등장하는 범죄자 싸익스나 『도리언 그레이의 초상』의 악마적 주인공 도리언 정도가 살인과 관련하여 우선 떠오르는 인물입니다. 근대 문학에서 살인이라는 제재는 탐정소설이나 추리 소설 등 대중소설에 자리를 넘겨준 듯도 합니다.

도스또예프스끼의 『죄와 벌』(1866년)* 은 지난 시대의 주제인 듯한 살

---

* 도스또예프스끼, 『죄와 벌』상하, 홍대화 역, 열린책들, 2000.

인을 중심 제재로 다루고 있는 작품입니다. 이 소설은 살인은 당연히 나쁘다고 생각하는 통념에 도전합니다. 살인이라고 모두 나쁜 것은 아니라는 입장을 드러내지만, 그럼에도 불구하고 살인이 과연 정당화될 수 있는지 되묻습니다. 주인공 라스꼴리니꼬프는 인간 내면에 잠겨 있는 살인 욕망과 죄의식을 겉으로 드러내는 동시에 속죄를 통해 독자들의 무의식 속에 있는 죄를 씻어주는 문제적 인물입니다.

살인을 계획하는 심리

S 골목의 하숙집 5층 건물의 지붕 아랫방에서 식사와 하녀를 제공받고 있는 청년 라스꼴리니꼬프(애칭은 로쟈)는 방세가 밀려 주인 여자의 방을 지나기가 두렵습니다. 그는 멋진 검은 눈동자에 짙은 아맛빛 머리털을 가진 미남으로, 약간 큰 키에 균형이 잘 잡힌 몸매를 갖추고 있습니다. 소설이 시작되면서부터 이 청년은 알료나 이바노브나라는 노파를 죽여야 한다는 생각을 하고 있습니다. 노파는 물건을 맡아두고 돈을 빌려주는 악덕 전당업자입니다. 그는 나름대로 계획을 세워 살인을 실행하지만 의도와 달리 노파의 여동생 리자베따 이바노브나까지 살해하고 맙니다. 이후 라스꼴리니꼬프는 자신이 저지른 범죄로 인해 괴로움을 겪다가 예심 판사에게 범죄 사실을 자백하고 시베리아 유형을 떠납니다. 그의 유형에는 불행한 여인 소냐가 동행하는데, 그녀와 함께 라스꼴리니꼬프가 새로운 삶을 시작하는 것으로 소설은 마무리됩니다.

이상은 아주 간단히 정리한 『죄와 벌』의 줄거리입니다. 800쪽(번역서 기준)이 넘는 장편 소설의 줄거리로 보면 무척 간단한 편이지요. 게다가 가장 중요한 사건이라 할 수 있는 살인은 작품 초반인 1권 중반 쯤에 벌어집니다. 그러니까 이 소설에서 살인은 가장 중요한 사건이긴 하지만 이야기의 마무리가 아니라 시작이라 할 수 있습니다. 살인을 저지른 인물의 행동과 심리의 변화가 소설에서는 더 중요한 의미를 갖는 것이지요.

중심 내용은 간단해 보이지만 『죄와 벌』은 읽기 쉬운 소설은 아닙니다. 다른 도스또예프스끼 소설처럼 몇 가지 이유로 이 소설 역시 독자를 당황스럽게 하지요. 무엇보다 이 소설의 대화는 길고 난해합니다. 인물들은 대화를 통해 감정을 전달하는 데 그치지 않고 상대방의 의지를 떠보거나 자신의 철학적 입장을 진지하게 드러냅니다. 거기에 인물들 사이의 대화는 논점을 둘러싸고 쉼 없이 미끄러지고 어긋납니다. 많은 발화가 이해하기 어려운 장광설로 느껴지는 이유가 여기 있습니다. 무의식을 드러내거나 자의식을 드러내는 장광설을 듣고 있는 독자가 편안함을 느끼기는 어렵습니다.

반면에 인물들의 심리적 고민과 갈등은 소설의 긴장을 유지하도록 만드는 면도 있습니다. 그래서인지 이 소설은 한 편의 심리극처럼 느껴지기도 합니다. 『죄와 벌』의 작가는 인물의 행위나 그것의 결과보다 인물들의 심리 상태나 사고의 방향을 집중적으로 탐구합니다. 그의 인물들은 속으로 새기고 말 생각들도 기꺼이 겉으로 드러냅니다. 필요할 것 같지 않은 말들을 해서 괜히 갈등을 고조시키기도 하지요. 작가는 인물의 심리를 현미경으로 들여다봄으로써 인물 모두가 자신의 무대에서 잠시나마 주인공이 될 수 있도록 만듭니다.

이 심리극은 다분히 비극적입니다. 『죄와 벌』의 세계는 독특하며 병적이고 무섭습니다. 그 안에는 유린당하지 않은 아름다움이 없고, 타락하지 않은 미덕이 없으며 행복하거나 안정된 사람이라고는 없습니다. 허구이면서 동시에 실제이기도 한 이 세계는 주인공을 절박한 선택의 상황으로 몰고 가는데 이 상황은 소설의 전개에 참여하는 단 한 사람도 그냥 지나쳐가지 않습니다.* 등장하는 모든 인물이 각각의 이유로 비극적이라는 점, 그럼에도 그들의 삶이 유지되고 있다는 점은 때로 경이롭게 느껴지기까지 합니다.

이 소설에서 어떤 인물들의 목소리, 혹은 인물들의 어떤 목소리는 작가의 통제를 벗어나 있는 듯한 느낌을 줍니다. 하나의 문학 작품에 작가의 목소리뿐 아니라 주인공의 목소리가 다성적으로 결합 되어 있다는 말인데, 바흐친은 이를 설명하기 위해 폴리포니야(다성성)라는 개념을 도입하기도 했습니다. 인물들의 목소리는 내적 초점화 정도를 넘어 서술자의 역할마저 담당합니다. 그들이 내는 목소리는 의식 안에 통일되지 않은 무의식까지 포함하고 있습니다. 이렇게 해서 이 소설에서는 행동으로 이어지는 인물들 간의 대화뿐 아니라 내면에서 일어나는 종잡을 수 없는 다양한

---

* 김성일, 「삶의 부조리와 반항적 인간」, 『한국노어노문학회학술대회 발표집』, 2018, 61쪽.

목소리들이 서사에 참여하게 됩니다. 이 모든 연극과 목소리의 중심에는 주인공의 살인이 놓이고 그 살인에 대한 '견해'들이 인물들의 의식과 무의식의 내용을 채웁니다.

로쟈는 대학에서 법을 전공하는 학생으로 재정적인 문제로 휴학 중입니다. 과외 자리도 떨어지고 고향에서 올라오는 돈도 충분하지 않아 전당포에 물건을 맡기고 근근이 생활하고 있지요. 그는 사람들과 어울리는 데 익숙하지 않았는데, 형편이 어려워지자 그런 성향은 더욱 심해집니다. 이런 곤란한 상황 중에 로쟈는 시골의 어머니로부터 정신을 혼란스럽게 하는 편지를 받습니다. 고향의 어머니와 여동생은 그에게 많은 기대를 걸고 있고 그를 위해 모든 것을 희생하여 왔는데, 이번에 여동생이 재정적으로 여유가 있는 나이 많은 남자와 결혼하겠다는 의사를 밝혀 온 것입니다. 로쟈는 그 결혼이 자기 때문이라는 생각을 떨쳐 버리지 못합니다.

이런 혼란스러운 정신 속에서 로쟈는 살인 계획을 진행해 갑니다. 그의 살인 역시 혼란 속에서 수행되었다는 사실은 이후의 사건들을 통해 드러납니다.

> 올가미로 말할 것 같으면, 그것은 그가 생각해 낸 재치 있는 고안물로서 도끼를 감추기 위한 것이었다. 도끼를 들고 거리를 걸을 수도 없거니와, 외투 속에 감춘다 해도 여전히 겉에서 손으로 붙잡아야 하므로 눈에 띌 염려가 있었던 것이다. 그러나 이제 올가미가 있으니 도끼의 머리 부분을 올가미에 끼기만 하면 길을 가는 동안 도끼는 안쪽 겨드랑이 밑에 안전하게 걸

> 려 있게 되는 것이다. 외투 호주머니에 손을 넣으면 도끼가 흔들리지 않도록 손잡이 끝을 붙잡을 수도 있었다. 외투는 부대처럼 품이 넉넉했기 때문에, 겉으로 봐서는 그가 호주머니 속에서 무엇을 손으로 누르고 있는지 보일 염려가 없었다. 그는 이 올가미를 이미 2주일 전에 고안해 놓았던 것이다.(105쪽)

그의 살인이 계획적이었다는 사실은 위의 예문으로 충분히 알 수 있습니다. 살인을 위해 로자는 쉽게 구할 수 있는 무기인 도끼를 이용하기로 합니다. 부피가 큰 물건인 도끼를 옷 속에 효과적으로 감추기 위해 작은 올가미까지 고안해 내지요. 도끼가 흔들리지 않게 호주머니에 손을 넣어야 한다는 것까지 생각합니다. 그런데 문제는 이런 올가미를 만들어놓고도 2주라는 시간을 보냈다는 점입니다. 그가 적당한 기회를 얻지 못해서 그랬는지 그에게 적극적으로 행동할 의지가 없었는지는 분명하지 않습니다. 도끼 올가미를 준비하는 것으로 보아 계획이 치밀하다고 볼 수 있지만, 살인보다 올가미 만드는 일 자체에 흥미를 느낀 것이 아닌가 하는 생각도 듭니다.

여하튼 우연한 기회에 노파가 집에 혼자 있게 될 시간을 알게 된 로쟈는 살인을 실행하기로 합니다. 그런데 정작 도끼를 구하려던 계획이 어긋납니다. 그는 하숙집의 부엌에서 쉽게 도끼를 구할 수 있을 것이라 생각했는데, 그날 따라 도끼가 안 보이는 것은 물론 하녀인 나스따시야가 집에 있어서 도끼를 찾을 수도 없게 됩니다. 일없이 거리를 떠돌게 될 수도 있는 상황에서 그는 경비원의 어두운 방에서 도끼를 발견합니다. 이 우연한 사건이 그에게 용기를 주고, 그는 '이건 이성이 시키는 짓이 아니라 악마의 짓'이라 생각하고 살인을 결행합니다.

로자는 스스로 과연 이 일이 성사될 수 있을까 하는 의심도 하지만 우연이 그를 도와줄 뿐 아니라 실행을 멈추어야 하는 합당하고 결정적인 이유를 찾지 못해 흘러가는 대로 자신을 맡겨버립니다. 살인을 저지르는 결정적 순간에 이르러도 그는 현실감을 회복하지 못하고 숙제를 풀 듯이 그냥 일을 저질러 버리고 말지요. 과거의 희미했던 동기는 결과에 의해 합리화되기 시작하며, 그는 이 일은 어차피 피할 수 없었다는 식으로 생각하게 됩니다. 처음 시작이 얼마나 구체적이고 강렬한 욕망에서 시작되었는지는 얼룩처럼 기억 속에만 남아 있게 되지요.

범죄의 철학적 동기

어찌 되었든 살인은 실제로 벌어집니다. 앞서 보았듯이 라스꼴리니꼬프의 살인 행위가 자신의 판단에 따른 의지적 행위임은 명백합니다. 비록 당일의 사건은 우연에 이끌린 면이 없지 않지만, 그는 살인에 대해 크게 후회하지 않습니다.

그렇다면 로자는 애초에 어떤 생각으로 살인을 결심하게 되었을까요? 그는 노파를 '이'나 '벼룩'에 비교하곤 합니다. 해충처럼 사라져야 할 인간으로 여기고 있는 것이지요. 이는 주인공 혼자만의 생각은 아니었던 모양입니다. 로쟈는 술집에서 우연히 듣게 된 사람들의 대화 속에서 자신과 비슷한 생각을 발견합니다.

> 어쩌면 수백, 수천의 사람들이 올바른 길로 갈 수도 있고, 수십 가정들이 극빈과 분열, 파멸, 타락, 성병 치료원으로부터 구원을 받을 수도 있어. 이 모든 일들이 노파의 돈으로 이루어질 수 있단 말이야. 그래서 빼앗은 돈의 도움을 받아 훗날 전 인류와 공공의 사업을 위해 헌신하겠다는 결심을 가지고, 노파를 죽이고 돈을 빼앗는다면 너는 어떻게 생각하니? 그 작은 범죄 하나가 수천 가지의 선한 일로 보상될 수는 없는 걸까? 한 사람의 생명 덕분에 수천 명의 삶이 파멸과 분열로부터 구원을 얻게 되고, 한 사람의 죽음과 수백 명의 생명이 교환되는 셈인데, 이건 간단한 계산 아닌가! 그 허약하고 어리석고 사악한 노파의 삶이 사회 전체의 무게에 비해 얼마만큼의 가치를 지닐 수 있을까?(101쪽)

대학생과 장교로 보이는 두 사람의 대화입니다. 대학생은 노파의 돈으로 많은 사람들을 구원할 수 있다면 노파의 돈을 빼앗는 일은 아무것도 아니라는 논리를 폅니다. 장교 역시 노파는 살 가치가 없다는데 동의하지만 '자연 법칙이라는 것'을 내세워 살인이라는 해결에는 반대합니다. 이에 대해 대학생은 자연을 변화시키고 조정하는 것은 인간이라고 말하지요. 이들과 로쟈는 죄의 문제를 사회적 이익이라는 차원, 다수의 이익이라는 차원에서 생각합니다. 선한 결과를 낳을 수 있다면 작은 범죄는 크게 문제될 것이 없다는 사회적으로 보면 위험한 생각을 하는 것이지요.

위 예문에서는 주로 노파가 가진 돈을 어떻게 가치 있게 쓸 수 있는가에 대해 이야기합니다. 실제로 이 소설에는 금전적인 이유로 고통받는 사람들이 많이 등장합니다. 로쟈는 높은 이자로 담보물을 취하는 노파 때문에 자신이 괴로움을 당한다고 생각합니다. 로쟈의 동생 두냐가 가정교사로서 모욕을 당한 이유도 돈 때문입니다. 매춘이라는 죄를 저지르는 소냐 역시 가난 때문에 고통을 당하는 인물입니다. 실직자인 그녀의 아버지 마르멜라도프는 술로 세월을 보내다 파멸에 이릅니다. 그의 아내와 자식들 역시 가난이라는 고통 앞에 무방비로 놓이게 됩니다.

비록 자신도 가난하지만 로쟈는 가난하고 불행한 사람을 동정하는 인물입니다. 그는 어렵게 구한 25루블의 돈을 사고로 죽은 마르멜라도프의 장례에 쓰라고 기꺼이 소냐의 의붓어머니에게 줍니다. 사고를 처리하는 사람들에게 수고비를 주기도 합니다. 대학을 다니던 시절에도 그는 틈만 나면 어려운 사람들을 도왔고 가난한 사람의 불행 속으로 자신을 던지려 했습니다.

반면에 이 소설에서는 금전적으로 여유가 있는 사람들은 부정적으로 그려집니다. 스비드리가일로프나 루쥔은 로쟈의 여동생 두냐에 대한 욕망을 멈추지 않는 인물들이지요. 로쟈와 소냐의 집 주인들 역시 긍정적으로 그려지지는 않습니다.

〈그 노파 따위는 아무것도 아니다!〉 그는 격렬하고도 끈질기게 생각했다. 〈노파는 실수였다고 치자. 그러나 문제는 거기 있는 것이 아니다! 노파는 질병에 불과한 존재이다……. 나는 어서 뛰어넘고 싶었다……. 나는 사람을 죽인 것이 아니라, 원칙을 죽인 것이다! 나는 원칙을 죽였지만, 도저히 그것을 뛰어넘을 수가 없어서, 아직 이쪽에 남아 있는 것이다……. 다만 죽일 줄만 알았을 뿐이다. 아니 그것조차도 제대로 하지 못한 것으로 드러났다…….(399쪽-400쪽)

로자는 노파를 질병에 불과한 인간이라고 주장하는데, 이 주장은 자기 행위에 대한 합리화로 그에게 절대적으로 중요합니다. 그는 질병에 불과한 존재인 노파를 퇴치한 것에 어떤 문제도 없다고 생각할 수 있어야 합니다. 그의 생각에 따르면 질병을 제거하는 일은 원칙을 따른 것이고 그런 한에서 자신은 전혀 양심의 가책을 느낄 필요가 없기 때문이지요. 하지만 로자는 점차 자기 행위 때문에 괴로워하는 모습을 보입니다. 그는 훔친 물건을 들고 거리를 방황한다든가, 경찰 관계자들 근처에서 배회하는 등의 행동을 하게 됩니다. 대학 친구인 라주미힌을 찾아가서 혼란스러운 심정을 드러내기도 하지요.

주인공의 이러한 혼란을 더 크게 만드는 인물이 소냐입니다. 그녀는 로자가 장례 비용을 대어준 마르멜라도프의 딸이자 소설에 등장하는 누구보다도 불행한 여인입니다. 불행한 인물을 동정하는 로쟈는 소냐에게 자신의 내면을 솔직히 드러냅니다. 왜 노파를 죽였느냐고 묻는 소냐에게 로쟈는 몇 가지 이유를 댑니다. 첫 번째 이유는 노파의 돈을 빼앗기 위해서라고 합니다. 가족이나 자신의 금전 문제가 중요한 이유라고 하는 것이지요. 두 번째 이유는 무익하고 추하고 해로운 이를 죽이기 위해서라고 말합니다. 이에 대해 소냐는 인간은 이가 아니라고 단순하고도 명확하게 대답합니다. 세 번째는 자신이 자기밖에 모르고 질투심이 많고, 악하고, 뻔뻔스럽고, 원한이 깊은 사람이어서 살인의 죄를 저질렀다고 말합니다. 과감하게 자신의 생각을 행동으로 옮기는 용감한 사람이 되고 싶어서 그랬다는 말입니다. 물론 이 소설에서 문제 삼고 있는 것은 마지막 살인의 이유입니다.

> 난 말이야, 소냐, 궤변 없이 그냥, 자신을 위해서, 오로지 나 자신만을 위해서 죽이고 싶었어! 이 점에 대해서 나는 나 자신에게까지 거짓말을 하고 싶지는 않았어! 어머니를 돕기 위해서 죽인 게 아냐. 그건 헛소리지! 재산과 권력을 얻어서 인류의 은인이 되기 위해서 죽인 것도 아냐. 그것 거짓말이야! 나는 그냥 죽였어. 나 자신, 나 한 사람을 위해서 죽인 거야. 내가 그 뒤에 어떤 은인이 되건, 아니면 평생토록 거미처럼 거미집에서 모든 것을 잡아, 살아 있는 생명들의 즙을 빨아 먹게 되든 말든, 그건 그 순간 내게 아무 상관도 없었어……! 중요한 것은, 죽였을 때 내게 필요한 건 돈도 아니었다는 거야. 소냐, 돈이 아니라 전혀 다른 것이 필요했어……. 이제 이 모든 것을 알겠어……. 나를 이해해 줘, 소냐.(615쪽)

오로지 자신을 위해서 살인을 했다는 고백은 조금 과장되어 보이기는 합니다. 살인을 둘러싼 환경이 어떤 식으로든 그를 압박하고 있었던 것이 사실이니까요. 그래도 위의 말은 이 소설에서 매우 중요합니다. 로쟈는 인류에게 해가 되는 인물을 제거하는 일이 옳은 길이라면 누군가는 그 일에 나서야 한다고 생각합니다. 그런데 평범한 사람은 그 일을 해낼 수 없습니다. 살인을 저지르고도 자신의 행위에 당당할 수 있는 사람만이 그 일을 감당할 수 있기 때문이지요. 평범한 사람은 죄를 짓고 태연하게 지낼 수 없습니다.

물론 주인공은 누가 이런 상황을 견딜 수 있는 사람인지 정확히 알지 못합니다. 자신에 대해서도 마찬가지입니다. 자신을 위한 살인이라는 위의 고백은 자신이 과연 살인을 한 이후에도 양심의 가책을 느끼지 않는 사람인지 아닌지를 확인하기 위한 행위였다는 뜻이 됩니다. 다른 사람처럼 자신이 '이'에 불과한지 아닌지, 자신이 평범한 사람들의 선(線)을 뛰어넘을 수 있는지 아닌지를 확인해보고 싶었던 것입니다. 이런 생각에 매달리다 보니 살인 직후 로쟈는 리자베따를 살해한 일에 대해서는 크게 의미를 두지 않습니다. 정작 불쌍하고 억울하게 죽은 사람은 그녀인데도 말입니다. 그의 혼란과 괴로움의 원인이 죽은 사람보다 자신에게 있었다는 점은 이를 통해서도 분명해집니다.

악한 자와 죄 지은 자

살인과 관련한 라스꼴리니꼬프의 이러한 생각은 살인 훨씬 전에 형성된 것으로 보입니다. 그는 사건이 벌어지기 몇 년 전 『정기논단』이라는 잡지에 「범죄에 관하여」라는 논문을 실었습니다. 이 논문에서 그는 인류를 두 부류로 나누고, 범죄의 권리에 대해 논한 바 있습니다. 확신을 가지고 벌이는 살인 행위를 정당화하는 듯한 내용을 담고 있는 것이지요.

논문에 의하면 죄를 규정하고 그것의 처벌을 정하는 것은 법입니다. 그런데 논문은 사람 중에는 법을 넘어설 수 있는 권리를 가진 사람이 있다고 주장합니다. 그들은 자신의 양심으로 죄를 허용할 권리를 가진 '비범한 사람'이라는 것이지요. 논문은 비범한 사람의 판단 기준은 법이 아니라 양심이기 때문에 형 집행자가 필요 없다고 합니다. 사회적 의미의 처벌은 그에게 의미가 없다는 뜻이지요. 로쟈의 이런 생각은 도스또예프스끼가 다른 곳에서 밝혔다고 알려진 "범죄자는 자신의 양심에 의거하여 이미 벌받길 원하므로 범죄자는 법적 처벌을 두려워하지 않는다."* 는 말과도 통합니다. 그리고 그들과 대비되는 평범한 사람이 있다고 합니다. 이들은 영웅이 될 수 없는 사람입니다. 만약 비범하지 못한 사람이 자신을 비범하다고 생각하고 범죄를 저지르면 그는 자신의 양심에 의해 고통을 받겠지요.

사건을 담당하고 있는 예심판사 뽀르피리가 로쟈에게 관심을 갖는 이유도 단순히 그가 살인 혐의자여서만은 아닙니다. 그가 과연 자신의 논문에서 주장한 내용을 실행했을까 하는 호기심이 크게 작용합니다. 아무리 그런 생각을 가지고 있더라도 실제 현실에서 실행하는 사람은 흔치 않을 테니까요. 벌레와 같은 노파를 살해하고 자신의 양심이 어떻게 반응하는

* 김민아, 「인간존재에 대한 물음으로서의 『죄와 벌』」, 『노어노문학』28권 3호, 2016, 71쪽.

지 확인해본 결과 로쟈는 비범한 사람이 아니었습니다. 짐작했던 것보다 훨씬 큰 고통과 번뇌 때문에 신경 쇠약에 시달립니다. 비범한 사람이 아니라는 사실이 밝혀진 이상 이제 그에게 남은 일은 현실의 벌을 어떻게 받느냐 뿐입니다.

한편 이 소설의 몇몇 인물들은 악이 인간의 본성 속에 내재한다고 봅니다. 범죄와 환경을 연결시키는 관점에도 동의하지 않습니다.

> 그들에게 모든 것은 〈환경이 나쁘기〉 때문이야. 그 외에 다른 것은 없어! 그들이 좋아하는 문구지! 이런 논지에서 보면, 만약 사회가 정상적으로 건설되면, 단번에 모든 범죄들도 사라지게 된다는 결론이 나오게 돼. 왜냐하면 항의할 만한 그 무엇이 없어지니까. 모든 이들이 단 한순간에 정의로워진다는 거야. 본성은 고려의 대상이 되지 않아. 인간의 본성은 배제되어서 상정되지도 않아!(372쪽)

로쟈의 친구이자 대학생인 라주미힌의 말입니다. 로쟈와 라주미힌은 '범죄란 게 성립될 수 있느냐'라는 문제로 논쟁을 벌입니다. 사변적인 말들이 오고 가지만 그들도 자신들의 논쟁에 정답이 없다는 점을 알고 있습니다. 하지만 두 사람은 범죄란 비정상적인 사회 질서에 대한 항의이며 그 이상도 이하도 아니라는 당시의 지배적인 관점은 공통적으로 거부합니다. 그들은 사회적인 체제가 인간을 정의롭고 죄 없는 존재로 만들지는 못한다고 생각합니다. 그는 "살아 있는 영혼은 삶을 요구하고, 살아 있는 영혼은 기계학에 순종하지 않으며, 살아 있는 영혼은 의심이 많고, 살아 있는 영혼은 반동적이야!"(373쪽)라고 말하지요. 즉 범죄는 환경의 문제가 아니라 영혼의 문제라는 것입니다.

범죄의 원인에서 환경의 문제를 제외하고, 영혼의 문제를 남기면 자연스럽게 종교를 이야기하게 됩니다. 영혼의 근원을 따지는 일은 종교의 몫이니까요. 그런데 인물들의 행위가 종교적인 힘에 의해 결정된다고 생각하면 인간의 의지는 매우 나약하고 허무한 것이 되고 맙니다. 인간의 의지로 할 수 있는 게 별로 없을 테니까요. 실제로 『죄와 벌』에서는 종교적 의미를 띤 변화 말고는 인물들의 변모를 살펴볼 수 없습니다. 소설의 등장인물들은 충분히 깊은 내면을 가지고 있는 듯 하지만 영혼에 의해 결정지어진 하나의 성격을 시종일관 유지하고 있을 뿐입니다. 선험적으로 성격이 한번 주어지면 인물들은 그 성격에 어긋나는 행동을 하지 않으며 성격을 바꾸지도 않습니다. 이 점은 도스또예프스끼 소설 전반에 걸친 문제로 그의 소설을 이해하는 데 매우 중요한 부분입니다.

죄와 악에 대한 로쟈의 생각을 바꾸어 놓는 인물이 소냐입니다. 작품 초반에 로쟈는 소냐에게 더러운 짓을 계속하는 인간을 예로 들어, 그를 살려야 할지 죽여야 할지를 결정할 위치에 있다면 그녀가 어떻게 할 것인지를 묻습니다. 소냐로부터 자기 행위의 정당성을 얻고 싶어 하는 것이지요. 이 질문을 통해 라스꼴리니꼬프는 악에 대한 심판으로서 마땅한 권력을 휘두른 자신의 살인을 정당화하려 합니다. 하지만 소냐의 답은 라스꼴리니꼬프를 위로하지 못합니다. 그녀는 누가 살고 누가 죽는가는 '물어서는 안 되는 질문', 즉 하느님의 섭리라고 답합니다. 그녀가 보기에 삶의 심판관이 될 수 있는 존재는 인간이 아닙니다. 인간은 다른 인간을 심판할 수 없고, 고로 한 인간이 다른 인간에 대해서 무제한의 권력을 휘둘러서는 안 된다는 것입니다.

> 「일어나세요. (그녀는 그의 어깨를 잡아 일으켰고, 그는 놀라서 그녀를 바라보았다.) 지금 즉시 나가서, 네거리에 서서 먼저 당신이 더럽힌 대지에 절을 하고 입을 맞추세요. 그 다음 온 세상을 향해 절을 하고 소리를 내어 모든 사람들에게 말하세요, 〈내가 죽였습니다!〉라고. 그러면 하느님께서 또다시 당신에게 생명을 보내주실 거예요. 가실 건가요? 가실 건가요?」 그녀는 경련이 인 것처럼 온몸을 떨면서, 그의 두 손을 낚아채어, 으스러지도록 자기 손으로 꼭 붙잡고, 타오르는 듯한 시선으로 그를 보면서 물었다.(617쪽)

소냐는 양심의 고통을 느끼고 있는 로쟈를 동정합니다. 로쟈의 논리에 따르면 비범한 사람이 아니기 때문이겠지만 어찌 되었든 그는 살인 후에 자신에게 닥친 상황을 견디지 못합니다. 소냐는 그에게 대지와 세상을 향해 진실하게 고백할 것을 권합니다. 종교적으로 말하면 회개가 되겠지요. 소냐는 이를 통해 로쟈가 다시 태어날 수 있다고 말합니다. 위 글에서 보듯 소냐는 매우 진지하고 간절한 태도로 자신의 소망을 말합니다. 로쟈가 정말로 종교에 감화되었는지 단순히 소냐의 태도에 감동했는지는 모르지만 시베리아 유형을 떠난 후 그는 새로운 사상으로 부활하게 됩니다.

선악의 다양한 거울들

이 소설의 등장인물들은 단순히 조연으로 만족하는 경우가 드뭅니다. 대부분의 인물들은 주관과 성격을 가지고 분명한 자기 역할을 해냅니다. 상황과 문제에 대한 호오가 분명하며 닥친 일을 회피하려 하지도 않습니다. 특히 선악이라는 문제에서 볼 때 인물들의 성격은 분명해집니다. 또 『죄와 벌』의 인물들은 주인공 라스꼴리니꼬프의 내면을 비추는 거울 역할을 합니다. 그가 가진 선한 면과 악한 면을 인물들이 나누어 가지고 있다는 점에서 그렇고, 그의 선한 면과 악한 면을 자극한다는 면에서도 그렇습니다.

앞서 살폈듯 주인공에게 가장 큰 영향을 미치는 인물은 소냐입니다. 소냐는 로쟈에게 선한 거울과 같은 존재이지요. 그녀는 벗어날 수 없는 고통에 처해서도 성스러움을 간직하고 있는 인물입니다. 가족을 부양하기 위해 창녀가 되었지만 누구를 원망하는 법이 없습니다. 자신을 불행으로 떨어뜨린 아버지와 의붓어머니를 동정하고 어린 동생들을 진심으로 걱정합니다. 전당포 주인 노파에게 괄시받는 리자베따에게 십자가를 건네주기도 했지요. 심지어 살인을 저지르고 괴로워하는 로쟈를 불쌍히 여기고 동정하기까지 합니다. 소설에서도 그녀는 '불행한 사람에 대한 열정적이고 괴로운 동정심'을 가진 소냐라고 표현됩니다.

〈그녀 앞에는 세 갈래의 길이 놓여 있다〉고 그는 생각했다. 〈운하에 몸을 던지거나, 정신 병동에 가게 되거나, 아니면…… 아니면, 마침내는 이성을 교란시키고 마음을 굳게 하는 음탕한 생활에 빠져 드는 길이다.〉 마지막 생각이 그에게는 무엇보다도 더 혐오스럽게 느껴졌다. 그러나 그는 회의주의자였고, 젊었으며, 추상적이기에는 너무 냉정한 사고를 가진 사람이었다. 그러므로 마지막 결론, 즉 음탕한 길이 무엇보다도 그럴듯하다는 점을 믿지 않을 수 없었다.(473쪽)

로쟈는 절망적 현실 속에서 살아가는 소냐를 찾아갑니다. 그런 고통을 감내하고 오히려 타인을 염려하는 그녀의 태도를 비난하지요. 그녀의 형편은 나아질 것처럼 보이지 않고, 그녀 주변 사람들은 흡혈귀처럼 그녀의 고혈을 빨아들일 생각만 하니까요. 로쟈가 보기에 그녀가 선택할 길은 세 가지 중 하나입니다. 죽거나 정신병에 걸리거나 아니면 음탕한 생활에 빠져드는 것입니다. 하지만 그녀는 이 세 가지 길 중 어디로도 빠지지 않고 자신보다 타인의 고통에 눈물짓습니다.

그는 소냐를 이해할 수 없습니다. 그런 그녀에게 화를 내기도 합니다. 스스로를 죽이고 자신을 팔아먹은 죄인이라고 그녀를 몰아붙이기도 하지요. 아무도 구할 수도 없고 도울 수도 없는 시궁창 속에 자신을 여전히 담그고 있다는 점도 죄라고 주장합니다. 로쟈 입장에서는 소냐가 그런 치욕과 저급함을 견디는 것이 어떻게 가능한지 이해하기 어려웠던 것입니다. 그는 이런 환경에서는 그냥 물 속에 거꾸러져 삶을 포기하는 것이 정당하다고까지 말합니다. 로쟈의 억지스런 비난에 대한 소냐의 답은 매우 단순합니다. 그렇게 될 경우 가족들은 어떻게 되겠냐는 것이지요. 이런 답은 자신의 절망에 치여 자기와 주변을 모두 포기하려 하는 주인공에게는 충격으로 다가옵니다.

이처럼 로쟈가 소냐를 다그치는 이유는 자신과는 너무 다른 모습을 보고 불만과 충격을 동시에 느꼈기 때문입니다. 로쟈는 자신의 이성을 신뢰하는 사람이었습니다. 하지만 이성으로 설명하기 어려운 삶을 살아가는 그녀를 통해 자신을 돌아보게 됩니다. 소냐는 삶이 가진 의미를 자신에 한정하던 로쟈와 너무나 다른 삶을 살고 있었습니다. 살인을 통해 영웅임을 확인하려 했지만 실패하고 만 그에게 소냐는 다른 의미의 영웅으로 비쳤을 지도 모릅니다. 소냐의 영혼은 처참한 주변 환경이 파괴하지 못할 만큼 고귀했으니까요.

소냐와 반대되는 의미로 스미드가일로프 역시 주인공의 거울 역할을 합니다. 가난한 로쟈에 비해 그는 부자이고 그렇기 때문에 마음껏 자신의 성격을 겉으로 드러냅니다. 그는 기병 장교 출신의 왕년 사기도박꾼으로서, 여인에 의해 구원을 받고 시골 지주 생활을 하다, 두냐를 발견하고는 그녀를 향한 열정에 빠집니다. 그는 시골 지주 역할을 훌륭히 수행하는가 하면, 하인의 죽음 등 의문스런 사건에 연관되기도 하고, 여러 가지 무서운 소문에 관련되기도 합니다. 아내의 죽음에도 그가 연루되어있는 것으로 보이는데, 그는 아내가 죽은 후 뻬쩨르부르크로 올라옵니다. 이후 그는 두냐와 로쟈 주변을 맴돌며 위협자이자 조력자로서 수수께끼 같은 행적을 이어갑니다. 그는 지적으로도 주인공에게 뒤지지 않는 인물입니다. 로쟈의 행위를 자기 식의 허영심과 자존심 문제로 왜곡하고 내용을 곡해하기는 하지만, 로쟈의 초인사상도 어느 정도 이해합니다.

그의 행위에는 선악이 함께 하는데 그 행위들의 일관성은 찾기 어렵습니다. 초반에 그는 비열한 악당으로 여길 만한 인물이었습니다. 하지만 그는 소냐의 계모 카테리나 이바노브나의 장례에 관련된 일을 처리해 주고 소냐의 동생들을 위해 큰 돈을 내놓기도 합니다. 소냐를 구렁텅이에서 끌어내겠다고 다짐하고 그녀가 로쟈의 유형길에 따라갈 수 있도록 돈을 지원합니다. 아내 마르파가 남긴 돈을 두냐에게 전달할 뿐 아니라 두냐가 루쥔과 헤어질 수 있도록 도와주기도 합니다. 이러한 이율배반은 인간 내면의 양극이 가진 광대한 거리를 보여주는 예라고 할 수 있습니다. 살인자 로쟈가 사실은 가난한 학우를 돕는 등 선행을 했던 것과 비슷하기도 합니다.

소설에서 가장 비열하게 그려지는 인물은 뽀뜨르 빼뜨로비치 즉 루쥔입니다. 소냐의 반대편에 있다고 할 만한 인물이지요.

> 그는 가난하고 의지할 데 없는 두 여인이 자신의 손아귀에서 벗어날 수 있으리라고는 도저히 상상할 수 없었기 때문에 끝까지 호통치고 오만하게 굴었던 것이다. 그가 이런 확신을 가질 수 있었던 것은 허영심과, 자기도취라고 부르는 편이 더 나을 듯한 자신감 때문이었다. 아무것도 없는 상태에서 그만한 성공을 이루어 낸 뾰뜨르 빼뜨로비치는 병적일 정도로 자기 자신에게 도취되어 있고, 자기 능력과 지성을 아주 높이 평가하고 있어서, 때로 혼자 있을 때면, 거울 속에 비친 자기 얼굴을 넋을 잃고 쳐다보기까지 하는 인물이었다. 이 세상에서 그가 제일 사랑하고 높이 평가하는 것은 온갖

수단과 노력으로 일궈 낸 자기 재산이었다. 이 재산이 그를 그보다 높이 있는 사람들과 동등하게 만들어 주었기 때문이다.(447쪽-448쪽)

루쥔은 허영심에 가득찬 속물형 인물입니다. 무엇보다 자기 재산을 중요하게 생각하며 여성에 대해서도 편향된 생각을 가지고 있지요. 그는 경제적 여유를 바탕으로 자신이 평소에 흠모해오던 여성상을 가진 두냐에게 접근합니다. 자존심과 개성이 강하고 덕성스러우며 교양과 교육수준도 자신보다 높은 그녀에게 반하고 말지요. 아름다움과 교양을 함께 가지고 있더라도 가난하기 때문에 그녀는 자신에게 복종할 수밖에 없으리라는 천박한 생각도 서슴지 않습니다. 돈 한 푼 없이 고생을 한 다음 그녀가 자신을 하느님 바라보듯 보게 되기를 기대합니다. 물론 이런 꿈은 두냐의 경제적인 문제가 호전되자 거품처럼 사라지고 맙니다.

그는 소냐를 도둑으로 모는 나쁜 짓도 합니다. 소냐에게 10루불을 건네주며 아무도 몰래 100루불짜리 지폐를 그녀의 몸에 숨깁니다. 이후 돈을 잃어버렸다고 공표하여 그녀를 나쁜 여인으로 몬 것입니다. 다행히 목격자인 레베쟈뜨니꼬프가 나서서 소냐의 혐의를 풀어주고 그를 '협잡꾼'으로 만들기는 합니다. 그는 두냐와의 일이 잘 안 되자 로쟈와 가족 사이를 이간질하기 위해 소냐를 이용하려 했던 것입니다. 루쥔은 로쟈가 살해한 까쩨리나 이바노브나와 가장 닮은 인물이라 할 수 있습니다. 이나 벼룩과 같은 존재이지요. 로쟈는 소냐에게 이런 루쥔을 살려두는 것이 옳은지를 묻기도 합니다.

양심이라는 어려운 문제

『죄와 벌』은 주인공 라스꼴리니꼬프의 살인을 중심으로 범죄와 악 그리고 인간의 양심이라는 주제를 다룬 작품입니다. 나아가 이 소설은 인간 본성이나 종교, 회개와 부활이라는 주제까지 탐구하고 있습니다. 중심 서사는 라스꼴리니꼬프 중심으로 전개되지만 등장하는 모든 인물이 사연과 성격을 가지고 있다는 점, 그들이 만나면 언제나 한 편의 심리극을 만들어 낸다는 점은 소설의 중요한 특징으로 꼽을 만합니다.

이 소설이 던진 중요한 화두인 '양심'은 문학에서도 쉽게 다루기 어려운 주제입니다. 철저히 개인적인 영역인 것 같으면서도 그렇지 않은 것이 양심입니다. 양심이라는 거름망은 사람마다 다르기에 그것을 기준으로 옳고 그름을 따지기도 어렵습니다. 라스꼴리니꼬프가 주장하는 비범한 사람의 양심도 쉽게 받아들이기 어렵습니다. 비범하든 평범하든 결국 내면이라는 것은 침해할 수 없지만 무한정 인정할 수도 없는 영역이기 때문입니다. 법을 넘어서는 어떤 도덕적 기준은 추상적 형태를 띨 수밖에 없습니다. 이때 자주 등장하는 것이 종교이지요. 하지만 그 역시 동의하는 몇몇의 세계일 뿐 모두가 숨 쉬는 현세의 공간 속에서는 쉽게 받아들이기 어려운 영역입니다.

'죄와 벌'이라는 주제가 간단하지 않듯 이 소설에서 피해자와 가해자를 나누는 일도 쉽지 않습니다. 예를 들어 두냐에게 고통을 주었던 스비드가일로프는 다른 관점에서 보면 사랑 때문에 고통당하는 인물이기도 합니다. 라스꼴리니꼬프는 더 말할 것이 없겠지요. 그는 시대사상의 피해자이지만 전당포 노파를 살해하는 죄를 짓습니다. 노파 역시 돈 때문에 많은 죄를 저지르고 죽음이라는 벌을 받는 셈입니다. 가해자가 아닌 인물은 소냐 한 사람 정도라고 할 수 있습니다.

이 소설이 명작이긴 하지만 등장인물들의 현실성이라는 면에서는 아쉬움이 없지 않습니다. 인물들은 모두 일상을 살아가는 사람들인데 그들에게 일상이 주는 영향은 영혼이 만들어낸 결과에 비해 너무나 미미합니다. 이런 점은 『죄와 벌』 뿐 아니라 도스또예프스끼 소설 전반의 특징이기도 합니다. 그의 소설을 읽는 독자들은 상황이 만들어낸 인간의 정신 속을 지도 없이 떠도는 혼란스러운 경험을 하게 됩니다. 그 여행은 자주 멀미를 일으키기도 하지만 마치고 나면 향그러운 흙냄새가 기다리고 있는 그런 여행입니다.

로드 짐과 마음의 지옥

조셉 콘레드, 『로드 짐』

돌이킬 수 없는 순간들

우리는 흔히 극단적으로 대조되는 개념을 통해 사람을 판단하려 합니다. 강한 인간과 나약한 인간, 용감한 사람과 비겁한 사람의 대조는 아주 빈번히 볼 수 있는 예입니다. 성공한 사람과 실패한 사람, 부유한 사람과 가난한 사람, 긍정적인 사람과 부정적인 사람, 내성적인 사람과 외향적인 사람 역시 대조를 통한 구분이라 할 수 있습니다. 이런 대조 속에서 대부분의 인간은 한쪽 극단이 아닌 중간 어딘가에 존재하게 마련입니다. 말하자면 완벽하게 강한 사람이나 완벽하게 약한 사람은 없는 셈입니다. 그리고 어떤 상황에 처하느냐에 따라서 같은 사람이라도 다른 사람처럼 행동하기도 합니다.

아우슈비츠의 생존자로 유명한 프리모 레비는 『가라앉은 자와 구조된 자』라는 책에서 양 극단만이 존재하는 상황이 갖는 절망에 대해 이야기한 바 있습니다. 대부분의 삶이란 극단 사이의 넓은 스펙트럼 중 어느 지점에 존재하는 것인데 그 중간이 없는 상황은 비인간적이고 잔인할 수 있다는 것이지요. 그가 말하는 죽음의 경우가 아니더라도 'all or nothing'이 강요되는 상황은 대부분 긍정적으로 보기 어렵습니다. 한 번의 기회로 모든 것을 결정해야 하는 상황, 한 번의 사건으로 모든 것이 정해지는 상황도 마찬가지입니다. 완벽하지 않은 인간은 누구나 실수를 할 수 있으며 잘못된 판단을 내릴 수 있습니다. 그런 실수나 잘못으로 인하여 삶이 나락으로 떨어지고 거기에서 전혀 헤쳐 나올 수 없다면 그 역시 비인간적이고 잔인한 상황일 것입니다.

그런데 슬프게도 우리 인생에는 회복하기 어려운 실수나 판단이 존재합니다. 물리적인 위험이 동반된 일을 하는 사람들은 말할 것도 없고, 일상에서도 한 번의 실수로 존재를 지탱해주는 명성이나 명예를 모두 잃을 가능성이 항상 존재합니다. 단순히 기회를 놓치는 수준이 아니라 평생 후회하고 노력해도 웬만해선 만회하지 못할 그런 종류의 실수 말이지요. 삶이 조심스러울 수밖에 없는 이유가 여기 있다 할 것입니다. 반대로 예상치 않은 행운으로 인생의 행로 전체가 바뀌는 수도 있습니다. 그리 희망을 주는 이야기는 아니지만 성공이나 실패를 결정하는 요인은 개인의 노력 못지않게 우연이나 행운인 경우가 많습니다.

겉으로 드러난 실패나 좌절은 내면에도 깊은 상처를 남깁니다. 좌절감은 물론 죄책감, 수치심, 모멸감 등의 감정이 대표적인 상처인데 이들은 웬만해서는 쉽게 치유되지 않습니다. 벗어날 수 없는 감정의 늪에 빠진 사람들은 때로 극단적인 방법을 택하기도 합니다. 사방이 막히고 길이 보이지 않을 때, 잃어버린 것을 도저히 되찾을 수 없을 때, 실추된 명예를 회복할 수 없을 때 그렇습니다. 이런 상처는 주변에서 아무리 위로를 하고 설득을 해도 쉽게 나아지지 않습니다.

감정의 상처는 법적인 문제를 넘어서 도덕의 문제, 양심의 문제와 더 강하게 연결됩니다. 굳이 사회적인 처벌을 받지 않더라도 도덕과 양심은 다른 기준으로 감정을 자극합니다. 개인에 따라 감정의 상처를 입는 정도가 다른 이유도 도덕과 양심의 기준이 사람마다 다르기 때문입니다. 남들이 보기에 아무 것도 아닌 일로 괴로워하는 사람이 있는 반면 주변의 지탄을 받더라도 아무런 가책을 느끼지 못하는 사람도 있습니다. 죄를 짓고도 뻔뻔한 불한당, 수치심을 느낄 줄 모르는 철면피, 모멸감마저 감수하는 기회주의자에게 도덕이나 양심의 잣대는 없는 것과 같습니다.

자기 행위로 인한 상처 혹은 실수에 대한 반성을 다룬 소설은 적지 않습니다. 도스또예프스끼의 『죄와 벌』은 살인 전후 주인공의 내면을 심도 깊게 탐구한 소설이지요. 『연을 쫓는 아이』 역시 죄책감이라는 주인공의 감정이 매우 중요한 소설입니다. 『더 리더 : 책 읽어주는 남자』에서는 수치심이, 『카타리나 블룸의 잃어버린 명예』에서는 모멸감이 소설을 이해하는데 결정적인 단서가 됩니다. 『폭풍의 언덕』의 주인공 히스클리프는 어릴 적 느낀 모멸감에 대한 복수로 두 집안을 멸망에 이르게 합니다.

조셉 콘레드의 소설 『로드 짐』(1900년)*의 주인공 짐 역시 위와 유사한 감정에 사로잡힌 청년입니다. 그는 죄책감과 수치심에 유난히 민감한 감성을 가지고 있습니다. 건강한 육체와 비겁하지도 나약하지도 않은 정신을 가졌지만 자신의 잘못에는 유난히 큰 고통을 느끼는 인물이지요. 그는 일등 항해사로 항해하던 중 침몰하는 배에서 승객보다 먼저 탈출하는 '실수'를 저지릅니다. 이 실수는 외적으로 그의 명예를 바닥까지 실추시켰고 그의 양심에는 평생 무거운 짐을 지워주었습니다. 짐이 평소에 선원이라는 자기 직업에 대해 낭만적이고 이상적인 생각을 가지고 있었기에 자기 행동에 대한 충격은 더 컸습니다. 이 소설은 로드 짐이 겪은 고통의 기록이라고 할 수 있습니다.

입항선 담당 점원

『로드 짐』은 모호하고 난해한 작품으로 알려져 있습니다. 다양한 서술시점을 사용한다든지 시간의 역전을 빈번히 사용하는 데서 그 이유를 찾을 수 있습니다. 다른 면에서 보면 이 소설의 모호함은 작품 전체가 하나의 '심리적 도덕극(psycho-moral drama)'이라는 데서 기인합니다. 사건이 비교적 명확한 데 비해 그 사건으로 인해 벌이지는 인물들의 심리적 갈등은 꽤 복잡한 양상을 띠고 있거든요. 그 심리는 사건에 대한 도덕적

---

* 조셉 콘래드, 『로드 짐』1,2, 이상옥 역, 민음사, 2005.

판단과 자기 경험에 대한 반성적 성찰을 겸하고 있습니다. 인물의 내면에서 벌어지는 이런 도덕적 · 심리적 차원의 갈등을 찾아가는 과정은 그리 녹록지 않습니다.

작품에서 실제 서술된 순서를 고려하지 않고 사건이 벌어진 순서대로 소설의 내용을 정리하면 이렇습니다. 낡은 기선 파트나 호는 800명의 순례자를 태우고 이슬람 성지인 메카(Mecca)를 향해 항해하고 있었습니다. 아라비아 해를 지나던 파트나 호는 표류하는 난파선에 부딪혀 침몰 위기에 놓입니다. 선창은 반 이상 물에 잠기고 방수벽은 무너지고 설상가상으로 폭풍마저 닥쳐옵니다. 일등 항해사 짐은 절망상태에 빠져 갑판을 헤매며 어쩔 줄 몰라 합니다. 이미 선장, 기관장 그리고 2등 항해사는 모선을 버리고 구명보트에 오른 상태였습니다. 짐은 이들 셋이 한꺼번에 외치는 "뛰어내려 조지"라는 소리를 듣고 무의식적으로 800명의 순례자들을 버려둔 채 구명보트로 뛰어내리고 맙니다. 비록 도망자들이 부르는 사람은 짐이 아니라 조지였지만 결국 짐은 그가 혐오하는 사람들과 같은 구명보트를 타게 된 것입니다.

짐이 침몰할 것으로 예상했던 파트나 호는 운 좋게도 여객의 피해 없이 프랑스 군함에 구조됩니다. 이 사건의 발생 후 약 한 달이 지나서 짐은 해난 심판소에서 심문을 받게 되고 직무유기로 선원 자격 취소 판결을 받습니다. 이후에 여러 곳에서 일자리를 얻지만 짐은 한 곳에 정착하지 못합니다. 결국 짐은 말레이반도 근처의 깊은 숲속 파투산에 들어가 세상과 단절된 삶을 살게 되지요. 하지만 외부에서 들어온 백인에 의해 그가 만들어놓은 세상도 깨어지고 맙니다.

소설 속 파트나 호 이야기는 1880년에 발생한 제다(Jeddah)호 사건을 소재로 삼은 것으로 알려져 있습니다. 제다 호는 무슬림 일천 명을 태우고 싱가포르항을 떠나 항해하는 도중 기름보일러 고장으로 침수하기 시작했다고 합니다. 선장과 고급선원들은 위험한 순간에 승객들을 방치하고 구명보트를 타고 탈출했습니다. 아든이라는 항구에 도착한 선장은 배가 침몰했고 승객들은 모두 익사했다고 이야기했지만, 다음 날 제다 호가 다른 배에 의해 무사히 구출되었다는 사실이 알려졌습니다. 이 사건은 당시 런던과 싱가포르에서 커다란 화제를 일으켰다고 합니다.*

『로드 짐』은 파트나 호 사건을 다루는 부분(1장-23장)과 파투산에서 짐의 행적을 다루는 부분(24장-45장)으로 크게 나눌 수 있습니다. 전반부가 선원 짐의 불명예에 초점을 맞추고 있다면 후반부는 '바다에서 추방당한 선원'인 짐의 성공 및 죽음에 초점을 맞추고 있습니다. 앞서 살펴 본 도스또예프스끼의 소설처럼 이 소설 역시 파트나 호 사건은 이야기의 발단이 되는 셈이고 중심 내용은 짐이라는 주인공의 내면에 맞추어져 있는 것입니다.

첫 장에 묘사된 짐의 인상은 이렇습니다.

---

* 곽승엽, 「『로드 짐』의 주인공 짐의 도덕성」, 『현대영미어문학』28, 2010.8, 6쪽.

그의 목소리는 깊고 우렁찼으며, 태도는 일종의 끈질긴 자기주장을 나타내고 있었지만 공격적인 데는 전혀 없었다. 그 자기주장은 하나의 필요인 듯했으며 다른 누구에 못지않게 자기 자신을 대상으로 한 것임이 분명했다. 구두에서 모자까지 티 하나 없이 하얗게 차려입은 그는 흠잡을 데 없이 깔끔했다. 그리고 그가 선박 용품상에게 고용되어 입항선(入港船) 담당 점원 노릇을 하며 살고 있던 동양의 여러 항구에서 그는 대단히 인기 있는 인물이었다.(14쪽)

소설에서 인물의 인상은 그의 성격을 직접 드러내는 역할을 합니다. 그는 우렁찬 목소리에 자기주장이 강한 사람으로 보입니다. 티 없이 하얗게 차려입은 것으로 보아 깔끔하거나 그를 넘어서 결벽증이 있는 사람일지도 모릅니다. 그는 입항선 담당 점원인데 매우 인기 있는 인물이라고 합니다. 입항선 담당 점원은 선원들에게 필요한 물품을 공급하거나 항해와 관련된 다양한 일을 봐주는 사람입니다. 항구 상점에서는 매우 중요한 자리여서, 주인들은 쓸만한 직원을 구하기 위해 꽤 신경을 쓴다고 합니다.

위의 글로 보아서 그는 특별히 문제 있는 인물로 보이진 않습니다. 장래가 촉망되는 정도는 아니어도 작은 성공쯤은 거둘 수 있는 능력 있는 청년으로 느껴집니다. 그런데 그는 가끔 특별한 이유 없이 일하던 곳을 떠나 어디론가 사라지는 행동을 반복합니다. 주인이 극구 말리는데도 말이지요. 무슨 이유에서인지 그는 자신을 숨기려 하는 것입니다. 그는 봄베이, 캘커타, 랑군, 페낭, 바티비아(자카르타) 같은 아시아의 항구를 차례로 찾아다녔다고 합니다.

이처럼 첫 부분만으로도 독자는 그의 성격에 문제가 있거나 그에게 무언가 대단한 비밀이 있을 것 같다는 생각을 하게 됩니다. 작품 초반부터 호기심을 유발시킴으로 해서 이 소설은 독자들의 관심을 짐에게 집중시킵니다. 실제로도 이 소설의 서사는 로드 짐의 내면과 행적을 성실히 따라갑니다.

자기기만과 위로

앞서 말했듯이 배를 탈출한 선원은 짐을 포함하여 선장, 기관장, 2급기관사 등 모두 네 명입니다. 하지만 심판을 받은 사람은 짐뿐이었습니다. 나머지는 심판이 열리기 전 어딘가도 도망가 버렸기 때문입니다. 그들은 자신들의 행위가 심판에 붙여지는 것이 싫었거나 처벌을 받게 될까 두려웠습니다. 넓은 바다를 떠도는 선원들이 숨을 곳은 세상에 널려 있는데, 괜히 심판에 출석했다가 구설수에 오를 필요는 없다고 여겼겠지요. 어차피 벌어진 일이니 소문이 이르지 않은 곳으로 떠나는 일이 심판을 받는 것보다 더 현명한 일이었는지 모릅니다. 심판소 입장에서도 굳이 선원들의 심판을 통해 파트나 호 사건을 환기시키는 일이 달갑지는 않았습니다.

사람들은 짐이 심판에 출석한 것을 오히려 특별한 일로 생각했습니다. 그도 먼 곳으로 피했으면 심판을 받지도 죄에 대한 처벌을 받지도 않았을 것입니다. 그래서 이 소설에서는 짐이 재판을 받는 이유가 중요합니다. 그에게는 자기가 동료들과 함께 죄를 범하기는 했지만 자기를 그들과 혼동하지 말아주었으면 하는 희망이 있었습니다. 마치 자기의 행위가 결백하기라도 한 것처럼 진실을 밝히고자 하는 의지가 숨어 있었던 것이지요. 그는 법적인 용서를 원하기보다는 누군가의 이해와 공감을 구하고 있었습니다.

그의 이러한 요구에 응한 사람이 서술자인 말로 선장이라고 할 수 있습니다. 이 소설의 서사는 서술자인 말로가 자신이 보고 들은 이야기를 누군가에게 들려주는 형식으로 진행됩니다.

"그때 저는 제가 할 수 있는 것이 아무것도 없다는 것을 분명히 알고 있었어요. 그건 마치 지금 선장님이 제 앞에 계신다는 사실만큼이나 분명했지요."(1권, 134쪽)

"저 혼자로는 구조할 수 없었고, 또 그 무엇으로도 구조하지 못했을 모든 승객들을 겁에 질려 미치게 한다고 해서 무슨 소용이 있었겠습니까."(1권, 143쪽)

"누구든 무슨 말을 하려거든 그런 일을 한번 겪어보고 나서 하라고 하세요. 겪어보고 나서 저보다 더 잘 처신하라고 하세요. 그것뿐이라고요."(1권, 163쪽)

"만약에 불빛이 있었더라면 저는 헤엄쳐서 돌아갔을 겁니다. 돌아가서 배 옆에서 소리치며 저를 배에 태워달라고 애원했을 겁니다……."(1권, 207쪽)

짐이 말로에게 자신의 행위에 대해 변명하는 말들을 모아 보았습니다. 자신이 그날 밤 할 수 있는 일이 없었다는 점, 그런 상황을 겪게 되면 다른 사람도 자신처럼 행동했을 것이라는 점, 배가 가라앉지 않은 것을 알았다면 자신은 배로 돌아갔을 것이라는 점을 애써 강조하고 있습니다. 아마도 짐의 이런 말들은 모두 사실일지 모릅니다. 실제로 소설에서 보면 선원들 중에서 유일하게 짐만이 탈출을 생각하지 않고 갑판 위에서 우왕좌왕하고 있었습니다. 구명보트로 뛰어내린 것도 의도적인 행위이기보다는 제정신이 아닌 상태에서 무의식적으로 이루어진 행위라 볼 수 있습니다. 짐은 보트로 뛰어내린 후 바로 자신의 행위를 후회하기도 하지요.

자신의 이러한 변명에 누군가 동의를 해 준다면 그는 큰 힘을 얻을지도 모릅니다. 인간은 누구나 자기를 합리화해야만 온전히 살 수 있으니까요. 어쩌면 사회적 지탄이나 법적인 처벌보다 주관적인 합리화가 개인에게는 더 중요한 문제일지 모릅니다. 이때도 개인차가 존재하기는 하겠지요. 어떤 이는 자기 합리화에 능해서 전혀 괴로움을 느낄 줄 모르는 반면에 또 어떤 이는 별 것도 아닌 일로 자책하며 괴로워하는 경우를 자주 볼 수 있으니까요.

에밀 아자르가 『자기 앞의 생』에서 적절히 지적한 것처럼, 정의롭지 못한 사람들이 정의로운 사람보다 더 편안하게 잠을 잡니다. 왜냐하면 그런 사람들은 남의 일에 아랑곳하지 않으니까요. 하지만 정의로운 사람들은 매사에 걱정이 많아서 잠을 제대로 잘 수 없습니다. 그렇지 않다면 그들은 정의로운 사람들이 아닙니다.* 정의로운 사람과 그렇지 않은 사람을 구분한 꼬마 모모의 말을 그대로 따른다면 짐은 그래도 정의로운 사람 쪽, 양심이 남아 있는 사람 쪽에 속한다고 할 수 있습니다. 정의로운 사람이 잠을 이루기 어렵듯이 양심 있는 사람은 자신을 쉽게 용서하지 못합니다. 어쩌면 이 점이 이 소설의 핵심 주제라고 할 수 있습니다.

그런데 이 소설에는 짐이 괴로워하는 이유에 대한 다른 관점도 존재합니다. 짐이 그토록 괴로워하는 이유는 그가 아직 성숙하지 못한 낭만적 세계관, 치기 어린 영웅적 관점에서 벗어나지 못했기 때문이라고 비판하는 관점입니다.

> 그는 침몰하는 배에서 승객들을 구한다든지, 폭풍우 속에서 돛대를 잘라낸다든지, 높은 파도 속에서 밧줄을 잡고 헤엄친다든지, 외톨이 표류자가 되어 맨발에 거의 벗은 몸으로 노출된 암초 위를 걸어 다니면서 허기를 막아줄 조개 따위를 찾고 있는 자신의 모습을 그려보았다. 그는 또 열대의 해변에서 야만인들과 마주친다든지, 공해에서 선상 반란을 진압한다든지, 대양에 떠 있는 작은 구명보트에서 절망한 사람들에게 용기를 내라고 격려하는 등, 언제나 맡은 임무에 모범적으로 헌신하고 책 속의 주인공처럼 굽힐 줄 모르는 자기 자신의 모습을 그려보고 있었다.(1권, 19쪽)

---

* 에밀 아자르, 『자기 앞의 생』, 용경식 역, 문학동네, 2003, 44쪽.

짐은 오래 전부터 멋진 선원의 영웅적 행위에 대한 꿈을 꾸어 왔습니다. 폭풍 속에서 밧줄을 잡고 헤엄치고, 표류자가 되어 식량을 찾아다니고, 야만인들과 마주치거나 선상 반란을 진압하는 자기 모습도 그려봅니다. 마치 쥘 베른의 소설에 있을 법한 일들을 본격적인 항해 이전에 상상해본 것이지요. 불행히도 이런 꿈이 실현될 수 있는 기회가 왔을 때 짐은 처참하게 무너지고 만 셈입니다. 그는 배와 승객을 구하기는커녕 자기가 어떤 행동을 했는지조차 분명하게 기억하지 못합니다.

그는 목사 가문 출신으로 문학 작품을 즐겨 읽는 청년이었습니다. 고급 선원을 양성하는 훈련선에서 선원 교육을 받는 동안 목사 가문 출신답게 의무를 충실히 하며 영웅적 면모를 보이기도 했습니다. 하지만 실제 항해에서의 실패는 이미 예견된 바이기도 합니다. 그는 훈련 과정을 마친 후 정식 선원이 된 젊은 나이에 몸을 다쳐 병원에 입원하기도 하는데, 그때 그는 위험한 갑판에 나서지 않아도 된다는 사실을 기뻐합니다.* 이런 짐의 생각은 인간성에 내재하는 숨은 약점을 표출한 것이라고 말할 수 있습니다. 그는 선한 인간에 가깝지만 결함을 가진 인간이기도 합니다. 인간의 이상과 행위 사이의 불일치를 보여주는 인물인 셈이지요.

짐이 선원으로서의 본분을 지키지 못한 근본적인 이유가, 죽음에 대한 두려움이나 살고자 하는 본능 때문은 아니었습니다. 위기 상황에서 공적을

---

* 박병주, 「해체비평을 넘어서: 『로드 짐』 다시 읽기」, 『영어영문학 연구』, 2015.12, 185쪽.

세우겠다는 강한 의지력이 오히려 그를 무기력한 절망상태로 빠져들도록 했던 것이지요. 서술자 말로 역시 자신만 살기 위해 탈출한 것은 아니라는 짐의 주장은 인정합니다. 하지만 그가 죽을 각오로 어떠한 일도 해낼 사람이라고는 생각하지 않습니다. 그가 패배할 줄 알면서도 끝까지 싸울 강인한 의지를 소유한 영웅이 아니라는 점을 말로는 바로 알아차렸던 것이지요. 어쩌면 그런 영웅이 이 세상에 없다는 점을 알고 있었는지도 모릅니다.

이러한 짐의 상황은 사실 콘래드의 작품에서 아주 낯선 것은 아닙니다. 콘래드는 다양한 난관에 처한 주인공들의 내면세계를 철저하게 분석하고 그들의 심리상태를 낱낱이 포착하는데 능한 작가입니다. 인간 내면세계에 많은 관심을 기울려 인간실존의 부조리하고도 허무주의적인 면들을 날카롭게 드러내려고 노력했습니다. 콘래드는 도덕성, 성실성으로 대표되는 이상적 가치와 어둠 혹은 위선이라는 부정적 가치를 함께 보여주어 독자들이 우리의 일상이 얼마나 모순에 가득 차 있는지 깨닫게 해주는 작가입니다.

위험에 빠진 사람들

심판소에까지 가게 된 파트나 호 사건은 여러 사람의 관심을 끕니다. 특히 짐의 행위와 그의 '양심 선언'은 주변 사람들의 심경을 복잡하게 만듭니다. 도덕적 관점에서 사람들은 짐의 행위를 배신으로 간주합니다. 파트나 호를 예인한 프랑스 중위가 대표적인 예입니다. 그는 짐의 행위에 대해 조금도 공감을 보이지 않으며 자신이 교육받은 도덕적 입장에서 짐을 냉혹하게 비판하지요. 잘 알려진 대로 선원은 승객들이 안전하게 대피할 때까지 배를 버려서는 안 되니까요. 마지막까지 배에 남아 있어야 할 사람은 선장이라고 합니다.

짐의 행위가 부도덕했다는 점은 더 논쟁할 필요가 없을 정도로 명확해 보입니다. 하지만 그를 보는 사람들의 생각이 그리 단순하지는 않습니다. 이상과 현실 사이의 차이를 인식한다면 도덕적 단죄만이 정답은 아닐 수도 있으니까요.

> 그는 말을 중단하고 내 옷깃을 잡고 가볍게 당기면서 "우리가 무엇 때문에 그 젊은 녀석을 괴롭히고 있는 거야?" 하고 묻더군. 이 물음은 내 마음속에 있었던 어떤 생각의 울림과 너무 잘 공명했기 때문에 나는 당장에 그 패덕자가 몰래 배를 빠져나가는 모습을 눈에 떠올리면서 "난들 그 이유를 어떻게 알겠어? 우리가 자기를 괴롭히도록 그 녀석이 허용하고 있는 게 아니라면 말일세."라고 대답했어. 내 대답은 꽤나 알쏭달쏭했을 텐데 그가 내 말에 동조하는 것을 보고 나는 깜짝 놀랐어.(1권, 105쪽)

브라이얼리 선장과 서술자 말로는 짐의 말과 행위에 민감하게 반응합니다. 그들은 짐으로 인해 심각한 정신적 위기를 겪게 됩니다. 그들은 범죄자 짐을 자신과 동일시하고 그의 범죄를 통해 자신들이 내부를 보게 됩니다. 누구나 그런 상황에 처하면 짐처럼 행동할 수 있다는 생각이 두 사람을 불안하게 하는 것이지요.

위 브라이얼 선장과 말로의 대화는 이후로도 길게 이어지는데, 소설은 둘의 대화를 통해 짐을 보는 노련한 선장들의 생각을 잘 보여줍니다. 이들은 재판을 받고 양심의 가책을 느끼고 적극적으로 변명하는 것이 오히려 그의 정직함을 말해주는 것이라고 생각합니다. 물론 의견이 다른 부분도 있습니다. 말로는 브라이얼에게 도망해도 뒤쫓을 사람이 없음을 알면서도 모욕을 당하고 있는 그의 용기에 대해 말합니다. 이에 대해 브라이얼은 '망할 놈의 용기'라 소리치지요. 그리고 그따위 용기는 사람을 바르게 하는 데 아무런 소용이 없다고까지 말합니다. 그것은 일종의 비겁함이나 심약함이라 부를 수 있는 것이 지나지 않는다고 말하지요.

브라이얼은 선원들에게 높은 평가를 받는 선장입니다. 그래서 끝까지 자존심을 내세웁니다. 선원으로서 명예를 더럽히는 행위를 참을 수 없을 뿐 아니라 그런 행위를 이해하려 노력해본 적도 없는 사람입니다. 그는 일생동안 잘못을 저지른 적이 없었고 사고도 없었고 불운한 일을 당하지도 않았으며 꾸준한 승진에 아무런 제약도 받은 적이 없었습니다. 서술자 말로는 그가 누구보다 자신을 더 우월한 사람이라고 여기고 있음을 압니다. 그는 말로조차 무시해도 좋은 함량이 모자라는 선원으로 봅니다. 하지만 짐으로 인해 브라이얼 역시 자신의 암흑을 보게 됩니다. 평판 높고 자존심 강한 선장이었기에 그는 배 위에서나 심판소에서나 짐이 경험한 상황에 정면으로 대면할 기회가 없었습니다. 짐이 처한 상황을 두고 혼자 고민하던 그는 급작스럽게 자살하고 맙니다. 자신이 명예를 잃지 않은 이유는 단순히 운이 무척 좋았기 때문이라는 사실을 짐을 통해 깨닫게 되었기 때문입니다.

그런 종류의 것은 밝혀질 수 없는 것이 당연하지. 심판을 받을 수 있고 또 받으려 했던 유일한 사람을 조사해 보았자 잘 알려져 있던 사실의 변죽만 부질없이 울리는 격이었어. 그 사실에 대한 심문을 해보았자 알아낼 것이 없었던 것은 마치 쇠 상자 속에 무엇이 들어 있는지를 알아내기 위해 망치로 상자를 두드리는 것이나 마찬가지였거든.(1권, 90쪽)

이번에는 말로의 말입니다. 말로는 짐과의 만남을 통해서 인간이 만들어놓은 행위규범에 어떤 절대적인 가치를 부여하는 것이 무의미한 일이라는 것을 깨닫게 됩니다. 인간은 각자 자기 나름의 질서라는 보호막을 가지고 있으며 도의적으로 옳고 그름이라고 하는 잣대는 자의적일 수밖에 없는 것이라고요. 그런 면에서 보면 인간은 모두가 공통적으로 약점을 가지고 있습니다. '심판을 받을 수 있고 받으려 했던 유일한 사람'은 사실 심판을 할 필요가 없는 사람이었을지도 모릅니다. 그리고 말로는 이 심판에서 겉으로 드러난 사건을 아는 것으로 깊은 의미를 아는 것은 불가능하다고 말합니다. 말로는 짐에 대한 심판은 삶의 진정한 본질에 관한 미묘하고도 중대한 시빗거리를 다루고 있기에 심판관이 필요하지 않은 문제라 생각합니다.

물론 모든 사람이 브라이얼이나 말로처럼 양심의 칼로 자기를 겨눌 수 있는 것은 아닙니다. 적극적으로 양심의 잣대를 회피하는 사람들도 있습니다.

그 정적이 한동안 지속된 후 그들은 자기네들이 도망쳐 나온 데 대해 갑자기 이구동성으로 떠들어대야 할 것 같은 충동을 받았던가 봐. "난 처음부터 배가 가라앉을 것을 알고 있었어." "때 맞춰 탈출했지 뭐야." "맙소사, 간신히 탈출했다니까." 그는 아무 말도 하지 않았지만, 그간 그쳤던 미풍이 다시 불기 시작했고 꾸준히 불어오는 부드러운 바람이 그의 기분을 상쾌하게 해 주었다. 압도적 상황에 질린 나머지 말문이 막혔던 상태가 지나고 그들이 수다스러운 반응을 보이게 되자 바다도 웅얼거리며 합세했다. 기선은 사라졌다. 기선은 사라졌던 거야! 그걸 의심할 수는 없었어. 아무도 구원할 수 없었을 테지. 그들은 입을 다물 수 없다는 듯이 같은 말을 여러 차례 반복했다.(1권, 176-177쪽)

짐이 다른 세 명의 선원이 타고 있는 구명정으로 뛰어내린 직후의 상황입니다. 그들은 짐이 구명정에 타고 있음을 알고 모두 욕을 합니다. 자신들이 뛰어내리라고 소리쳤던 선원은 보조 기관사 조지였는데 엉뚱한 짐이 타고 있었기 때문입니다. 그들은 멸시의 감정으로 그를 증오하기까지 합니다. 자신들이 배에서 빠져나오기 위해 구명정을 내리고 있는 동안 짐은 갑판에서 끝까지 방황하고 있었으니까요. 즉 짐은 자신들이 처음부터 배를 버리고 탈출하려 한 사실을 증언할 수 있는 인물인 셈입니다. 그들은 짐이 자신들을 증오할 것이라 짐작하고 먼저 그에게 악담을 퍼붓습니다. 짐은 구명정이 천천히 움직이거나 멈춰서 떠 있는 여섯 시간 남짓을 방어 자세로 있었고, 꼼짝도 하지 않고 경계했습니다. 그들의 적대감을 짐도 피부로 느끼고 있었던 것입니다.

어찌 되었든 짐의 행위는 여러 사람을 자극하고 그들을 위기에 빠뜨립니다. 이 소설이 독자들에게 주는 메시지도 이런 위기와 크게 멀지는 않습니다. 다른 사람의 양심 평가는 어쩌면 쉬운 일인지 모릅니다. 도덕적으로 옳은 행동을 하지 않았다고 책망하기도 쉽습니다. 하지만 그러한 상황에 놓여 보지 않은 사람이 섣불리 타인을 단죄하는 일이 온당한 것은 아닙니다. 내가 그 상황이라면 어땠을까를 상상하는 일은 그리 유쾌하지 않지만, 그래도 최소한 자신이 운이 좋았다고는 생각해야 할 것입니다.

부서진 파투산의 꿈

짐으로 인해 누군가 갈등과 고통을 겪는다는 사실과 상관없이 짐은 사회적으로 지탄의 대상이 됩니다. 그의 행위는 선원으로서 의무를 망각한 비열한 행동이라는 평가를 받습니다. 심판이 진행되는 동안 그는 사회적으로 사망 선고를 받게 됩니다.

> 범죄의 진짜 의미는 인간 공동체와의 신의를 저버리는 데 있는데, 그런 관점에서 볼 때 그는 결코 야비한 반역자는 아니었어. 그러나 그의 처형은 아무도 모르게 은밀하게 이루어지고 있었지. 높다랗게 설치된 처형대도 없었고, 진홍색 천도 없었고-타워 힐에서 처형할 때도 진홍색 천이 있었던가? 있었을 테지.-그의 죄를 무서워하면서도 그의 운명을 보고 눈물 흘리는 겁에 질린 관중도 없었고, 음울한 응보의 분위기도 없었으니까.(1권, 239쪽)

심판소의 판결은 그에게서 선원 자격을 박탈하는 것으로 마무리됩니다. 그가 입항선 담당 점원으로 일하는 이유가 여기에 있다고 말한 바 있습니다. 짐은 배를 탈 수 없지만 항구를 떠날 수도 없었던 것입니다. 하지만 짐에게는 심판소의 판결보다 무서운 대중들의 여론 혹은 소문이 기다리고 있었습니다. 그 판결은 처형대도 없는 곳에서 더 은밀하게 이루어집니다. 소문은 그의 죄를 비난하는 사람과 그를 동정하는 사람이 함께 설치한 보이지 않는 처형대입니다.

짐은 말로의 소개로 스타인이라는 부유한 상인의 일을 맡아 세상과 멀리 떨어진 말레이의 숲으로 들어가게 됩니다. 그곳은 파투산이라 불리는 곳인데, 짐이 파투산으로 들어간 이후 이야기가 소설에서는 절반 분량을 차지합니다. 어찌 보면 이 소설에서 짐은 두 가지 삶을 산다고 할 수 있습니다. 선원증을 잃게 했던 파트나 호의 쓰라린 삶이 하나라면 잃어버린 명예를 찾기 위해 새로운 질서를 만들어 평화를 실현하는 파투산에서의 만족스러운 삶이 다른 하나입니다. 이때도 서술자인 말로는 짐을 도와 그의 잃어버린 명예와 신뢰를 찾을 수 있도록 도와주는 역할을 합니다.

자신을 아는 사람이 없는 파투산에서 짐은 완전히 새로운 삶을 시작할 수 있었습니다. 그곳은 작품 초반에 나왔던 짐의 낭만적 환상과 영웅적 이상을 실현할 수 있는 땅이었습니다. 파투산은 알랭이 거느리는 부족과 도라민이 통치하는 부족 그리고 알리가 이끄는 아랍 교도들이 교역의 독점권과 지배력을 획득하기 위한 삼파전을 벌이고 있는 곳이었습니다. 짐은 이러한 말레이의 오지에 도착하여 도라민을 지지하고 알리 일당을 진압

합니다. 또 알랭과 제휴관계를 맺음으로써 이 지역에 평화와 안정을 가져오지요. 그는 용기와 지도력을 발휘하여 원주민들에게 절대적인 영향력을 가지게 되며 명예와 찬사를 한 몸에 받게 됩니다.

서술자 말로가 보기에 파투산의 짐은 부단한 노력으로 바람직한 가치관을 실현합니다. 하지만 파투산은 현실과 분리된 상태로 존재하는 일종의 소도일 뿐이었습니다. 짐이 자신의 이상을 실현할 수 있는 공간이기는 했지만 그 이상의 실현은 세계와의 분리를 통해서만 가능한 것이었습니다. 이런 공간에서 쌓은 평화와 명예는 외부의 충격에 의해 너무도 쉽게 깨어지고 맙니다. 짐은 그곳에서 낭만적 영웅일 수 있지만 외부와 연결되는 순간 과거의 자신으로 돌아가고 맙니다.

불행은 브라운 일당이 탄 배 한 척이 파투산으로 들어오면서 시작됩니다. 브라운 일당은 선원들 중에서도 가장 저질에 속하는 인간들입니다. 선원이라기보다 해적에 가까운 그들은 약탈을 위해 파투산에 왔다가 짐의 도움으로 목숨을 건지고 돌아갑니다. 하지만 그들은 도망치는 척 하다가 되돌아와 부족장 도라민의 아들 와리스와 많은 주민을 학살하지요. 브라운의 악행은 짐을 마지막 선택의 기로에 세워놓습니다. 하나는 아들의 죽음으로 분노한 도라민과 싸우고 도주하는 길이고, 다른 하나는 그에게 찾아가 브라운을 방기해서 혼란을 야기한 잘못에 대한 처벌을 받는 것입니다. 그는 모든 것을 체념한 채 처벌을 받는 수모를 감수하기로 합니다. 파트나 호와 관련하여 법정에 섰던 것과 비슷한 선택이지요. 그는 애인의 애원에도 불구하고 목숨을 구하기 위하여 싸우는 것은 의미가 없는 일이라고 말하며 죽음으로 걸어 들어갑니다.

파투산의 세계는 외부에서 들어온 악당에 의해 깨어지고 마는 것인데, 선원의 꿈이 난판선과의 충돌로 깨지는 앞의 상황과 그리 달라 보이지 않습니다.

> "그가 사내라고! 제기랄! 속이 빈 가짜 사내겠지. '내 약탈품에 손대지 마라!' 고 분명히 말하지도 못하는 듯했으니. 못난 녀석! 그런 말을 할 수 있어야 사내다웠을 텐데! 그 썩을 놈의 고고한 영혼 탓이었겠지! 나는 거기서 독 안에 든 쥐 신세였지만 그에게는 날 죽일만한 독한 배짱이 없더라고요. 그럴 만한 위인이 못 되었던 거죠. 나 같은 사람을 일고의 가치가 없는 인간처럼 놓아준 걸 보면 알 수 있지!……" 브라운은 숨을 쉬려고 필사적 노력을 들이고 있었어……. "속임수였는데……. 날 놓아주다니……. 그래서 내가 그 녀석을 끝장내고 말았지요……."(2권, 190쪽)

짐을 죽음에 이르게 만든 브라운이 말로에게 전하는 말입니다. 그는 짐을 용기없는 사내로 규정합니다. 약탈을 막을 용기도 악당을 죽일 용기도 없는 허약한 사내라 말합니다. 독한 배짱이 없고 고고한 척 하는 영혼이라는 말도 합니다. 이는 파트나 호 구명정에서 미리 탈출한 선원들이 짐에게 했던 비난을 떠올리게 합니다. 자신의 행위를 변명하기 위해 상대방을 비열하게 비난한다는 점에서 둘은 큰 차이가 없어 보입니다. 브라운 입장에서는 자신이 진실을 말하고 있다고 착각했을 수도 있습니다. 사람들은 모두 자기 기준으로 생각하게 마련이니까요. 특히 못나고 비열한 사람들은 자신이었으면 어떻게 했을까를 생각하고 남을 그 기준에 넣거나, 자신의 행위를 마치 보편적인 것처럼 여깁니다.

그런데 다르게 보면 브라운은 자살한 브라이얼 선장과 유사한 감정을 느꼈을 수도 있습니다. 운이 좋아 훌륭한 선장이 된 브라이얼과 달리 브라운은 운이 좋지 않아 해적이 되었는지도 모릅니다. 짐이 브라이얼에게 불안 심리를 일으켰듯이 브라운도 짐을 보고 불안을 느꼈을 수 있습니다. 그것은 자신이 가치 있다고 생각하는 무엇을 짐에게서 보았기 때문에, 자신에게 그것이 없어졌다는 것을 느꼈기 때문에 생기는 불안입니다. 그는 선원들 사이에서 '젠틀맨 브라운'이라고 불린다는 말을 하는데 단순히 역설인지 사실의 의미를 내포하고 있는지 판단하기 어렵습니다.

어찌 되었든 짐은 분명한 단점을 가진 인물입니다. 현실성의 결여라고 할 수 있는 무엇이지요. 결여는 모자란 것일 뿐 악한 것은 아닙니다. 그런 짐이 속된 세상의 논리와 부딪쳤을 때 상처는 짐에게만 생기는 것이 아닙니다. 세상도 보이지 않지만 내상을 입게 됩니다. 이 소설은 그 양쪽을 모두 보여주고 있습니다. 이런 면에서 이 소설에서는 로드짐만큼 중요한 인물이 서술자 말로입니다. 그는 단순히 이야기를 전하는 데 만족하지 않고 복잡한 자기 심리를 드러내니까요. 짐과 그의 운명을 진심으로 동정하고 그를 불행하게 만든 책임도 통감합니다. 물론 그가 보여주는 것이 짐의 불행과 그가 견뎠을 외로움보다 더 크지는 않겠지만 말입니다.

무엇을 지킬 것인가

이기적 유전자라는 유명한 책에서 도킨스는 우리는 이기적으로 살도록 설계되었다고 주장합니다. 생존을 무엇보다 우선으로 생각한다는 점에서 인간은 다른 동물과 다를 바 없다고도 합니다. 진화 심리학이라는 학문이 발달하면서 우리의 성격이나 심리도 유전자에 의해 결정된다는 사실이 조금씩 밝혀지고 있습니다. 우리가 정신, 심리, 습관이라고 생각하는 모든 것이 결국 본성에서 나온다는 것이지요. 과학의 발달은 후천적인 인간의 노력이 이를 수 있는 범위가 별로 넓지 않다는 경험을 점점 사실로 증명하고 있습니다.

그러고 보면 인간의 도덕이나 제도는 모두 상상력의 산물입니다. 인간은 본능과는 무관하거나 본능에 반하는 도덕이나 제도를 만들어 집단을 유지해온 것이지요. 넓은 의미에서 문화로 통칭 되는 상부구조는 인간의 본능을 억제하고 본능에 반하는 불편한 생활 양식을 다양한 이름으로 합리화 한 것인지도 모릅니다. 물론 그것들이 없었다면 인류의 문명이라는 것도 없었겠지요. 우리는 법이 없으면 하루도 살 수 없습니다. 도시인들은 대중문화 없이 지루한 시간을 보내기가 쉽지 않습니다. 종교를 통해 삶의 의미를 찾는 사람도 매우 많습니다. 음악이나 미술 활동은 또 어떻습니까. 철학적 토론이나 역사 유적 탐사는 학문이기도 하지만 문화이기도 합니다. 이런 문화들은 인류를 집단으로 묶어 주고 타고난 인간의 이기적 본성을 순화해 줍니다.

양심은 그 도덕과 제도를 만들어내는 심리적 동인입니다. 양심이 없다는 말은 다르게 읽으면 지극히 이기적이라는 말이 됩니다. 양심은 개인이 아니라 타인과의 관계 안에서 유용한 개념입니다. 혼자서 무인도에 떨어져 있다면 양심적이 될 필요가 없습니다. 그저 자기 내키는 대로 살면 되니까요. 하지만 한 사람이라도 누군가 주변에 있다면 양심의 등에 불이 들어옵니다. 누군가를 도와주거나, 해치지 않거나, 속이지 않거나, 피해를 주지 않기 위해 양심은 필요합니다. 양심은 개인적인 심리이기는 하지만 실제로는 마음속 깊이 들어있는 것이 아니라 다른 사람과의 관계 사이에 녹아 있습니다.

『로드 짐』은 그 양심이라는 주제를 본격적으로 다룬 소설입니다. 그는 선원으로서는 하지 말아야 할 행동을 했기 때문에 모든 것을 잃었습니다. 사회적으로 그는 비겁한 선원이라는 비난을 받아야 했습니다. 하지만 그보다 더 중요한 것은 그를 사로잡은 양심의 문제였습니다. 그에게서 떠나지 않는 죄책감, 수치심, 모멸감은 그의 양심이 살아 있다는 반증이었습니다. 짐보다 더 나쁜 행동을 한 사람들이 뻔뻔하게 변명하고, 심지어 짐을 욕한 것에 비하면 그는 작은 죄를 스스로 확대해석한 인물입니다. 그가 인간적으로 단점이 없다고 말할 수는 없습니다. 하지만 끝내 그의 목숨을 빼앗은 것은 어떤 상황에서도 버릴 수 없었던 양심이라는 가치였습니다. 그의 죽음은 매우 슬픈 일이지만 그런 인물이 불행해지는 세상은 그보다 더 슬픕니다.

카타리나 블룸과 기자를 살해한 용기

하인리히 뵐, 『카타리나 블룸의 잃어버린 명예』

알 권리와 언론의 기능

선부른 보도로 비난받는 언론이 자주 하는 말이 '국민의 알 권리'입니다. 말할 것도 없이 언론은 국민이 뭘 알고 싶어 하는지 자의로 해석하는 경향이 있습니다. 국민 다수의 이익과 관계되는 일이라면 이 '알 권리'가 필요하긴 합니다. 세금을 수백억 횡령한 관료나 기업의 주식을 조작해 주주들에게 손해를 입힌 기업가들을 고발하는 일은 아마 다수의 이익에 도움이 될 것입니다. 계엄을 모의한 군인이나 환경을 파괴할 위험이 있는 발전소 문제를 심층적으로 다룬다면 그것도 국민의 이익에 봉사할 수 있습니다. 하지만 연예인의 추문이나 캐고, 개인의 사생활이나 폭로하는 일을 여기에 포함시킬 수는 없습니다. 그건 그저 선정적인 잡담일 뿐입니다.

언론의 수준을 재는 척도는 '무엇'을 어느 정도 '수위'에서 보도하느냐에 있습니다. 가끔은 사람들이 알고 싶어 하는 이야기도 참고 들려주지 않는 것이 언론의 사회적 기능이기도 합니다. 알고 싶어 하는 마음은 호기심이지 권리가 아닙니다. 포르노에 대한 사람들의 호기심을 알 권리라고 생각하고 온 국민들에게 친절히 정보를 제공해 줄 필요는 없습니다. 비근한 예로 투기 바람에 뒤쳐지지 말라고 선동하는 언론 기사가 국민 다수의 이익에 봉사한다고 보기는 어렵습니다.(슬프게도 우리는 그런 비슷한 수준의 기사에 이미 익숙해져 버렸지만 말입니다.)

알 권리 혹은 호기심과 관련하여 텔레비전 방송 윤리를 몇 가지 살펴볼까요? 최근에는 외국의 스포츠 중계를 볼 기회가 많아졌습니다. 유럽의 축구 경기나 미국의 야구 경기를 시즌 내내 시청할 수 있지요. 이들 경기 중계에서 보기 어려운 장면 중 하나는 경기장에 난입한 관중의 모습입니다. 방송사는 경기장에서 불미스러운 일이 생기면 방송 카메라를 다른 곳으로 돌립니다. 시청자는 경기장에서 무슨 일이 벌어지고 있는지 궁금하지만 방송 진행자가 설명해주지 않으면 그 내용을 알 수 없지요. 그리고 상황이 종료되면 카메라는 다시 경기장을 비춥니다.

재난이 닥쳤을 때도 마찬가지입니다. 재난은 세계 곳곳에서 불시에 닥치지만 그를 보도하는 언론의 태도는 지역에 따라 많이 다릅니다. 재난 상황을 생중계하는 언론이 있는가 하면 자극적인 장면은 최대한 비추지 않는 언론도 있습니다. 큰 재난이 발생하면 구조와 관계없는 사람들은 재난 현장에서 멀리 떨어지는 것이 구조의 첫 단계입니다. 이때는 언론도 예외가 아니지요. 그런 원칙을 지키는 언론과 그렇지 않은 언론이 있습니다. 무너진 건물에 갇힌 사람의 모습이 얼마나 처참한가를 생방송 카메라로 비추는 일이 뭐 그리 중요할까요? 구조된 사람과 갇힌 사람 명단을 실시간으로 보도하는 태도도 마찬가지입니다. 구조가 완료될 때까지 가족들에게나 전달되면 될 사실을 굳이 실시간으로 떠들어댈 필요는 없습니다.

서유럽과 북유럽 국가 언론의 불문율 중 하나는 자살 소식을 자세히 전하지 않는 것입니다. 서북유럽 역시 우리처럼 자살이 사회적 문제가 되는 곳입니다. 그러나 그들은 우리처럼 어떤 방법으로 왜 자살을 했는지 의혹은 무엇인지를 자세히 보도하지 않습니다. 자살은 권할 만한 일이 아니기 때문에 보도의 빈도나 깊이를 스스로 제한하는 것이지요. 이러한 태도가 국민의 알 권리를 해치는 것이라고 생각할 수는 없습니다. 국민들이 자살 방법에 대해 많이 궁금해한다고 생각하는 언론이라야 이를 자세히 보도하겠지요.

최악의 언론은 사실에 어긋나는 보도를 일삼는 언론입니다. 실제 벌어지지 않은 일을 있었던 일인 양 보도하거나 벌어진 일을 없었던 일인 양 보도하는 경우가 여기에 해당합니다. 그런데 이 사실의 경계가 때로는 애매하기도 합니다. 어떻게 보느냐에 따라 같은 사건도 어느 정도는 다른 방향으로 생각할 수 있으니까요. 이런 사실의 특성을 이용하여 언론은 누군가에게 칼이 될 보도를 아무렇지도 않게 다룹니다. 추정이니 의심이니 하는 말로 확실하지도 않은 것을 사실로 만들어버리지요. 이렇게 벌어진 과장과 왜곡은 잘못된 사실 전달 이상의 파장을 가져올 수 있습니다. 특히 당사자인 개인에게는 치명적인 상처가 될 수 있습니다. 하인리히 뵐의 『카타리나 블룸의 잃어버린 명예』(1974년)*는 이런 언론의 폭력성에 대한 이야기입니다.

기자를 살해한 여인

27세의 이혼녀 카타리나 블룸은 카니발에서 우연히 만난 남자에게 첫눈에 반합니다. 그런데 공교롭게도 그 남자는 수배 중인 강도 혐의자였습니다. 하룻밤을 그녀의 아파트에서 보낸 남자는 새벽에 경찰의 감시망을 피해 도망가고 그녀는 그의 도주를 도와주었다는 혐의로 경찰에 연행됩니다. 경찰에서 조사를 받으면서 그녀의 삶은 산산이 부서지기 시작합니다. 그녀는 경찰의 심문과정에서 큰 모욕을 느끼고, 언론의 과장되고 왜곡된 보도로 큰 상처를 입습니다. 사실 확인 없이 보도된 내용을 믿는 사람들에 의해 정신적 폭력을 당하지요. 그녀의 주변 사람들 역시 보도를 통해 상처를 받습니다.

카타리나는 불우한 가정에서 성장했지만 성실함 하나로 성공한 가정관리사입니다. 다행히 선한 사람들을 만나 경제적으로도 안정된 삶을 향해 나아가고 있었고, 주변의 평판도 좋았습니다. 하지만 언론은 성실함 말고는 가진 것 없는 '만만한' 이혼녀의 삶을 철저히 파괴하지요. 반대로 이

---

* 하인리히 뵐, 『카타리나 블룸의 잃어버린 명예』, 김연수 역, 민음사, 2008.

소설은 권력을 가진 사람들이 어떻게 '추문'이 될 수 있는 상황에서 교활하게 벗어나는지도 보여줍니다. 중심은 언론의 폭력에 맞추고 있지만 사회 전체의 부정을 지적하는 셈입니다. 이 소설의 부제는 "폭력은 어떻게 발생하고 어떤 결과를 가져올 수 있는가"입니다.

작품의 서사는 추리소설처럼 결정적 사건이 먼저 제시되고 그 사건의 원인을 되짚어가는 방식으로 전개됩니다. 작품 초반에 이미 사건의 결말이 제시되는 구조이지요. 그녀는 자신 관련 기사를 선정적으로 왜곡 보도한 기자 퇴트게스를 집으로 불러 살해합니다. 그리고 범행이 밝혀지기 전 뫼딩형사에게 자수합니다.

> 그녀는 놀란 뫼딩에게 조서를 작성하라며 진술한다. 자신이 낮 12시 15분경 자기 아파트에서 베르너 퇴트게스 기자를 총으로 살해했으며, 뫼딩이 아파트 문을 부수고 그를 "데려갈" 수 있을 거라고 했고, 그녀 자신은 12시 15분에서 저녁 7시까지 후회의 감정을 느껴보기 위해 시내를 이리저리 배회했지만, 조금도 후회되는 바를 찾지 못했노라고. 그리고 그녀는 자신을 체포해 주길 부탁하며, "사랑하는 루트비히"가 있는 그곳에 자신도 기꺼이 있고 싶노라고 말한다.(12쪽)

뫼딩은 비교적 젊고 친절한 경찰입니다. 언론의 보도 때문에 그녀가 어떤 고통을 당하게 될지 짐작하고 대처 요령에 대해 알려주기도 하는 인물이지요. 퇴트게스는 〈차이퉁〉이라는 신문의 기자로 그녀에 대한 악성 기사를 많이 쓴 인물입니다. 카타리나 주변 사람들을 인터뷰하여 그녀에 대한 주변의 '나쁜 평'을 조작해 내기도 하지요. 그는 사건의 진실이나 억울한 희생자와 같은 단어에는 애초에 관심이 없는 사람입니다. 그저 독자들의 관심을 끌 수 있는 방법만을 생각하는 '기레기'이지요.

그런데 위에서 주목할 점은 살인을 저지른 카타리나가 너무나 평온하다는 점입니다. 자수했다는 사실부터 그렇기는 하지만, 그녀는 자신의 행위를 분명히 기억하고 있으며 상황을 냉철하게 파악하고 있습니다. 마치 버려진 물건을 주인에게 돌려주듯이 뫼딩에게 퇴트게스를 데려가라고 합니다. 자신의 살인에 대해 후회하는 감정을 느껴보려 했지만 후회의 이유를 찾지 못했다고도 말합니다. 이런 행동을 통해 독자들은 죽은 자에 대한 그녀의 미움과 증오가 얼마나 컸는지를 쉽게 짐작할 수 있습니다. 그리고 그녀는 기꺼이 체포되기를 원합니다. 자신을 현재의 어려운 처지로 만든 루트비히가 있는 곳, 즉 감옥으로 가겠다는 것입니다. 살인을 저질렀다는 죄책감보다는 자신에게 고통을 준 세상에서 멀어지고 싶은 의지가 더 강한 것처럼 느껴집니다.

이 소설은 나흘 동안 벌어진 일을 다루고 있습니다. 1974년 2월 20일 수요일에 카타리나가 볼터스하임 부인 집에서 열리는 댄스파티에 참여한 데서 시작해 나흘 후 카타리나가 발터 뫼딩 경사의 집 문을 두드리는 것으로 끝나지요. 수요일 이후 그녀는 경찰의 감시를 받게 되고 다음 날 연행되는 신세가 됩니다. 그녀가 수배자의 도주를 도왔다는 혐의를 받게 되었기 때문입니다.

다음은 그녀가 처음 경찰에 연행되는 장면입니다.

> 그러니까 매혹적일 정도로 태연스레 싱크대에 기대서 있는 카타리나에게 바이츠메네가 물었다고 한다. "그자가 너랑 붙어먹었지?" 그러자 카타리나는 낯을 붉히면서도 당당하게 말했다고 한다. "아니요. 나라면 그런 식으로 표현하지 않을 겁니다."
>
> 만일 바이츠메네가 이런 식으로 질문을 던졌다면, 그 순간부터 그와 카타리나 사이에는 어떤 종류의 신뢰감도 생길 수 없었다고 단정할 수 있다.(21쪽)

첫 만남에서부터 카타리나는 모욕감을 느낍니다. 바이츠메네라는 경찰이 그녀에게 처음 던진 말은 상대방을 천하게 여기지 않고서는 하기 어려운 말이었습니다. 그 말의 내용을 떠나서 '그런 식'으로 말하는 사람과 그녀는 절대 가까워질 수 없었습니다. 자신을 존중한다는 느낌을 주지 못하는 사람을 신뢰하기는 어려운 일이니까요. 변호사이자 그녀가 일하는 집의 주인인 블로르나는 "다른 곳이 아닌 바로 이 대목에서 그녀가 불쾌감, 수치, 그리고 분노를 느끼기 시작했을" 것이라 짐작합니다. 실제로 카타리나는 자신의 존엄성이 심각하게 손상됨을 느꼈을 것입니다. 그리고 자신이 스스로 만들어온 명예가 산산이 부서지는 듯한 느낌도 가졌을 것입니다.

위의 예 말고도 카타리나는 심문과정에서 여러 차례 '부끄러움과 분노로 머리끝부터 발끝까지 빨개'지는 경험을 합니다. 주변 사람들을 조사하는 과정에서 경찰은 카타리나 집에 정기적으로 찾아오던 남자가 있다는 사실도 알게 됩니다. 이 '신사 방문객'에 대해 묻는 과정에서도 바이츠메네는 아버지처럼 굴면서 실수를 하지요. '치근대지 않고 다정하게 대해 주는 남자 친구'를 한 명쯤 가지고 있다고 해도 전혀 흠이 되지는 않으며, 어차피 그녀는 이혼해서 '정절을 지킬 의무'가 있는 것도 아니니 남자의 정체를 밝히라고 강요합니다. 게다가 치근대지 않고 다정하게 대해주면서 어느 정도 '물질적인 이익'도 가져다준다면 욕할 수 없다고 말입니다. 그는 이런 말이 카타리나의 자존심과 명예에 얼마나 큰 상처를 주는지 알지 못합니다. 신경을 쓰지도 않지요. 누군가에게는 명예가 목숨만큼 소중한데도 말입니다.

무죄 추정과 여론 재판

카타리나 블룸을 대하는 경찰 태도의 문제는 단순히 무죄 추정의 원칙을 어겼다는 데 있지 않습니다. 죄를 지은 사람이든 아니든 인간은 누구나 존엄성을 지킬 권리가 있습니다. 죄를 지었으면 그 죄에 상응하는 처벌을 받아야겠지만 그 이상으로 모욕을 당해서는 안 됩니다. 힘이 없거나 궁지에 몰린 사람에게서 이러한 권리마저 빼앗는 일을 흔히 '인격 살해'라 부릅니다. 경찰 조사를 받으면서 카타리나는 이런 '인격 살해'를 경험하게 됩니다.

무죄 추정의 원칙은 수사 과정에서 얻은 정보를 철저히 비밀로 해야 한다는 다른 원칙과 이어집니다. 누군가의 죄를 인정하고 그에 따른 처벌을 결정하는 일은 법원에서 합니다. 경찰과 검찰은 단지 죄를 밝히는 과정에 있을 뿐입니다. 그들은 개인의 죄를 확정할 법적 권리가 없고 그러기에 누군가 죄가 있는 것처럼 외부에 수사 내용을 알려서는 안 됩니다. 죄가 있는 것처럼 소문을 내게 되면 피의자는 판결을 받기 전부터 유죄인 것처럼 대접을 받게 됩니다. 이는 매우 부당한 일임에 틀림이 없습니다.

하지만 현실에서는 논리적으로 말도 안 되는 일들이 실제로 벌어지곤 합니다. 일부 언론은 하이에나처럼 정탐하여 얻은 정보를 대중에게 알리는 일을 자신의 임무인 양 자랑하기도 합니다.(자신들은 그것을 특종이라 말하지요.) 이런 언론은 사회적으로 관심을 끌만한 사안을 이용해서 자신들의 영향력을 높이고 상업적 이익을 추구하는 데만 관심이 있습니다. 정의나 인권 등 사회의 중요한 가치는 자기 이익을 위해 헌신짝처럼 버려집니다. 언론은 수사 기관이 아니기 때문에 수사상의 정보는 누군가의 도움을 받아야 얻을 수 있습니다. 많은 기자들이 경찰서나 검찰청에 '죽 치고' 있는 이유가 이 때문이지요.

소설에서 카타리나 블룸의 명예를 결정적으로 실추시킨 곳은 〈차이퉁〉을 발행하는 신문사입니다.

> 그런 와중에 카타리나 블룸이 바이츠메네와 뫼딩을 양옆에 두고 무장 경찰들의 엄호를 받으며 엘리베이터에서 나왔다. 그녀는 정면에서, 뒤에서, 옆에서 수차례 카메라 세례를 받았다. 결국 그녀는 부끄럽고 당혹스러워 자꾸 얼굴을 가리려 했고, 그 와중에 그녀의 핸드백, 화장품 케이스 그리고 두 권의 책과 필기도구가 들어있는 비닐봉지와 부딪히면서 머리가 헝클어

지고 표정은 불쾌하게 일그러졌다. 그리고 그대로 사진에 찍혔다.(23쪽)

많은 언론이 그녀의 얼굴을 모자이크 처리해서 내보냈지만 〈차이퉁〉이라는 신문은 그녀의 사진을 아무런 처리 없이 게재합니다. 범죄가 드러나지도 않은 개인의 사진을 대중에 공표한 것이지요. 말할 것도 없이 이는 사생활 침해에 해당합니다. 얼굴이 공개된 후 그녀의 사생활은 절대 보호될 수 없었습니다. 가족이 알게 되고 이웃이 알게 되고 결국 그녀 주위의 모든 사람이 알게 됩니다.

더 나쁜 것은 신문에 공개되었다는 이유로 그녀가 이미 유죄 판결을 받은 것으로 취급된다는 사실입니다. 언론을 신뢰하는 사람들은 죄가 없는 사람이 경찰에 끌려갈 리 없다거나 언론에서 죄 없는 사람을 죄인처럼 보도할 리 없다는 잘못된 생각을 가지고 있습니다. 언론은 법원이 아니고 신전도 아닙니다. 그저 자기 의견을 가지고 있고 대중의 취향에 따라 움직이는 개인들의 모임일 뿐입니다. 위에서 찍힌 카타리나의 사진이 악의적인 사람들에게 가십거리를 제공해 줄 것은 분명합니다. 그들은 얼굴을 가린 것이 죄의 증거인 양 말하고, 일그러진 표정에서 악을 발견하고, 주소를 찾아 편지를 보내거나 장난 전화를 겁니다.

그녀가 수행했을 만한 역할에 관해 철저히 객관적인 형식으로 보도한 다른 신문들을 문서실에서 가져다 주었다고 한다. 3, 4면에 실린 짧은 기사에서는 블룸의 성과 이름을 전부 밝히지 않고 가정부 카타리나 B양으로만 언급했다고 한다. 예를 들어 〈움샤우〉 지에는 열 줄 정도의 기사가 났고 물론 사진도 실리지 않았으며 전혀 결함 없는 사람이 불운하게 사건에 연루되었노라 보도했다고 한다. 그녀가 블룸에게 가져다준 오려 낸 신문 기사 열다섯 장은 카타리나를 전혀 위로하지 못했고, 그녀는 그저 이렇게 묻기만 했다고 한다. "대체 누가 이걸 읽겠어요? 내가 아는 사람들은 하나같이 〈차이퉁〉을 읽거든요!"(63-64쪽)

〈차이퉁〉 읽기에 몰두하고 있는 그녀를 위해 여자 경찰이 그녀 기사를 스크랩해 보여주는 장면입니다. 위에서 보듯 모든 신문이 그녀의 신분을 밝히고 있지는 않습니다. 어떤 신문은 이름을 밝히지 않았고, 어떤 신문은 사진을 싣지도 않았습니다. 객관적 사실을 간략하게 전달하는 데 그친 것이지요. 하지만 한 사람의 명예를 떨어뜨리는 데는 하나의 신문이면 충분합니다. 특히 〈차이퉁〉처럼 많은 사람들이 구독하는 신문이라면 소문을 추문으로 만들고 무고한 사람을 죄인으로 만들기에 충분합니다. 카타리나가 전혀 위로를 받지 못하는 이유가 여기에 있습니다.

경찰조차 언론의 이러한 폭력성을 알고 있습니다. 경찰인 뫼딩은 심문을 받고 집으로 돌아가는 카타리나에게 신문을 펼치지 말고 전화에는 손을 대지 말라고 충고합니다. 사생활 침해가 얼마나 일상화되었는지를 아는 경찰인 것이지요. 실제로 집에 돌아온 카타리나는 선정적인 오보 기사와 엽기적인 장난 전화에 시달립니다. 공동 주택에 사는 이웃 사람들의 의심스러운 시선도 그녀를 괴롭힙니다. 희롱하는 전화가 오고 우편함에 이상한 편지가 배달됩니다. 섹스 용품 목록 등이 우편함을 채우기도 합니다.

변호사 블로르나의 부인은 "그 신문에 대해, 이 페스트가 세상 어디든 쫓아다니니 어느 곳도 안전하지 못할 거"(85쪽)라고 말하지요.

물론 모욕적이고 어쩌면 중상일 수 있는 언론 보도의 세부 사항들에 대해 그녀가 개인적으로 소송을 제기할 수는 있습니다. 수사 당국도 수사 과정에 문제가 있었다면 소송을 할 수 있다고 알려줍니다. 하지만 일반적으로 이런 소송이 피해자의 명예를 두 번 실추시킨다는 사실을 우리는 알고 있습니다. 만약 승소한다고 해도 상처가 쉽게 지워지지 않는다는 점도요.

이처럼 이 소설은 실추당하는 카타리나의 명예에 대해 이야기합니다. 더불어 존엄을 지키며 살아가는 삶에 대한 이야기이기도 합니다. 인간의 존엄은 보통 세 가지 차원에서 이야기됩니다. 첫 번째는 내가 타인에게 어떤 취급을 받는가입니다. 타인은 내 품격이 지켜지도록 나를 대접할 수 있고, 내 품격이 파괴되도록 나를 다룰 수도 있습니다. 두 번째는 내가 타인을 대하는 생각과 태도입니다. 남을 대하는 데도 품격이 있는 것이지요. 세 번째는 내가 나를 어떻게 대하느냐의 문제입니다. 남의 시선과 상관없이 스스로 자존을 지키는 일이지요.* 카타리나는 경찰과 언론에 의해 존엄이 무너지는 느낌을 받습니다. 그럼에도 불구하고 두 번째와 세 번째는 지키고 싶어 합니다. 세 번째 존엄을 지키기 위해 그녀는 기자를 살해할 수밖에 없었는지도 모릅니다.

---

* 페터 비에리, 『삶의 격』, 문항심 역, 은행나무, 2014, 15쪽.

사실 왜곡이라는 폭력

『카타리나 블룸의 잃어버린 명예』의 작가는 언론이 사실을 다루는 방식에 대해 자세히 다루고 있습니다. 주로 〈차이퉁〉에 의해 이루어진 왜곡 보도입니다. 〈차이퉁〉은 카타리나의 고등학교 은사인 베르톨트 히페르츠 박사와의 인터뷰 기사에서 그가 "모든 관계에서 과격한 한 사람이 우리를 감쪽같이 속였군요"라고 말했다고 보도합니다. 그런데 이 기사의 내용을 의심한 변호사 블로르나가 확인한 히페르츠의 인터뷰 내용은 다음과 같습니다.

> "카타리나가 과격하다면, 그녀는 과격하리만치 협조적이고 계획적이며 지적입니다. - 내가 그녀를 잘못 보았나 보군요. 그런데 난 40년간 경험을 쌓은 교육자요. 사람을 잘못 보는 일은 거의 없는데요."(44쪽)

일단 내용이 어떻게 왜곡되었는지 알 수 있습니다. 박사는 협조적이고 계획적이고 지적인 면을 강조하기 위해 '과격하리만큼'이라는 단어를 사용했는데 기사에서 카타리나는 '모든 관계에서 과격한' 사람이 됩니다. 자신이 사람을 잘못 보는 일이 없는데 그녀를 잘못 보았을 리 없다는 취지의 말은 그녀가 주변을 '감쪽같이 속였다'는 말로 바뀝니다. 인터뷰하는 기자가 과격하다는 단어를 사용하기 위해 답변을 그쪽으로 유도했다는 인상이 강하게 듭니다. 기자 입장에서는 사실의 문제는 전혀 고려 대상이 아니었을 것입니다. 그저 자기 말을 하기 위해 인터뷰할 사람이 필요했을 뿐이지요. 이는 방송이나 신문 기자와 인터뷰 해본 경험이 있는 사람이라면 대부분 동의할 것입니다.

또 〈차이퉁〉은 "카타리나는 매우 영리하고 이성적인 사람입니다."라는 블로르나의 말을 "얼음처럼 차고 계산적이다"라는 평으로 바꿉니다. 그녀가 젊은 나이에 그럴듯한 아파트를 장만한 것을 의심하여 괴텐이 은행에서 턴 돈을 나누어 가졌을 거라는 둥, 그녀의 아파트가 좌파의 아지트로 쓰였을 거라는 둥, 심지어 신사 방문객과 관련이 있을 거라는 둥의 기사를 내기도 하지요. 하지만 그런 기사는 경찰 조사 결과 허위로 밝혀집니다. 그녀의 수첩 등을 압수해 조사해 본 결과 그녀에게는 의심할 만한 내용이 전혀 없었으니까요. 수입과 지출을 꼼꼼히 기록한 장부를 보고 조사를 담당한 회계사까지 감탄할 정도였습니다. 그리고 그녀는 매달 어머니에게 돈을 부쳤으며, 죽은 아버지의 묘지도 관리하고 있었고, 교도소에 있는 동생에게도 가끔 용돈을 부쳤습니다. 이런 긍정적인 기사를 〈차이퉁〉은 전혀 싣지 않습니다. 기자나 신문사에게 그녀는 처음부터 마녀 사냥감이었기 때문입니다.

종합적으로 판단해 볼 때 카타리나는 전혀 정치적인 인물이 아니고 무정부주의자도 아니었으며 자본주의 사회 질서를 온전히 지키는 성실한 노동자였습니다. 게다가 그녀는 도덕적이고 예의 바르며 관습을 잘 따르는 인물이었습니다. 그녀는 문란한 디스코텍을 피했으며 남자들이 치근덕거리는 것을 질색했기에 '새침때기에 쌀쌀맞은 수녀'라는 별명을 얻기도 했습니다. 하지만 〈차이퉁〉은 괴텐이라는 인물과의 관계, 밝혀지지 않은 신사 방문객 의혹을 확대하여 그녀를 부정한 여자로 만듭니다. 수녀와 창녀, 성스러움과 타락, 성실한 전 남편과 강도 괴텐, 자본주의와 사회주의, 27세 여성과 중년 신사라는 단어들의 의미 충돌을 통해 블룸에 대한 세속적이고 천박한 이미지를 만들어나가는 것이지요. 이와 같은 이미지는 대중들이 그녀에게 낙오자, 창녀, 불륜, 부도덕이라는 낙인을 찍도록 유도합니다.

기자들은 사건 당사자에게 적대적인 인물들을 찾아 인터뷰하기도 합니다. 카타리나의 이혼한 남편, 카타리나의 어머니와 사이가 좋지 않았던 신부의 인터뷰를 신문에 실은 것이 그 예입니다. 특히 기자는 중병을 앓고 있는 그녀의 어머니까지 찾아내 괴롭혀 어머니가 숨지는 데 직접적 원인을 제공합니다.

이런 모든 과정이 카타리나로 하여금 살해를 결심하게 합니다. 그녀는 마침내 〈차이퉁〉의 기자 퇴트게스에게 만나자고 연락을 합니다. 그리고 그가 그녀의 집에 찾아옵니다.

> 그가 이렇게 말하더군요. '어이, 귀여운 블룸 양, 이제 우리 둘이 뭐 하지?'라고요. 난 한 마디도 하지 않고 거실로 물러나며 피했어요. 그는 나를 따라 들어와서는 말했어요. '왜 날 그렇게 넋 놓고 보는 거지? 나의 귀여운 블룸 양, 우리 일단 섹스나 한탕 하는 게 어떨까?' 그사이에 내 손은 핸드백에 가 있었고 그는 내 옷에 스칠 정도로 다가왔어요. 그래서 난 생각했어요. '어디 한탕 해 보시지, 이판사판이니까.'라고요. 그러고는 권총을 빼 들고

> 그 자리에서 그를 향해 쏘았습니다. 두 번, 세 번, 네 번. 정확히 몇 발인지 모르겠습니다.(140쪽)

죽은 사람의 말이 아니라 죽인 사람의 말이기는 하지만 우리는 이 글을 통해 퇴트게스의 인격까지 짐작할 수 있습니다. 최소한 그가 카타리나를 어떻게 보고 있었는지는 분명히 알 수 있습니다. 매력적인 젊은 여성, 그것도 궁지에 몰린 여성을 두고 섹스를 먼저 생각하는 무도한 인물이라는 점이 분명히 드러납니다. '일단'이라는 말 속에는 여러 의미가 담긴 것 같습니다. 자신이 카타리나의 '사정'을 봐줄 수 있는 우월한 위치에 있다는 자만심과 힘없는 여성을 '창녀' 취급하는 속된 생각이 드러납니다. 만약 처음 만난 그가 이렇게 무도하지만 않았어도 그녀가 그렇게 급하게 총을 쏘는 일은 없었을지도 모릅니다. 그녀는 이 자가 혹시 밤에 전화를 걸어 자기를 괴롭히던 놈이 아닌가 생각하기까지 합니다. 살인이 순전히 우발적인 것은 아니지만 발포 자체는 우발적으로 이루어졌다고 할 수 있습니다. 그의 비열한 언어들은 겉으로 다른 것 같지만, 신문에 실렸던 언어와 본질상 같습니다. 약자에 대한 언어, 여자에 대한 언어, 역겨운 조작의 언어들이니까요.

권력의 수족이 된 언론

경찰과 언론이 카타리나의 사생활을 전혀 고려하지 않지만 카타리나는 주변 사람들의 사생활을 드러내지 않습니다. 그녀는 자신의 집에 드나든 것으로 알려진 '신사 방문객'의 신원에 대해 끝내 밝히지 않습니다. 그는 재력가이며 정치적으로도 영향력이 큰 인물인 알로이스 슈트로입레더였는데 그녀는 그에게 관심이 없었고 그의 추근거림이 매우 싫었습니다. 거기다 그는 결혼까지 한 유부남이었고 나이도 많았습니다.

그런데 그녀가 그의 이름을 밝히지 않은데는 더 중요한 이유가 있었습니다.

> 그녀가 슈트로입레더 같은 사람을, 그러니까 부유할 뿐만 아니라 정계나 재계, 학계에서 거절할 수 없을 정도의 매력 때문에 영화배우만큼 유명한 사람을 거부한다고 하면, 누가 그녀의 말을 믿어주겠는가? 그리고 그녀 같은 가정부가 영화배우 같은 사람을 거절한다고 하면, 그것도 윤리적인 이유에서가 아니라 취향을 이유로 거절한다면, 누가 그녀의 말을 믿겠는가? 그는 정말 눈곱만큼의 자극도 주지 못했다면서, 그녀는 이 신사 방문 이야기 전체가 어떤 영역 안으로 아주 추하게 들이닥친 것처럼 느낀다고 한다.(112-113쪽)

그녀는 언론이 자본이나 정치 권력과 무관하지 않다는 점을 체감으로 알고 있었습니다. 자신과는 비교 안 될 정도로 유명하고 부자이며 영향력이 큰 남자가 자신을 주기적으로 방문했다면 세상은 그녀의 불순한 의도를 우선 의심할 것입니다. 앞서 살펴본 형사의 말대로 경제적 지원을 바라며 남자를 불러들인 불순한 이혼녀 정도로 평가했겠지요. 그리고 그녀가 그를 마음에 들지 않아 했다는 말도 세상은 믿지 않을 것이라 생각했습니다. 속되게도, 취향 때문에 그런 유명한 사람을 거절하는 일이 자신과 같은 여인에게는 불가능한 일이라고 사람들은 생각할 테니까요.

물론 그녀의 이런 설명 뒤에 다른 이유가 숨어 있기도 합니다. 그녀는 슈트로입레더가 그녀에게 억지로 준 별장 열쇠 때문에 경찰에게 신사 방문객 이야기를 하지 못합니다. 그 열쇠를 이용해서 괴텐이 별장에 숨어 있었으니까요.

하지만 신사 방문자는 결국 밝혀지고 맙니다. 슈트로입레더의 별장에서 수배자가 검거되고, 그가 일방적으로 카타리나에게 보낸 편지와 보석도 발견됩니다. 슈트로입레더 역시 사건에 간접적으로 연루될 위험에 처한 것이지요. 카타리나의 변호사 블로르나는 슈트로입레더가 자수해주기를 원합니다. 하지만 그는 자신의 명성이 손상될 것이 두려워 진실을 밝히는 것을 거부합니다. '내 집과 내 이름이 이 일당들과 함께 신문의 헤드라인을 장식'하도록 할 수는 없다고 주장합니다. 그리고 그는 무사히 추문의 위기에서 벗어날 수 있었습니다. 그는 언론을 통제할 수 있는 강한 이들과 연결되어 있었기 때문이지요.

경제계의 수장으로 슈트로입레더와 매우 가까운 뤼딩은 전화 한 통화로 〈차이퉁〉을 통제합니다. 그는 괴텐과 카타리나 관련 기사에서 당장 'S.를 삭제하고 B.를 집어넣'으라는 지시를 내립니다. 동업자인 슈트로입레더의 이미지의 훼손은 자신의 사업에도 타격을 가져올 수 있다고 판단한 것이지요. 그래서 슈트로입레더 대신에 카타리나를 후원하고 있는 블로르나 변호사를 그녀와 연관시키라고 지시하는 것입니다. 어차피 선정적 기사가 필요했던 〈차이퉁〉은 산업체 변호사인 블로르나 변호사와 좌파 건축가인 그의 아내를 희생시키는 데 주저하지 않습니다.

> "맙소사, 너무 심각하게 생각하지 말게나. 우리는 자네들을 몰락시키지 않을 걸세. 다만 유감스럽게도 자네가 자신을 망치고 있어." 자, 이제 유감스럽지만, 이 순간 블로르나가 슈트로입레더의 면상을 정말 후려갈겼다는 것을 정확히 보고해야 한다. 빨리 잊어버리기 위해 마찬가지로 빨리 말하면, 슈트로입레더는 코피를 흘렸다. 개인적인 판단에 따르면 네 방울에서 일곱 방울 정도였다. 그러나 더 심각했던 것은, 슈트로입레더가 뒤로 물러나긴 했지만, 이렇게 말했다는 사실이다. "자네를 용서하겠네. 자네 심정을 생각해서 자네의 모든 것을 용서하지." 이 말이 블로르나의 화를 더욱 돋운 듯했고, 결국 목격자들이 '격투'라고 표현하는 사태에까지 이르게 되었다.(134쪽)

카타리나에 이어 블로르나 변호사 부부도 심한 고통을 겪게 됩니다. 과거의 이력까지 들추어낸 언론은 그들이 카타리나와 괴텐의 배후인 것처럼 보도합니다. 위 예문은 뻔뻔한 슈트로입레더와 블로르나가 부딪친 장면을 서술자가 전달해주는 부분입니다. 블로르나를 곤란하게 만든 것이 자신임에도 슈트로입레더는 뻔뻔하게 아무 일도 아닌 것처럼 그를 대합니다. 블로르나는 그의 따귀를 때림으로써 그와의 관계를 청산하지요. 다음날 〈차이퉁〉은 이 격투 장면 사진을 싣고 보수 정치가, 좌파 변호사에게 폭행당하다라는 설명을 답니다.

괴텐을 중심으로 보면 카타리나는 주변 사람입니다. 그를 옹호한 변호사는 더 외곽의 주변인이라 할 수 있습니다. 하지만 언론은 주변인들조차 추문의 주인공으로 만드는 데 주저하지 않습니다. 그는 언론에 의해 인격살인에 가까운 고통을 당하는 카타리나를 옹호하려 했다는 이유로 경제적으로나 정치적으로 어려운 처지에 놓이는 것입니다. 언론뿐 아니라 경제 권력과 정치 권력이 연관된 음모에 의해 그렇게 되는 셈입니다. 반대로 경제 권력이나 정치 권력에 가까운 사람들은 언론에 의해서도 보호됩니다. 언론은 커다란 권력입니다. 혹자는 언론을 입법, 사법, 행정부에 이은 제4의 권력이라 부르기도 합니다. 하지만 미래의 관점에서 본다면 제1의 권력이 언론이라고 부를 수도 있습니다.

이 소설은 언론이 특별한 대우를 받는 것의 부당함에 대해서도 이야기합니다.

> 여기서 언론의 과잉 반응에 대하여 언급해야겠다. 〈차이퉁〉 지뿐만 아니라 다른 신문들까지도 실제로 한 저널리스트의 피살 사건을 특별히 더 나쁜, 특히 경악스럽고, 거의 장엄하기까지 한, 그러니까 종교 의식적인 살해와 같은 수준으로 다루고 있기 때문이다. [……] 퇴트게스가 저널리스트가 아니라 제화공이나 제빵업자였다면 아마도 살해되지 않았을 거라는 점은 인정해야 할지라도, 직업 때문에 살해당했다고 말하지는 않는 편이 더 나았다는 것을 생각했어야 했다.(15쪽)

언론의 과잉 반응에 대해 이야기하는 부분입니다. 퇴트게스가 죽자 신문들은 그의 죽음에 의미를 부여하기 시작합니다. 마치 그의 피살이 저널리즘의 문제와 관계있는 것처럼 호들갑을 떨지요. 하지만 작가는 그가 직업 때문에 살해당했다고 말하지 않는 편이 낫다고 말합니다. 기자로서 정의로운 작업을 하다가 영광스럽게 죽은 것이 아니라 잘못된 보도를 일삼은 비열한 인간이 희생자의 총에 맞은 것이기 때문이지요. 앞서 본 예문에서 확인했듯이 기자가 아니었어도 그는 죽었을지 모릅니다. 저자는 '마치 저널리스트 살인 사건은 뭔가 특별한 것인 양, 은행장이나 은행원 혹은 은행 강도 살인 사건보다 더 중요하기라도 한 것처럼'(15쪽) 다루는 것에 불만을 표시합니다.

이 소설의 작가 하인리히 뵐은 『카타리나 블룸의 잃어버린 명예』를 '소설Roman' 대신 '이야기Erzählung'로 표현합니다. 순전한 허구가 아니라 현실에 근거한 이야기라는 점을 강조한 것입니다. 뵐은 소설의 주인공처럼 언론과의 갈등을 겪은 것으로 유명합니다. 그는 1972년 초 '슈피겔'에 극좌 운동 단체인 바더-마인호프 그룹의 단원인 울리케 마인호프의 사면을 요구하는 글을 기고한 후 보수적 성향의 신문들에 의해 극단주의자들의 폭력을 옹호하는 선동자로까지 내몰린 경험이 있습니다.* 바더-마인호프 그룹은 1968년 학생운동 후에 존재했던 급진적 운동 집단이었습니다.

언론의 문제를 공격한 이 소설은 뵐과 언론과의 관계를 더욱 악화시켰

---

* 신종락, 「문학 작품에 나타난 진실의 재구성」, 『독일어문학』54, 2011, 178-181쪽.

습니다. 1974년에 발표된 이 소설은 출간되기 전에 이미 《슈피겔》에 4번에 걸쳐 연재되었는데, 소설이 시사주간지 《슈피겔》에 연재되는 것은 처음 있는 일이었다고 합니다. 소설은 출간되자마자 15만부가 팔리며 대중의 관심을 받았고 베스트셀러목록 1위에 올랐습니다 하지만 언론재벌총수 악셀 슈프링어는 자신이 소유한 〈벨트 암 존탁〉이라는 신문에 매주 발표되던 주간 베스트셀러 목록의 중단지시를 내렸다고 합니다.*

소설 주인공 카타리나 블룸의 실제모델은 하노버 공대의 페터 브뤼크너 교수로 알려져 있습니다. 카타리나가 수배자를 자신의 집에서 숙박 시켰듯이, 브뤼크너 교수는 마인호프를 숙박시켰고, 이후 그는 '사회적 죽음'을 당하게 됩니다. 학교에서는 해직을 당하고 말지요. 그 후 무혐의가 인정되어 복직되긴 하였지만, 그때 이미 그는 사회생활이 불가능한 상태였습니다.**

공공성의 의미

당연히 모든 언론이 선정적이지는 않습니다. 소설이나 영화에서 보는 것처럼 정의로운 언론이 존재하기도 하고 그런 언론은 분명히 사회 발전에 기여합니다. 하지만 그렇지 못한 언론이 가져오는 폐해 역시 무시할 수

---

* 사지원, 「폭력에 맞선 폭력대응은 타당한가?」, 『외국어로서의 독일어』30, 2012.7, 36쪽.

** 같은 글, 37쪽.

없을 만큼 크다는 사실도 명확합니다. 그들은 정치나 사회의 감시자를 자처하지만 어떤 것으로부터도 감시받으려 하지 않는 막강한 권력이기 때문입니다. 감시받지 않는 권력은 부패하기 쉬운데, 이미 많은 언론이 그런 단계에 와 있다는 점을 우리는 알고 있습니다.

권리에는 책임이 따르는 것은 당연합니다. 민주주의 사회에서 언론만큼 큰 자유와 권리를 가진 분야는 많지 않습니다. 언론은 사회뿐 아니라 개인을 보호해야 할 의무를 가지고 있습니다. 혹 개인의 권리를 침해하게 된다면 보다 큰 사회적 이익이라는 분명한 명분이 존재해야 합니다. 그리고 그 판단은 엄격해야 합니다. 자의적이거나 편의적이어서는 안 됩니다. 『카타리나 블룸의 잃어버린 명예』는 언론의 이런 책임에 대해 분명한 메시지를 전하는 소설입니다.

이 소설의 배경은 1970년대 독일(당시는 서독)입니다. 이후 독일 언론이 어떤 길을 걸었는지는 정확히 알지 못합니다. 하지만 이 소설의 내용이 우리에게는 과거가 아닌 현재를 지시하고 있음에 마음이 아픕니다. 독점적 지위를 갖는 언론의 무책임과 상업적 목적을 위한 선정성 추구는 양쪽이 크게 다르지 않아 보입니다. 언론이 사주와 그와 연계된 자본의 이익에 철저히 봉사한다는 점도 그렇습니다.

발표 당시부터 이 소설을 비판적인 눈으로 보는 이들도 있었습니다. 〈빌트〉의 히스테리에 대한 소설의 반대 폭력이라고 지적한 이들도 있었지요. 그들의 지적이 무용하지 않다고 하더라도, 모든 권력을 감시하는 가장 높은 자리에 있는 언론을 감시하는 일을 소설이 좀 한다고 해서 무엇이 문제인지 솔직히 잘 이해되지는 않습니다. 반대 폭력이라고 말하는 이들이 최초의 폭력에 대해 얼마나 날카로운 잣대를 가지고 있는지 궁금하기도 합니다.

카타리나의 살인에 대한 독자의 생각은 각기 다를 수 있습니다. 하지만 개인적으로는 그녀의 살인을 탓할 생각이 없습니다. 꼭 〈차이퉁〉의 퇴트게스 기자가 죽어 마땅한 사람이라고 생각하기 때문만은 아닙니다. 그녀가 살인을 하지 않고 자신의 자존감을 지킬 수 있는 방법이 쉽게 떠오르지 않기 때문입니다. 한번 언론에 공개된 잘못된 기사를 바로잡는 것은 너무나 어렵습니다. 반대로 대중들은 한 번 공개된 기사를 재고해볼 생각을 하지 않습니다. 대부분의 내용은 잊어버리고 잘못된 인상만을 기억할 것이 틀림없지요. 그 과정에서 치욕과 고통을 느낄 사람은 왜곡된 기사를 낸 기자가 아니라 피해자 카타리나일 것이 분명합니다. 이 두 가지 문제를 해결하는 데 살인이라는 방법이 그리 나빠 보이지는 않습니다. 남들에게 살인을 설득시킬 수 있을지는 모르겠지만 최소한 카타리나 자신에게만은 위로가 될 것이기 때문입니다. 물론 논리가 그렇다는 말입니다.

Ⅳ. 욕망은 어떻게 인간을 파괴하는가?

나나와 애욕에 빠진 사람들

에밀 졸라, 『나나』

환경과 유전이라는 운명

비관적이지만 냉정한 현실 이야기로 시작해 보지요. 인간은 태어날 때 이미 자기 삶의 많은 부분이 결정되어 있습니다. 남자로 태어나느냐 여자로 태어나느냐, 유럽 기독교 지역에서 태어나느냐 아프리카 이슬람 지역에서 태어나느냐, 부잣집에서 태어나느냐 가난한 집에서 태어나느냐를 스스로 결정해서 세상에 나오는 사람은 없습니다. 성격 역시 마찬가지입니다. 부모의 유전자를 그대로 이어받은 인간은 조상의 선한 면과 악한 면을 동시에 가지고 살아가게 됩니다. 신체적 특성은 말할 것도 없겠지요. 신장이나 몸무게, 체형은 특별한 예외가 아니라면 부모를 닮게 되어 있습니다. 심지어 병력 역시 유전자에 의해 결정되는 경우가 아주 흔합니다.

흔히 말하는 집안 내력이라는 게 분명히 존재합니다.

한 사람의 인생을 역사 안에서 평가해 보면 그가 어느 시대에 태어났는지도 매우 중요합니다. 프랑스 혁명이 아니었다면 나폴레옹은 황제가 될 수 없었을 것이고, 고려 시대 말의 왕이었다면 세종은 지금과 같은 업적을 남기지 못했을 것입니다. 우리가 서구의 중세에 태어났다면 이 글을 보는 대부분의 사람들은 농노이고 가톨릭을 믿었을지 모릅니다. 조선 전기에 태어났으면 우리는 농부이거나 노예였고 유교적 윤리에 기초한 양반들의 세계관에 충실히 따르고 있었을 것입니다. 지금 대한민국에서 중학교에 다니는 아이들은 앞으로 입시지옥에 빠져 청소년기를 보내야 하고, 대부분은 어린 시절에 좌절을 맛보게 되겠지요. 그리고 어른이 되어서는 노동자가 되거나 자영업자가 될 가능성이 큽니다.

어느 시대에나 태어나면서부터 주어진 이러한 조건을 극복하기는 쉽지 않습니다. 개인적인 노력으로 자신을 구속하는 굴레에서 벗어나는 사람들이 없지는 않지만, 그들은 예외적인 개인에 불과할 가능성이 큽니다. 평범한 사람들은 태어날 때 주어진 조건 아래 적응하며 다른 조건을 가진 사람과 거리를 두고 살아가게 됩니다. 이러한 조건을 사회적으로 구분하면 신분, 경제적으로 구분하면 계급이 되겠지요. 역사 이래 이러한 계급의 구분이 없었던 적은 없었으며 현재도 우리는 계급 사회에 살고 있습니다. 노예제도 봉건제도 아닌 자본주의라는 근대가 낳은 가장 고도화된 계급 사회에서 말입니다.

고도화된 계급 사회에서는 계급의 구분이 노골적으로 드러나지 않습니다. 민주주의나 공화주의라는 정치 제도가 마치 평등을 보장해 주는 것처럼 느끼게 만들기 때문에 어떤 이들은 계급 구분의 존재 자체를 부정하기도 합니다. 민주주의 아래서는 개인의 노력에 따라 누구나 성공할 수 있다는 '착한 생각'이 널리 퍼져 있기도 하지요. 정치적으로 모든 성인이 선거권과 피선거권을 가지고 경제외적 강제가 사라진 현대 사회는 이전의 계급 사회와 분명히 다르긴 합니다. 하지만 눈에 보이는 장벽이 아닌 눈에 보이지 않는 장벽으로 둘러싸인 지배계급의 힘은 이전에 비해서 더 강해졌습니다. 그들은 가끔 예외적인 개인의 계급 상승을 통해 피지배 계급 사람들의 어리석음과 게으름 그리고 무능력을 지속적으로 환기시킬 만큼 똑똑하기도 합니다.

계급이 고착화된 사회에서 그것을 극복할 수 있는 수단은 매우 한정되어 있습니다. 한국사회에서는 유명대학에 진학하여 고시를 보는 일이 계급의 벽을 넘을 수 있는 좋은 수단으로 여겨졌습니다. 하지만 이는 계급 자체의 변동이기보다는 몇몇이 계급에 편입되는 수준이라 할 수 있습니다. 계급과 관련하여 역사적 변화를 만들어내는 것은 혁명입니다. 이런 의미에서는 프랑스 혁명이나 러시아 혁명 그리고 쿠바 혁명 등을 진정한 의미에서 혁명이라 부를 수 있습니다. 문화의 대변혁을 추구하거나 이룬 혁명은 위와 같은 정치적 혁명과는 조금 다릅니다. 프랑스 혁명은 근대 자본주의가 어떻게 정립되는가를 보여주는 예이기도 합니다. 전 지구적으로 보면 예외라고 할 수 있지만 프랑스의 근대는 우리가 생각할 수 있는 자본주의의 전형적인 모습을 보여줍니다.

소설의 전성기라 부를 수 있는 19세기의 서구 작가들은 이러한 시대 변화를 담아내는 데 많은 공을 들였습니다. 새롭게 시작된 자본주의의 모습, 그리고 자본주의가 만든 계급의 모습을 소설에 담아내려 했던 것입니다. 흔히 사실주의라고 불리는 일군의 소설들은 그러한 노력의 최전선에 섰다고 할 수 있지요. 프랑스의 발자크나 영국의 디킨즈는 이런 소설 경향을 대표하는 작가들입니다. 이들은 동시대의 다양한 인간 군상들을 역사라는 극장에 세워두고 그려냈습니다. 시대 안에서 인간이 어떻게 살아가는지 인간의 성격이 시대를 어떻게 받아들이고 이용했는지를 드라마처럼 극적으로 그려냈습니다.

마카르 가의 비극

에밀 졸라는 다양한 계급의 인물들을 통해 19세기 중반 프랑스를 재현하고자 했던 작가입니다. 특히 그는 환경과 유전에 의해 결정되는 인간의 특성을 탐구한 것으로 유명합니다. 공간에 대한 세밀한 묘사와 인물 가계에 대한 꼼꼼한 설계 역시 그의 문학을 이야기할 때 빠지지 않는 특징입니다. 이런 그의 문학을 흔히 자연주의라고 부릅니다. 넓게 보면 자연주의는 사실주의에서 발달한 사조라 볼 수 있습니다.

자기 의지가 아닌 환경과 유전에 따라 결정되는 세계는 누군가에게는 지옥이고 누군가에게는 천국입니다. 졸라가 집중하는 것은 주로 지옥 쪽인데, 그의 소설을 통해 독자들은 지옥이 저 너머가 아닌 현실에 존재할 수 있다는 새삼스러운 사실을 깨닫게 됩니다.

졸라의 대표작들은 대부분 〈루공 마카르 총서〉라는 그의 기획 연작에 속합니다. 그는 발자크의 〈인간희극〉처럼 하나의 시대와 사회에 대한 거대한 모자이크가 될 만한 소설 시리즈를 구상했던 것입니다. 총서의 제1권인 『루공 가의 운명』은 1871년에 출간되었고, 20권인 『파스칼 박사』는 1893년에 완성됩니다. 이 총서는 프랑스 제2제정 시대*의 사회사를 루공과 마카르 가문의 가족사를 통해 생생하게 보여주고 있지요. 6권까지는 대중적으로 큰 성공을 거두지 못했지만 1877년 출간된 『목로주점』이 크게 성공하면서 졸라는 베스트셀러 작가가 됩니다.

루공 가와 마카르 가의 공동 선조가 되는 여인은 아델라이드 푸크입니다. 그녀는 농부 루공과 결혼하여 피에르를 낳고, 루공이 죽은 후 주정뱅이이자 신경증을 앓고 있는 마카르와 관계하여 위르실과 앙투안을 낳습니다. 앙투안 마카르는 조세핀 가보당과 결혼하여 리자, 제르베즈, 장을 낳는데, 그들은 각기 『파리의 배』, 『목로주점』, 『패주』의 중심인물이 되지요. 루공 가는 대체로 건전한 피를 이어받지만 마카르 가는 유전적으로 게으름과 음주벽을 가지고 있습니다,

---

* 프랑스 제2제정(1852년-1870년)은 나폴레옹 3세 통치 기간을 말한다. 이 시기는 대내적으로 공공사업·철도 건설·은행 사업을 비롯해 공업과 농업발전이 이루어졌다. 파리를 근대적으로 재건한 파리 개조 사업도 이 시기에 있었던 일이다. 1870년 프랑스-프로이센 전쟁에서 패하여 제정은 폐지되었으며, 이후 프랑스 제3공화국이 성립되었다. 졸라와 보들레르는 이 시기를 집중적으로 조명하였다.

총서는 정상적인 결혼으로 맺어진 농부의 가계와 비합법적인 결합으로 맺어진 주정뱅이 가계를 대비시킵니다. 각각의 작품에서는 환경이라 할 수 있는 각자의 성장 배경, 계급적 성격, 주거 공간 등이 중요하게 다루어지지만 무엇보다 유전적인 요소가 강조됩니다. 총서에서 인물들을 움직이는 것은 이성이나 합리적 사고가 아니라 본능이나 욕망입니다.

〈루공 마카르 총서〉는 하층민, 특히 개인보다는 집단을 묘사하면서 당대 사회 및 인간의 추악함과 비참함을 적나라하게 묘사했습니다. 그런 점에서 보면 마카르 가의 이야기가 총서의 중심이라고 할 수 있습니다. 그 중에서도 제르베즈가 주인공인 『목로주점』과 그의 자녀들 이야기를 다룬 소설들은 총서의 백미로 꼽힙니다. 제르베즈는 두 남자에게서 아들 둘과 딸 하나를 낳습니다. 클로드와 에티엔 그리고 나나입니다. 소설 『작품』에서 클로드는 천재적이지만 광기 어린 화가가 되어 자살로 생을 마감합니다. 『제르미날』에서 광산 파업을 이끄는 전기 기술자 에티엔은 알코올에 취약할 뿐 아니라 폭력의 유혹에 시달립니다. 『나나』(1880년)*에서 화류계의 여왕이 되는 나나는 타고난 관능적 아름다움을 가진 여인입니다. 그리고 『목로주점』**에는 등장하지 않지만 나중에 창작상의 필요로 창조된 아들 자크는 『인간 짐승』에서 거부할 수 없는 살해의 욕망에 굴복하고 맙니다.

인물들에게 미치는 유전적, 환경적 요인을 추적하기 위해 총서는 동일

---

* 에밀 졸라, 『나나』, 김치수 역, 문학동네, 2014.

** 에밀 졸라, 『목로주점』 상하, 유기환 역, 열린책들, 2011.

인물을 여러 작품에 등장시키는 방법을 쓰기도 합니다.

> 플라상스의 노신사가 장남 클로드를 그곳의 중학교에 넣어 주겠다고 했던 것이다. 미술 애호가인 이 괴짜 영감은 예전에 아이가 서투르게 그린 인물화에 감탄하여 이런 너그러운 제안을 하기에 이르렀다.(『목로주점』, 142쪽)
>
> 구제가 릴에서 자기 옛 공장주가 수습공을 찾고 있다며 에티엔을 릴로 보내자고 했을 때, 그녀는 에티엔도 독립하고 싶어 하며 졸랐던 만큼 마음이 동했다.(『목로주점』, 350쪽)

한 집에서 함께 살던 제르베즈의 두 아들은 위와 같은 서술과 함께 작품에 다시 등장하지 않습니다. 그리고는 다른 작품의 주인공이 되어 등장하는 것이지요. 『목로주점』에는 철도 공장 기계공이 된 에티엔이 제르베즈에게 돈을 부치기도 한다는 정도의 기술이 나오기는 합니다.

하지만 나나는 『목로주점』과 『나나』에서 모두 중요한 인물로 등장합니다. 두 아들의 아버지가 동거남인 랑티에인데 비해 나나의 아버지가 남편인 쿠포라는 점도 영향을 미쳤을지 모릅니다. 그의 부모가 겪게 되는 비극에 그녀가 직접 관계된다고 보아도 무리가 없습니다. 그녀는 3살 때 아버지 쿠포가 지붕일(함석 씌우는 일)을 하는 집 앞에 제르베즈와 함께 도착합니다. 엄마가 극구 말렸음에도 불구하고 나나는 목청껏 아버지를 부릅니다. 딸의 목소리를 듣고 몸을 돌리던 쿠포는 지붕에서 떨어지는 사고를 당하고 이후 일보다는 술을 좋아하는 무기력한 인간이 됩니다. 나나의 가정이 파탄에 이르는 시초인 셈이지요. 나나는 어린 나이에 이미 성적인 호기심이 넘쳐서 제르베즈의 불륜 장면을 훔쳐보기도 합니다. 성장한 나나는 애인과 가출을 하는데, 그 사건 이후 제르베즈는 슬픔에 빠져 술로 위안을 삼다가 비참하게 죽고 맙니다.

반면에 소설 『나나』에서 그녀는 파리의 하층민과 상류층의 삶을 모두 경험하는 주인공으로 등장합니다. 파리 외곽의 가장 가난한 동네에서 태어났지만 고급 창부가 되어 귀족을 비롯한 부르주아들을 농락하는 여인이 되는 것이지요. 그녀가 가진 매력은 육체의 관능미 하나뿐이었지만 그를 둘러싼 남성들은 하나같이 그녀의 파괴력에 무너지고 맙니다. 십 대의 청년에서부터 환갑의 후작에 이르기까지 나나를 향한 남자들의 욕망에는 차이가 없습니다.

고급 창부가 된 후의 화려한 삶에 대해 나나는 이중적인 감정을 가지고 있습니다. 나나는 그녀의 매력에 반하여 기꺼이 돈을 지불할 의지가 있는 남자들의 호의에 응합니다. 그녀는 생존을 위해 어쩔 수 없다고 생각하지만 돈을 앞세우는 남자들에게 매력을 느끼지는 못합니다. 그렇다고 화려한 생활을 포기할 수도 없어서 쉼 없이 새로운 남자를 찾아내지만, 그들이 제공하는 화려한 공간과 파티 그리고 사치에 만족하지도 못합니다. 자신이 그곳의 진정한 주인이 아니라는 사실을 알기 때문이지요. 화려한 저택과 그곳으로 흘러들어오는 돈은 그녀를 매개로 돈을 벌려는 상인들이나 하인들에게 좋은 먹이가 됩니다. 그녀의 아름다움을 사는 대가로 지불한 저택은 너무도 호화로워서 사람들의 놀라움을 자아낼 정도지만 나나는 오히려 어린 시절처럼 뒷골목의 의심스러운 욕망을 좇아 밤 나들이를 나서기도 합니다.

제르베즈의 성공과 실패

졸라의 작품들은 출간될 때마다 노골적 언어와 외설적 내용을 이유로 세간의 논란을 불러일으켰습니다. 특히 『목로주점』은 당시 문학적 금기와 같았던 민중의 언어를 가감 없이 사용하고 성적인 묘사를 거리낌 없이 사용하여 많은 비난을 받기도 했지요. 물론 졸라는 자신의 작품을 외설이라고 생각하지 않았고, 있는 그대로의 현실을 묘사했을 뿐이라고 항변했습니다.

사실 이 소설의 주인공 제르베즈의 삶은 충격적인 면이 없지 않습니다. 가난 때문에 비참하게 사는 것이야 그렇다고 치더라도, 남편과 전 동거남과 한 집에서 기거하는 것은 괴이하게 보입니다. 그녀가 학대를 받으면서 두 남자를 부양하는 것도 쉽게 이해되지는 않습니다. 졸라는 여성 세탁부인 제르베즈의 비참하고 기괴한 삶이 당시 파리 하층민 노동자들의 삶을 적나라하게 보여준다고 생각했던 것 같습니다.

제르베즈는 작고 예쁘게 생긴 미인이지만 한쪽 다리를 조금 접니다. 태어날 때부터 그랬는데 천천히 걷거나 편안한 상태일 때는 별로 표가 나지 않지만, 몸이 힘들거나 마음이 괴로울 때는 다리를 심하게 절곤 합니다. 그녀가 다리를 저는 이유는 그녀가 만취상태의 기이하고 야수적인 관계를 통해 태어난 아이였기 때문이라고 합니다. 그녀는 어릴 적부터 술을 가까이 하게 되는데, 아이가 너무나 창백하고 약한 것을 보고서 그녀의 어머니는 힘을 얻어야 한다는 구실로 아이에게 아니스 주를 먹였던 것입니다. 어린 시절부터 건강을 위해 마신 술의 '황홀경'은 그녀가 아버지의 음주벽을 유전 받았다는 것을 암시합니다.

잉태와 알코올을 둘러싼 이러한 유전적 요인은 그녀에게는 존재의 조건입니다. 그녀에게 개성이나 내면 혹은 행동의 자율성 같은 덕목은 찾아보기 어렵습니다. 만약 그런 것이 있다손 치더라도 그녀의 운명을 결정하는 요인이 되지는 못했습니다. 노동자들이 집단으로 거주하는 파리 외곽에서는 그러한 개성을 드러낼 기회조차 주어지지 않았습니다. 그녀를 둘러싼 환경은 유전보다 더 강하게 그녀의 과거와 현재 그리고 미래를 지배합니다.

그녀가 살고 있는 파리 외곽의 환경은 어땠을까요? 노동자들은 벌집처럼 좁은 방들이 밀집된 건물의 비위생적이고 불쾌한 환경 속에서 살아갑니다. 아이들은 정상적인 교육을 받기 어렵고, 윤리적으로 건전하게 성장하기 어렵습니다. 무엇보다 노동자들은 열심히 일해도 돈을 모으기 어렵습니다. 최저 생계비에도 못 미치는 일당을 받으며 일하는 사람들이 대부분이며, 그나마 형편이 나았던 기술자들도 기계의 발명으로 이전의 수입마저 보장받기 어려운 형편이 됩니다. 그런 곳에도 노동자들의 주머니를 노리는 술집은 성업하고 있습니다.

이런 환경 속에서 제르베즈는 게으른 노동자의 자식들과 어울리게 됩니다. 『목로주점』에서 그녀에게 큰 영향을 주는 남자는 세 명입니다. 어린 시절 만나 동거했던 두 아들의 아버지 랑티에, 랑티에의 가출 후 결혼하게 된 함석장이 쿠포, 그녀가 마음속으로 의지하고 있는 대장장이 구제가 그들입니다. 나나의 아버지인 쿠포는 자신과 똑같은 직업을 갖도록 강요한 아버지에 의해 함석장이가 되었습니다. 쿠포의 아버지는 술을 마시고 일을 하다 지붕에서 떨어져 죽었고, 그 역시 지붕에서 떨어져 크게 다칩니다. 랑티에는 제르베즈와 아이들을 버리고 달아났다 돌아와 다시 제르베즈의 노동을 갉아먹고 사는 건달입니다. 그도 역시 젊은 시절에는 건실한 노동자였던 적이 있었습니다. 하지만 절망적인 노동은 그를 남의 덕에 사는 파렴치한으로 만들어 놓았지요.

이런 환경 속에서도 제르베즈는 어떻게든 생활을 일으켜 살아보려 합니다. 빚을 얻어서긴 하지만 자신의 세탁 가게를 차리는 등 행복한 시절을 맛보기도 합니다. 하지만 그녀에게 기생하는 주변 사람들과 계속되는 궁핍으로 그녀의 생활은 개선되지 못합니다. 그 과정에서 제르베즈의 숨어 있던 본능도 살아나지요. 그녀의 피 속에 흐르고 있던 관능적 욕망과 알코올에 대한 욕망은 드디어 그녀를 무너뜨리는데 성공합니다.

> 쿠포가 술에 취해 돌아올 때마다 그녀는 랑티에의 방으로 갔다. 일주일에 적어도 월요일, 화요일, 수요일에는 그런 일이 벌어졌다. 그녀는 두 남자에게 밤을 나누어 주었다. 심지어 함석장이가 코를 너무 크게 골면 그녀는 계속 편안한 잠을 자기 위해 그를 떠나 이웃 남자의 베개 위로 옮겨 갔다. 그것은 그녀가 모자장이에게 더 큰 애정을 느끼기 때문이 아니었다. 그렇

> 다, 그녀는 다만 모자장이가 더 깨끗하다고 생각했고, 목욕탕에 가는 기분으로 모자장이의 방으로 가서 더 편하게 쉬었다. 마침내 그녀는 하얀 시트에서 동그랗게 몸을 웅크린 채 잠자기를 좋아하는 암고양이 같은 것이 되었다.(『목로주점』, 393쪽)

파리로 돌아와 제르베즈의 남편 쿠포에게 접근한 랑티에는 그녀가 차린 세탁 가게 안쪽에 방을 얻습니다. 쿠포 부부가 자는 방과 붙어 있는 곳에 전 동거남의 침실이 차려진 셈입니다. 어느 날 쿠포가 심하게 술에 취해 들어와 그녀의 침대를 오염시켰을 때 그녀는 랑티에의 침대로 들어갑니다. 랑티에의 음모가 없지 않았지만 남자를 거부하지 못하는 그녀의 본성이 두 남자를 함께 거두게 만들었다고 할 수 있습니다. 하지만 그녀는 아무도 자신에게 돌을 던질 수 없을 것이라 생각합니다. 자신은 그저 자연의 법칙을 따르고 있을 뿐이라 여기지요. 그녀에게 일반적으로 말하는 도덕관념은 없습니다. 그녀는 가난 때문에 남자와 여자가 뒤죽박죽으로 뒤엉켜 사는 이 파리 변두리에서 깨끗해 봐야 얼마나 깨끗하겠냐고 스스로에게 변명합니다.

이런 그녀의 방탕한 생활, 방종한 행실은 딸 나나에게도 영향을 미칩니다. 나나는 술 취해서 쓰러진 아버지를 두고 안쪽의 방으로 어머니와 다른 남자가 함께 사라지는 광경을 조용히 바라보곤 했습니다. 그리고 이어지는 장면까지 지켜보았을 것으로 짐작할 수 있습니다. '행실 나쁜 계집애의 관능적 호기심'의 시작인 셈입니다.

그래도 세탁부로 성실히 일할 때 그녀는 파란 페인트로 색칠한 세탁 가게를 열어 동네 사람들의 질투를 사기도 했습니다. 물론 랑티에와 쿠포가 조금씩 기둥을 뽑아내기 전까지이지만 말입니다. 그녀의 행복은 동네 사람들에게 잔치를 베풀 때 절정을 맞이합니다. 한 번은 결혼식이고 다른 한 번은 생일잔치입니다. 결혼식은 이방인으로서 사회에서 배제되었었던 제르베즈가 마침내 동네의 구성원으로서의 사회적 위치를 인정 받는 계기가 됩니다. 세탁 가게로 어느 정도 성공한 후이기에 생일잔치에는 주변 사람들도 초대됩니다. 그들은 주로 많은 음식을 먹어치움으로써 생일을 축하합니다. 편한 마음으로 마음껏 먹을 수 있는 것, 가난한 노동자들에게 그것보다 더한 행복은 없으니까요.

그녀는 그 옛날 자신의 이상을 떠올렸다. 조용히 일하고, 언제나 빵을 먹고, 잠자기 위한 깨끗한 집을 가지고, 아이들을 잘 키우고, 매를 맞지 않고, 자기 침대에서 죽는 것. 그래, 말도 안 돼, 웃기는 생각이었어, 뭐 하나 이루어진 게 없잖아! 지금 그녀는 일을 하지 않았고, 더 이상 먹을 것이 없었고, 쓰레기 더미 위에서 잠을 잤고, 딸은 화냥질을 했고, 남편은 자기를 두들겨 팼다. 그녀에게 남은 일은 길바닥에서 쓰러져 죽는 것뿐이었는데, 그것은 집으로 돌아가서 창문으로 몸을 던질 용기만 있다면 지금 당장이라도 가능한 일이었다.(『목로주점』, 599-600쪽)

그녀가 가진 꿈은 언제나 소박했습니다. 일하고, 빵을 먹고, 집을 갖고, 아이를 키우고, 맞지 않고, 침대에서 죽는 것입니다. 그리고 한때 이런 꿈이 이루어지는 듯도 했지요. 남편 쿠포가 열심히 일했고 자신도 열심히 일했을 때 그랬습니다. 술을 먹을 줄 모르는 남편은 아내를 아낄 줄도 알았습니다. 그러나 그런 시절은 어차피 잠깐일 수밖에 없었습니다. 가게는 빚을 얻어 꾸민 것이고, 남편의 일은 항상 위험을 동반하고 있었으니까요. 그녀의 주변은 술주정뱅이와 창녀 등 거친 사람들로 넘쳐났고, 그들은 그녀를 돕기보다는 그녀의 행복을 질투하기에 바빴습니다.

이 소설은 제르베즈의 이런 소박한 꿈이 오래 유지되는 일이 얼마나 어려운지 보여줍니다. 위 인용에 따르면 그녀는 자신의 꿈과는 상반되게 일을 하지 않고 있으며, 먹을 것을 구하지도 못하고, 잠은 쓰레기 더미 위에서 자며, 딸은 화냥질을 나섰고, 남편은 자기를 두들겨 팹니다. 심지어 거의 정신을 잃은 그녀에게 사람들은 무엇인가 구역질나는 것을 주면서 내기를 걸기도 합니다. 그녀가 그것을 먹을 수 있는지 없는지를 걸고 말이지요. 말년에 그녀는 계단 밑의 개집만한 구멍에서 주린 배를 움켜쥐고 짚더미 위에서 잠을 잤습니다. 창문에 몸을 던져 죽을 용기조차 없는 그녀는 결국 아무도 알지 못하는 사이 홀로 굶어 죽고 말지요. 그녀의 비참한 죽음은 한 여인의 운명이 아니라 당시 하층민들이 맞이할 최후를 상징적으로 보여준다고 할 수 있습니다.

욕망이 지배하는 삶

아버지도 어머니도 비참하게 죽은 후 나나는 혼자 살아갈 수밖에 없었습니다. 처음에는 그녀 역시 제르베즈와 유사한 길을 걷습니다. 조화 만드는 공장에 다니다 어린 나이에 남자를 만나 아이를 낳고 나이든 남자의 경제적 지원을 받기도 하지요. 나나는 어머니가 두 남자와 혼거하는 상황을 어린 나이부터 보아왔습니다. 집 밖에서도 그녀는 이러한 문란한 환경에 쉽게 노출됩니다. 그녀는 혼란스럽고 추한 애정 관계를 당연한 것으로 보고 자란 셈입니다. 이렇게 자란 나나는 자신의 육체적인 매력을 이용하여 상류층을 유혹하는 고급 매춘부가 됩니다.

무슨 일이건 돈만 된다면 거부하지 않던 그 시절의 그녀는 우연한 기회에 삼류 연극의 배우가 되어 유한계급의 사교장과 같던 극장에 등장합니다.

> 전율이 극장 안을 사로잡았다. 나나는 알몸이었다. 나나는 자기 육체가 지닌 절대적인 힘에 확신을 갖고 태연하고 대담하게 나체로 등장했다. 얇은 레이스만 걸치고 있었다. 둥그런 어깨, 장밋빛 젖꼭지가 창끝처럼 꼿꼿하게 일어선 여장부 같은 젖가슴, 육감적으로 움직이는 풍만한 엉덩이, 통통한 황갈색 허벅지 등 그녀의 육체 전부가 흰 물거품 같은 가벼운 천 밑으로 드러나 보였다. 몸을 가릴 것이라고는 머리카락밖에 없었다. 그녀는 물결 속에서 비너스로 탄생하고 있었다. [……] 소녀 속에서 갑자기 엄청난 여성성을 지닌 성숙한 여성이 불안스럽게 우뚝 일어나 미지의 욕망을 열어주는 것이었다.(『나나』, 42쪽)

〈금발의 비너스〉라는 연극에 출연한 나나는 연기를 잘 하지 못하고 노래를 박자에 맞춰 부르지도 못합니다. 그럼에도 불구하고 그녀는 남성 관객들에게 최고의 인기를 누립니다. 나나는 관객들에게 자신의 관능적인 몸을 보여주어 관심을 끌었던 것이지요. 관객들 역시 나나에게 아니 연극에서 유일하게 관심을 갖는 것은 그녀의 몸매였습니다. 그녀의 관능에 취하고 싶은 유한계급은 널려 있었고, 그들은 흔쾌히 관능적 쾌락에 넘어올 준비가 되어 있는 사람들이었습니다. '엉덩이를 두들기며 암탉처럼 걸걸하게 소리를 지르는 통통한 몸집의 나나'는 '주위에 생명의 향기를 발산'하였고, 관객들은 여성 특유의 절대 권력에 도취되고 맙니다.

나나를 무대에 서게 만든 것은 '여자들을 구경거리로 만들어 먹고 사는', '매춘부로서 여자들의 값어치'를 잘 알고 있는 남자인 보르드나브입니다. 그는 나나에게서 남자들이 이상적으로 그리는 여성 육체의 성적 매력의 냄새를 맡고, 나나의 육체를 상품화합니다. 연극이 공연되기 전부터 포스터 등을 통해 충분히 소문을 낸 후 그녀의 몸을 훔쳐보고자 하는 욕망에 사로잡혀 있던 남자들을 만족시킵니다. 이처럼 나나는 남성 중심적 자본주의 사회에서 남성의 욕망을 자극하여 돈을 버는 수익성 높은 성 상품이 됩니다.

그녀는 자신에게 재정적 지원을 해줄 수 있는 남자들을 두루 만납니다. 〈금발의 비너스〉로 유명해지기 전에는 늙은 구두쇠 폴과 다그네라는 남자를 교대로 만나곤 했습니다. 이어 프랑크푸르트 출신의 유대인 은행가 스타이너가 가장 적극적으로 그녀에게 접근합니다. 방되브르 백작은 그녀에게 너무 많은 돈을 쓰고 결국 파산하고 말지요. 열일곱 살의 조르주는 연극에서 본 나나를 잊지 못해 젊은 나이에 사랑이라는 불행에 빠집니다.

조르주의 형인 필리프 역시 마찬가지입니다. 도덕적인 사람으로 알려진 뮈파 백작 역시 그녀의 매력에 빠져 모든 것을 잃고 맙니다. 나이 많은 슈아르 후작은 체통을 차리지 못하고 그녀 집에 몰래 드나드는 비루한 신세가 됩니다.

이렇듯 많은 남성의 구애를 받고 그들의 요구에 응하지만 정작 나나는 상류 사회의 삶에 완전히 빠져들지 못합니다. 그녀는 한참 인기가 올라갈 때 갑자기 집을 나와 가난한 연극배우 퐁당과 사랑에 빠집니다. 가난한 동거를 통해 그녀는 제르베즈와 같은 메저키즘적 경향을 보여주기도 하지요. 터무니없이 그녀를 학대하는 퐁당이지만 나나는 혹시 잔소리라도 하면 그를 다시 볼 수 없게 될까 두려워 걱정도 하고 쓰다듬어주기도 하며 모든 것을 너그럽게 이해해줍니다. 귀족들 틈에서 풍족하게 살다가 갑자기 제르베즈의 삶으로 떨어진 것이지만 그녀는 자신의 삶에 비교적 만족합니다. 어린 시절 친구인 사탱을 만나 오히려 더 비참한 창녀의 삶을 자처하기까지 합니다. 이 역시 그녀의 유전적인 기질 때문이라고 볼 수 있습니다. 나나는 자신이 삼류 배우인 퐁당을 진심으로 사랑한다고 생각합니다. 그녀가 이렇게 착한 바보가 될수록 퐁당은 더욱 난폭해지지요.

나나가 퐁당을 버린 것이 아니라 퐁당이 나나를 버림으로써 나나는 다시 사교계로 돌아오게 됩니다. 〈귀여운 공작부인〉이라는 연극으로 돌아온 그녀는 뮈파 백작의 후원으로 이전의 삶을 회복합니다. 하지만 그 후에도 나나는 음악 카페에서 본 바리톤 가수에 반합니다. 그에게 버림을 받자 발작을 일으켜 자살을 열망하기도 하지요. 남자들을 피하기 위해 그녀는 악습에 빠져듭니다. 변두리에서 천한 여자들을 불러모아 괴상망측한 일시적 사랑에 열중하지요. 남자로 변장하고 수상한 곳에서 열리는 모임에 참석해 방탕한 구경거리를 보며 권태를 풀기도 합니다.

가난한 출신에도 불구하고 후작 부인처럼 부유하게 되었지만 그녀는 상류사회에 대한 복수 같은 것을 꿈꾸는 여자가 아닙니다. 자주 화내는 것을 제외하고 그녀에게 남은 것은 돈을 쓰고 싶은 충동, 뒤를 봐주는 남자에 대한 본능적인 경멸, 애인들의 파산을 자랑으로 삼는 낭비벽 심한 여자의 지속적인 변덕 뿐이었습니다. 생각해보면 교양도 취미도 없는 나나가 부자가 된들 무엇을 할 수 있었겠습니까? 반복되는 쾌락과 질투가 그의 친구일 뿐이지요. 귀족과 부자들의 삶 역시 나나의 삶과 다르지 않았습니다. 연애와 소비 말고 그들이 할 줄 아는 것은 별로 없었습니다.

> 방뒤브르가 미친 듯한 불길 속에서 타죽은 일, 푸카르몽이 우울증에 걸려 중국 바다에 빠져 죽은 일, 파산해서 평범한 사람으로 소박하게 살아가게 된 스타이너, 바보 같은 짓을 좋아하던 라 팔루아즈, 뮈파 일가의 비극적 파멸, 조르주의 허연 시체, 필리프가 전날 영창에서 나오자마자 그의 시체를 밤새 지켜야 했던 일, 파멸과 죽음을 가져온 그녀의 작업이 마침내 완수되었다. 변두리의 쓰레기에서 날아온 파리가 사회를 썩게 하는 효소를 가져와 이 모든 남자들에게 앉기가 무섭게 독을 뿌린 것이다. 그것은 잘된 일이었다. 차라리 당연한 일이었다. 그녀는 거지와 폐인밖에 없는 그녀의 세상을 위해 복수를 한 것이다. 그리고 마치 태양이 떠올라 살육의 현장을 비추듯, 그녀의 성이 쓰러져 있는 희생자들 위로 찬란하게 솟아올라 빛나고

> 있었다. 그녀는 매우 아름다운 짐승 같은 무의식을 지니고 있었다. 자기가 한 일이 무엇인지 여전히 잘 모르는 천진한 소녀였다.(『나나』, 578쪽)

나나에게 빠졌던 남성들은 모두 불행한 최후를 맞습니다. 무모하게 여성의 관능미에 빠져 생활을 돌보지 않은 값을 치른 셈이지요. 방되브르는 경제적 손해를 회복하기 위해 경마에서 부정을 저질렀다가 실패하고 마구간에 불을 질러 자살합니다. 푸카르몽은 우울증 때문에 조르주는 실연 때문에 자살하고 맙니다. 필리프는 군대 돈을 훔치다 걸리고, 스타이너는 파산합니다.

그렇다고 이들의 파멸을 순전히 나나 때문이라고 볼 수는 없습니다. 남성들의 제어할 수 없는 육체적 욕망이 이유라면 이유라 할 수 있겠지요. 위 글에서는 좀 더 과격하게 남성들의 파멸이 '거지와 폐인밖에 없는 그녀의 세상을 위한 복수'라는 표현을 씁니다. 그녀는 자신이 무슨 일을 했는지 모르지만 매우 아름다운 짐승 같은 무의식(아마도 계급적일)을 가지고 있다고도 평가합니다. 작가는 부르주아 사회를 썩게 하는 효소인 나나가 같은 세계 속에 무수히 존재한다는 사실을 독자들에게 알려주고 싶었는지도 모릅니다. 계급의 존재가 아니라 계급의 위협을 말입니다.

유한계급의 과시 상품

파리는 부르주아 계급과 노동자 계급이 공존하는 도시였지만, 공간의 나눔을 통해 두 계급을 분리시킨 도시이기도 했습니다. 제2 제정 시대 파리 외곽은 대부분 시골에서 올라온 사람들이 사는 곳이었습니다. 파리의 근대화 작업으로 오스만이 주도한 대공사가 벌어지자, 파리 중심부에 더 이상 살 수 없게 된 서민들도 외곽으로 몰려들어 합류하게 됩니다. 제르베즈와 랑티에 역시 일거리와 돈을 찾아 고향을 떠나 대도시로 올라온 수많은 노동자 중의 일부였습니다. 농부에서 노동자로 바뀐 이들은 도시의 달동네에서 살다가 다시 도시 북부와 남부의 외곽으로 밀려납니다.

『목로주점』의 주요 배경은 구트 도르입니다. 성문 밖에 형성된 이 주거지는 노동자들을 위험한 요소로 보고 이들을 경계 밖으로 내몰고자 한 부르주아들의 두려움이 반영된 공간이었습니다. 오스만의 파리 개조 사업은 17년(1853~1870)이라는 짧은 기간에 이루어집니다. 이 도시화는 중세 도시 파리를 근대도시로 만들었지요. 도심의 원활한 교통과 상하수도 시설 등 지금 파리가 자랑하는 체제를 만들었습니다. 새로운 파리는 비록 꼭대기 층이기는 하지만 한 건물에 부유층과 빈곤층이 같이 살았던 예전에 비해 노동자들이 살기에는 비싼 곳이 되었고, 가난한 노동자들은 변두리로 밀려날 수밖에 없었습니다. 당시 25,000명의 노동자나 수공업자가 주거대책도 없이 도심에서 쫓겨났고 파리 시내의 공사장에 출근하기 위해 1-2시간을 걸어야 했습니다.

이러한 파리 외곽 노동자들의 삶을 보여주는 상징이 '목로주점'입니다. 콜롱브 영감의 목로주점은 노동자들에게 치명적 타격을 가하여 파멸로 이끄는 힘을 가지고 있습니다. 이러한 힘의 원천은 증류수를 만들어 내는 알코올 제조기에서 나옵니다. '땅 속으로 내려가는 수많은 나선형 관'으로 이루어진 이 증류기를 '주정뱅이 노동자들'은 꿈꾸듯 바라보곤 합니다. 졸라는 그의 상상력을 통하여 『제르미날』의 르 보뢰 탄광이나 『인간짐승』의 기관차를 그의 애니미즘에 연결하여 묘사했던 것처럼 이 증류기에 생명을 불어넣어 무서운 힘을 발휘하는 야만적인 존재로 묘사합니다.* 괴물과도 같은 증류기 앞에서 노동자들은 아주 쉽게 알코올과 게으름의 유혹에 빠질 수밖에 없다는 것입니다.

> 결국 노동자는 포도주 없이 살 수 없다니까. 노아 할아버지가 함석장이들, 양복장이들, 대장장이들을 위해서 포도나무를 심은 게 틀림없어. 포도주는 뼛골 빠지는 노동의 피로를 씻어 주고, 게으름뱅이들의 배 속에 불을 지른단 말이야. 이 익살 광대 포도주란 놈이 당신들한테 마술을 걸면, 햐! 왕이 삼촌도 아니건만 파리가 다 당신들 게 되지. 등골이 휘도록 일하고 땡전 한 닢 없고 부르주아 놈들에게 무시당하는 노동자가 좀 즐기기로서니, 잠시나마 장밋빛 인생을 보고 싶어서 가끔 술을 마시기로서니 그렇게 나무랄 건 없잖아!(『목로주점』, 307-308쪽)

위에서는 술 없이는 살 수 없는 노동자의 처지가 강조됩니다. 노동의 피로를 풀어주는 데 술 만한 것이 없으며, 노동자로 사는 서러움을 잊는데도 술은 큰 도움이 된다고 하네요. 술은 육체적 피로뿐 아니라 정신적 불

---

* 이정옥, 「에밀 졸라의 목로주점에 나타난 노동자 삶의 은유와 상징 연구」, 『프랑스문화예술연구』34집, 2010, 265쪽.

만까지 풀어주는 역할을 합니다. 실제로 노동자들에게는 잠시나마 '장밋빛 인생'을 볼 수 있는 유일한 수단이 술인지도 모릅니다. 남자들뿐 아니라 여자들이 술을 즐기고, 배우자의 음주에 대부분 너그러운 이유도 서로 상대방의 처지를 이해하기 때문입니다.

술 없이는 한시도 살 수 없는 노동자들의 더러운 거리 안쪽에는 유한계급의 화려한 삶이 펼쳐져 있습니다. 노동자들이 현실을 잊기 위해 술을 소비하는 데 비해 부르주아들은 자신의 부를 드러내기 위해 과시적 소비를 합니다. 그들은 생산적 노동을 멀리하고 예술, 오락 등 비생산적인 일에만 탐닉하는 사람들입니다. 베블런이 말한 '유한계급'에 가깝다고 할 수 있습니다. 근대 부르주아 사회의 귀족, 자본가 등이 이에 속합니다. 그들은 과시적 소비를 통해 자신의 사회적 지위를 드러냅니다. 이는 바로 아래 계급들의 부러움을 사고 모방되어 유행을 만들어냅니다. 즉 과시적 소비로써 상류계급은 자신의 지위를 뽐내고 아래 계급은 그것을 모방함으로써 계급적 열등의식을 달래는 것이지요.* 나나를 욕망하는 남성들은 대부분 과시적 소비에 익숙한 부르주아들입니다.

나나 역시 유한계급의 소비문화를 따르지만 그녀가 그들과 같아질 수는 없습니다. 유한계급에게 나나는 과시적 소비의 대상에 불과하기 때문이지요. 그들은 나나를 소유하는 일이 곧 과시적 소비에 성공하는 일이라 여깁니다. 가장 화려한 집과 가구들을 들여놓고 그녀를 그 안에 살게 합니

* 소스타인 베블런, 『유한 계급론』, 김성균 역, 우물이있는집, 2012.

다. 그들은 다른 남성들보다 앞서서 나나를 소유하고 싶어 하며 그녀가 자신의 소유라는 것을 알리고 싶어 합니다.

나나에 의해 남자들이 하나 둘 파멸하자 기자인 포슈리는 '황금 파리'라는 제목의 기사를 통해 노동자 계급의 위험성을 경고합니다.

> 4-5대에 걸친 술꾼 집안에서 태어난 묘령의 여자 이야기였다. 그녀의 피는 가난과 음주벽의 오랜 유전으로 인해 더러워졌으며 신경성 장애 증세를 일으키고 있었다. 그 여자는 파리의 변두리와 거리에서 자랐다. 거름을 잘 친 화초처럼 키가 크고 아름답고 뛰어난 육체를 가진 그녀는 그녀를 태어나게 한 버림받은 사람들과 거지들을 위해 복수를 하려 한다. 백성들 속에서 생겨난 부패균이 그녀의 등장과 함께 퍼져서 귀족계급까지 썩게 하고 있다. 그녀는 자기 의지와는 상관없이 자연의 힘이 되고 파괴의 효소가 되어 눈처럼 하얀 자신의 허벅다리 사이에서 파리를 썩게 하고 질서를 문란하게 하고 있다.(『나나』, 271쪽)

기사에서 포슈리는 그녀를 부패균에 비유합니다. 그녀를 통해 파리 외곽에서 들어온 부패균이 귀족계급까지 썩게 만든다고 주장합니다. 이어지는 글에서는 그녀를 파리에 비유하기도 합니다. 쓰레기에서 날아온 햇빛 색깔의 파리 한 마리가 '거리에 즐비한 시체에서 죽음을 채취해', 궁전 창문으로 들어가서는 남자들 몸에 앉아 그들을 썩게 한다는 것입니다. 자신을 비롯한 유한계급의 타락 책임을 노동자 출신의 한 여인에게 돌리는 파렴치한 기사라 할 수 있습니다.

오히려 부르주아의 타락에 제대로 된 비판을 가하는 인물은 나나입니다. 그녀는 자신에게 '그 짓거리'를 요구한 건 남자들인데 여자들이 욕을 먹는 것이 부당하다고 말합니다. 쾌락을 추구하고 누린 것은 그들이지 자신이 아닌데 왜 타락의 책임을 자신이 져야 하는지 이해할 수 없다고 주장합니다. 자신은 전혀 즐겁지도 않았고 오히려 귀찮아 죽을 지경이었는데, 자신에게 책임을 지우는 것은 부당하다는 것이지요. 상식적으로 생각해보아도 부르주아 계급이 썩은 게 사실이라면 그 책임도 그들에게 있는 것이 맞겠지요.

그들은 나나와 관계없이도 충분히 악취를 풍길만한 스캔들을 만들어냅니다. 이는 뮈파 백작의 집 사정을 이야기하는 것으로도 충분합니다. 거의 청교도적인 금욕으로 살아가던 백작은 나나에 빠져 전혀 다른 사람이 됩니다. 그 사이 그의 부인 사빈은 〈르 피가로〉의 기자 포슈리와 연인이 됩니다. 포슈리는 위에 예로 들었던 기사를 썼던 그 기자인데, 그는 연극배우인 로즈와도 내연 관계에 있는 남자입니다. 물론 로즈도 남편이 있지요. 백작에게는 에스텔이라는 딸이 있는데 그녀는 다그네와 결혼합니다. 다그네는 유명해지기 전 나나의 후원자였던 남자입니다. 뮈파 백작 가족 말고도 이 소설에 등장하는 부르주아들은 나나 없이도 충분히 타락해 있고, 그런 '사교' 말고는 특별히 여가를 보내지도 못합니다. 그들을 위협하는 것은 담장 너머의 나나가 아니라 그들 삶 자체였던 것입니다.

우리가 사는 지옥

욕망에서 자유로울 수 있는 인간은 없습니다. 욕망은 이성만큼, 아니 이성보다 더 강력하게 우리를 움직이는 힘입니다. 사람에 따라 욕망의 크기가 다를 수는 있지만 욕망 자체가 없는 사람은 없습니다. 그렇다면 중요한 것은 무엇을 욕망할 것인가입니다. 하지만 불행히도 욕망의 방향과 부피를 스스로 결정할 수 있는 사람은 많지 않습니다. 졸라는 개인의 기질과 환경에 의해 그것이 결정된다고 보았습니다. 자본주의는 욕망의 절제가 아니라 욕망의 발현을 자연스럽게 받아들입니다. 주로 물질적 욕망이겠지만 그 욕망의 실현이 사회를 지옥으로 만듭니다.

프로이트가 무의식에 대해 했던 말을 원용하자면 욕망은 정화하고 승화시킬 필요가 있습니다. 욕망은 억누를수록 더 강하게 튀어 오르려는 성질이 있습니다. 그것에도 적당한 출구를 마련해 주어야 합니다. 인류는 그 역할을 담당할 수 있도록 예술이나 문화를 발전시켜 왔습니다. 물질적 욕망이나 관능적 욕망에 빠질 경우 인간은 거기서 쉽게 빠져나오지 못할 수도 있습니다. 이런 욕망은 인간성까지도 물질적인 것으로 여기도록 만듭니다. 그것에 대한 경고가 욕망을 다룬 소설의 진정한 주제라고 할 수 있습니다.

인간은 경제적인 문제가 해결되지 않으면 다른 영역에 눈을 돌리기 어렵습니다. 그런 의미에서 나나와 제르베즈의 삶을 우리는 충분히 동정할 수 있습니다. 그들에게는 주어진 환경에서 벗어날 유일한 길이 돈을 버는 것이었습니다. 그들의 삶은 돈과의 사투로 시종했다고 말해도 틀리지 않습니다. 그러나 부르주아들의 타락은 그것으로 설명할 수 없습니다. 그래서 귀족들의 규방 놀이는 더 짜증스럽게 느껴집니다.

『목로주점』과 『나나』를 통해 졸라는 인간의 악한 본능과 물질에 대한 욕망으로 타락해 가는 개인과 사회의 모습을 보여주려 했습니다. 너무 비판적으로 본 것이 아닌가 여기는 독자도 있을 겁니다. 그 시대에도 더 좋은 사람, 더 나은 환경이 충분히 있었을 거라고 주장할 수 있습니다. 졸라의 소설에 호감을 느끼지 못하는 사람은 그의 소설이 지나치게 비참하다고 말합니다. 그의 인물들이 너무 욕망에만 휘둘린다고도 말하지요. 그럴 듯한 비판이긴 하지만 졸라가 그린 세상이 실재하지 않는다거나 현재 우리가 졸라와는 다른 시대에 살고 있다고 자신 있게 말할 수는 없습니다. 아이들에게는 좋은 것만 보여주고 좋은 이야기만 들려줘야 한다고 생각하는 부모라면 그럴 수 있겠지만, 험한 세상을 살아가야 하는 어른이라면 이런 현실에 마냥 눈을 감고 있을 수만은 없는 일입니다.

도리언 그레이와 영원한 젊음

오스카 와일드, 『도리언 그레이의 초상』

불멸이라는 꿈

현존하는 가장 오래된 신화인 '길가메시 이야기'는 불멸에 대한 인간의 욕망이 얼마나 오래 되었는지를 잘 보여줍니다. 유프라테스 강가 우르크의 왕 길가메시는 자신과 대결했던 엔키두와 절친한 사이가 되어 수많은 모험을 함께 합니다. 하지만 신들의 노여움 끝에 그가 죽자 큰 충격을 받게 되지요. 제아무리 영웅이라도 인간은 모두 죽는다는 슬픈 현실을 깨닫게 되어서입니다. 이에 길가메시는 영생의 비밀을 듣기 위해 죽지 않는 유일한 인간인 우트나피시팀과 그의 아내를 찾아 긴 모험에 나섭니다. 그는 고생 끝이 영생의 기회를 얻는 듯 했지만 결국 실패하고 고향으로 돌아오게 됩니다.

이후에 나온 신화들에서도 불멸에 대한 관심은 줄어들지 않습니다. 그리스 신화의 신들은 인격화되어 있지만 인간과 달리 그들은 불멸의 운명을 타고납니다. 인간과 신 사이에서 태어난 그들의 자식들은 비록 불멸은 아니지만 사후에 올림포스에 자리를 잡게 됩니다. 인간 중에서도 영웅은 사라지지 않는 존재로 여겨지곤 합니다. 호머의 『오디세이아』에는 주인공 오디세우스가 죽은 자들을 만나러 가는 장면이 있는데, 죽은 영웅들은 따로 마련된 사후 공간에 모여 살아가는 것으로 나옵니다. 인간이기 때문에 그들의 불멸은 육체의 불멸이 아니라 영혼의 불멸입니다.

기독교 문화에 바탕 한 또 다른 신화 『신곡』에도 수많은 죽은 자들이 등장합니다. 베아트리체를 향해 가는 단테는 사후 세계의 다양한 모습을 보게 되는데, 지옥, 연옥, 천국 그리고 림보를 지나갑니다. 비록 지상과 같지는 않지만 죽은 이들의 영혼은 자기 무게에 어울리는 공간에서 사라지지 않고 고통을 받거나 행복을 누리면서 영원히 살고 있습니다. 이런 생각 역시 불멸에 대한 인간의 기대를 반영한 것이라 할 수 있습니다. 물론 신앙이라는 문제를 놓고 보면 복잡해지겠지만, 단테는 예수 탄생 이전에 살았던 사람들까지 배려하는 아량을 보입니다. 사후 세계를 인도하는 이는 베르길리우스인데 예수를 몰랐던 그는 천국에는 갈 수 없는 존재이지만 지옥에 떨어지지도 않습니다.

동양의 도교에는 신선이라는 관념이 있고, 불교에는 윤회라는 사상이 있습니다. 이들 모두 현재의 삶이 전부가 아니고 죽음으로 모든 것이 사라지는 것은 아니라는 공통된 생각을 바탕에 깔고 있습니다. 이들은 모두 죽음은 두려워할 사건이 아니라 다른 출발을 위한 하나의 단계라고 말합니다. 이처럼 사후에 대한 수많은 이야기들이 존재하는 이유는 대부분의 인간이 사후에 대한 불안을 안고 있기 때문입니다. 인간은 신화든 종교든 어딘가에 기대고 싶을 만큼 죽음에 대한 매우 강한 공포 속에서 살고 있는 것입니다. 더 직설적으로 말한다면 인류에게 죽음보다 더 큰 공포는 존재하지 않습니다.*

불멸을 향한 인간의 욕망은 옛이야기 속에만 존재하는 것이 아닙니다. 역사 속에서도 불멸을 꿈꾼 이들의 흔적을 어렵지 않게 발견할 수 있습니다. 인류가 만든 가장 무용한 구조물이라 불리는 피라미드는 죽은 자의 부활을 믿는 이집트 사람들의 믿음과 열망이 없었다면 만들어지지 않았을 것입니다. 불사초와 불노초를 구하기 위해 각지로 사람을 보냈다는 진시황의 열망도 잘 알려져 있습니다. 그의 무덤 역시 마찬가지입니다. 정도는 약할지 모르지만 무덤에 평소에 죽은 자가 사용하던 물건을 함께 넣어주는 풍습, 노잣돈을 넣는 풍습도 다른 생의 존재를 전제하는 것입니다. 아, 끔찍한 순장의 풍습도 빼놓을 수 없겠군요.

소설도 이러한 불멸의 꿈에 대해 종종 이야기합니다. 다만 그러한 꿈이 가능하다는 전제가 아니라 불가능하다는 전제에서 출발하는 경우가 많지요. 근대 소설은 죽음은 피할 수 없다는 생각, 비록 사후에 대한 기대가 있더라도 현세의 이야기는 현세에 머문다는 생각을 받아들입니다. 불멸은

---

* 셸던 솔로몬 외, 『슬픈 불멸주의자』, 이은경 역, 흐름출판, 2016, 135-145쪽.

오히려 괴기스러운 것으로 취급되지요. 『걸리버 여행기』에 등장하는 죽지 않는 사람들은 전혀 행복하지 않고, 흡혈귀나 좀비의 삶은 죽음만도 못한 것으로 그려지지요. 영원한 젊음이라는 주제 역시 불멸이라는 주제와 비슷한 면이 많습니다.

도리언 그레이 증후군

오스카 와일드의 소설 『도리안 그레이의 초상』(1890년)* 은 불멸과 젊음에 대한 욕망으로 파멸해가는 한 인간에 대한 이야기입니다. 주인공 도리언 그레이는 필멸mortal의 인간이 가진 운명을 거부하고 향락과 도취에 영원히 머물고자 한 어리석은 인물입니다. 그는 죽음과 늙음을 두려워한 나머지 사랑, 우정, 믿음 등 삶이 주는 가치 있는 선물들을 모두 포기합니다. 도리언 그레이는 불멸의 욕망에 사로잡힌 인간이 어떻게 괴물이 되어 가는지 잘 보여줍니다.

소설의 줄거리는 이렇습니다. 화가 버질은 도리언이라는 20세의 청년에게서 최고의 미를 발견하고 정성을 기울여 그의 초상화를 그립니다. 너무나도 아름답게 완성된 그 그림에는 도리언의 영혼이 담기게 되지요. 순진한 도리언은 버질의 화실에서 쾌락주의자 헨리 워튼 경을 만나고 그의 영향을 받아 점차 악과 관능의 세계에 빠져듭니다. 영혼을 그림에 맡겨버

---

* 오스카 와일드, 『도리언 그레이의 초상』, 김진석 역, 펭귄클래식 코리아, 2008.

린 도리언은 점차 타락하지만 그 추함은 초상화의 도리언 몫이 되고 현실의 도리언은 변함없이 아름다운 채로 남습니다. 방탕한 생활에 젖은 도리언은 수많은 여자들을 유혹하고, 지저분한 뒷골목을 드나들 뿐 아니라 살인까지 서슴지 않습니다. 그는 자신의 방탕한 삶을 걱정하는 버질마저 죽이지만, 해더 머튼이라는 순박한 처녀를 알게 되면서 지난 악행을 후회합니다. 도리언은 새로운 삶을 찾기 위해 피에 물들어 추하게 늙어버린 자신의 초상화를 칼로 찢으려 하지만 칼에 찔려 죽은 것은 도리언 자신이며 초상화는 본래의 아름다운 모습을 회복합니다.

이런 도리언의 비극은 한량 생활을 하는 귀족 헨리 경과의 만남에서 시작됩니다.

> 혹자는 아름다움이란 단지 피상적일 뿐이라고 말한다오. 어쩌면 그럴지도 몰라요. 하지만 적어도 사람의 사고만큼 피상적이지는 않아요. 내게는 아름다움이야말로 경이로움 자체와도 같다오. [……] 그래요, 그레이 씨, 신은 당신에게 관대했어요. 그러나 신은 그것을 곧 도로 빼앗아갈 거요. 당신은 불과 몇 년 동안 참되고 완벽하며 충만한 삶을 살겠지. 그 젊음이 사라지면 당신의 아름다움도 따라서 사라지고, 그때가 되면 당신은 어떤 것에도 승리하지 못했다는 것을 불현듯 깨닫게 될 거요. 혹은 지난 과거의 기억이 패배보다 훨씬 더 쓰라리다는 사소한 깨달음에 만족해야 할 거요.(73쪽)

헨리는 도리언의 아름다움에 대해 최고의 칭찬을 아끼지 않습니다. 그는 젊음만큼 아름다운 것은 없다고, 젊음보다 더 가치 있는 것은 없다고 말하지요. 하지만 젊음이 지속될 수 있는 시간은 길지 않으며 다시 돌이킬 수 없다고 하여 도리언을 우울하게 만듭니다. 사실 청춘에 대한 유별난 찬사와 인생의 덧없음에 대한 경고는 그리 특별할 게 없습니다. 인간이라면 누구나 공감할 수 있는 말일 테니까요.

지금 충분히 아름다움에도 불구하고 도리언은 그 아름다움이 사라질 미래에 대한 걱정에 빠집니다. 젊음이 사라지면 철저한 패배의식에 빠질 것이라는 헨리의 말에 동의하는 것이지요. 그런데 헨리는 젊음을 칭송하기는 하지만 왜 그 젊음이 칭송의 대상이 되는지에 대한 다양한 관점을 가지고 있지는 못합니다. 건강한 육체가 전해주는 조화와 균형 그리고 거기서 발현되는 싱그러운 느낌에 집착하는 사람이지요. 그래서 당연하게도 헨리가 칭송하는 것은 도리언의 외모 뿐입니다. 헨리는 외모 외의 다른 무엇을 알려고 노력하지도 않습니다.

젊음이 아름다운 이유는 에너지의 충만함 때문이기도 하지만, 그것이 유지되는 시간이 길지 않기 때문입니다. 이런 관점에서 보면 젊음이 아니어도 인생의 모든 국면은 아름답습니다. 비록 아쉬운 점이 있다 해도 무언가에 기쁨을 느끼고 가치를 느낄 수 있다면 그때가 인생의 절정입니다. 어린 시절의 성장이라는 경이로운 경험을 아름답게 생각할 수 있고, 장년이 된 어른의 성숙함을 아름답다고 말할 수 있습니다. 변화하는 큰 흐름 속에서 달라지는 그때그때의 상황을 견디거나 즐기는 것이 인생입니다.

하지만 도리언은 헨리가 감탄한 젊음이라는 현재의 아름다움을 절대시하게 됩니다. 오직 그것만이 인생의 가치 있는 보물이라고 생각하지요.

"얼마나 슬픈가?" 도리언 그레이는 여전히 자신의 초상화에서 눈을 떼지 못하면서 낮게 중얼거렸다. "얼마나 슬픈 일인가! 난 점차 늙고 끔찍하고 흉해지겠지. 이 6월의 특별하게 젊은 날은 다시는 오지 않겠지……. 만약 다른 수가 있다면! 내가 언제나 젊고 이 그림이 대신 나이를 먹을 수 있다면! 그럴 수만 있다면, 그럴 수만 있다면 난 뭐든지 바칠 텐데! 그럼, 그것을 위해서라면 세상에 내가 바치지 못할 게 뭐가 있을까! 내 영혼이라도 기꺼이 내어줄 거야!"(78쪽)

주인공은 자신의 초상화에서 눈을 떼지 못하고 아름다움에 도취되어 있습니다. 그 도취는 곧 슬픔으로 이어지는데, 자신의 젊음이 여름 한 철처럼 다시 돌아오지 않으리라는 것을 알기 때문이지요. 급기야 그는 현재의 젊음을 유지할 수만 있다면 영혼까지 바치겠다고 맹세합니다. 이 맹세가 이루어져 도리언 그레이는 젊음을 유지할 수 있게 됩니다. 그는 초상화에 맹세하면서 "내가 바치지 못할 게 뭐가 있을까! 내 영혼이라도 기꺼이 내어줄 거야!"라고 하지만 그것이 무엇을 의미하는지 구체적으로 생각하지는 않습니다. 이후 도리언은 젊음을 얻지만 그의 영혼은 끝없는 타락의 길을 걷게 됩니다.

위 예문은 이후에 주인공의 이름으로 정립되게 될 도리언 그레이 증후군의 첫 장면이기도 합니다. 이 증후군에 빠진 사람은 아름다움과 젊음만을 좇으며 자신의 늙어가는 모습을 두려워합니다. 지나치게 까다로워지거나 심각한 자기중심적 사고에 빠지기도 하지요. 그 정도가 심해지면 정신질환으로 발전할 수도 있습니다. 이것은 외관이나 육체에 근거하는 극단적인 자존심과 연결되고, 자기애적 성애, 발육 지체, 성도착 등의 증상으로 나타나기도 합니다.

더 근본적으로 보면 도리언 그레이 증후군은 나르시즘의 일종이기도 합니다. 그리스 신화에 등장하는 인물 나르시스는 강의 신인 케피소스와 레이리오페 사이에서 탄생했다고 합니다. 연못에 비친 자기 모습에 반하여 물에 빠져 죽은 인물이지요. 나르시스는 출생 때부터 너무나 아름다워서 그렇게 아름다운 피조물이 오래 살 수 있겠느냐는 질문을 받았다고 합니다.

도리언 그레이 역시 아름다운 젊은이였지만, 바질의 화실에서 헨리 경을 만나기 전까지는 자신의 아름다움을 알지 못했습니다. 헨리 경이 도리언의 아름다움을 일깨우고 젊음이 힘없이 시들어질 수밖에 없는 덧없는 것임을 각성시키는 순간 도리언은 아름답고 순수한 젊은이에서 욕망으로 가득 찬 악마로 변해 갑니다.

도리언 그레이 증후군은 일종의 염려증에 해당합니다. 젊음이 지나간 시절을 미리 앞질러 걱정하는 것이니까요. 마치 많은 사람이 암에 걸린다는데 나도 암에 걸리면 어쩌지 하고 걱정하는 사람처럼 말입니다. 더 확대하면 이 증후군은 미래에 대한 불안을 나타내는 징후라고 볼 수도 있습니다. 현재의 아름다움과 쾌락에 매달리는 태도는 더 나은 미래를 기대하지 않는다는 의미이기도 하니까요.

미래에 대한 기대라는 관점에서 보면 우리 시대는 도리언 그레이 증후군의 시대라 부를 수 있습니다. 젊은 시절 착실히 준비하면 더 나은 미래를 기대할 수 있다고 생각하는 사람들의 숫자가 점점 적어지는 것 같기 때문입니다. 반대로 어차피 노력해도 지금 어른들처럼 성공할 수 없다면 젊은 시절을 가능한 길게 즐기는 것이 낫다고 생각하는 사람들은 늘어가는 듯 합니다. 말하자면 많은 사람들이 미래보다 현재가 더 낫다고 생각하는 것이지요.

정신과 육체의 이분법

도리언 그레이는 육체의 아름다움에만 집착하고 정신의 아름다움에는 무관심한 인물입니다. 그가 생각하는 미적인 것과 쾌락은 오로지 눈에 보이는 것에만 있습니다. 젊은 주인공이 이러한 생각에 빠지게 되는데도 역시 헨리 경의 영향이 절대적입니다.

> "아름다움이란, 진정한 아름다움이란 지적인 표현이 시작되는 곳에서 사라지고 만다네. 지성이란 본래 과장된 표현 양식이어서, 어떤 얼굴이든 그 조화를 일그러뜨리니까."(45쪽)
>
> "양심과 소심함은 사실상 같은 것이라네, 바질. 양심은 고집스러움을 일컫는 말이지. 그게 전부라네."(51쪽)
>
> "난 사람들을 넓게 구분한다네. 외모가 훌륭한 이들은 벗으로 선택하지. 성격이 좋은 이들은 지인으로 삼고, 지성이 뛰어난 이들은 적으로 삼는다네."(53쪽)
>
> "왜냐하면 당신에겐 가장 멋진 젊음이 있으니까. 젊음이란 간직할 가치

가 있는 유일한 것 중 하나라오."(72쪽)

헨리 경은 순진한 도리언 그레이의 교사 역할을 합니다. 잘 생긴 그레이에게 동성애적인 애정을 보여주기도 하지요. 그런데 그가 생각하는 아름다움은 육체에 한정됩니다. 육체와 균형을 갖추어야 할 정신의 깊이나 아름다움을 그는 인정하지 않습니다. 위에서 확인할 수 있듯 그는 지성이나 양심과 같은 가치들은 젊음의 아름다움에 비해 하찮은 것으로 취급합니다. 젊음을 '간직할 가치가 있는 유일할 것'이라고 말하는 데서는 '찰라'의 미에 가치를 두는 그의 세계관을 알 수 있습니다. 이처럼 미적인 것을 가장 높은 곳에 두는 태도를 흔히 탐미주의라고 부르지요.

조금 과격해 보이는 이러한 미학적 관점에는 당시 유행하던 사실주의 문학에 반발했던 와일드의 문학관이 담겨 있습니다. 흔히 빅토리아 시대로 부르는 영국의 19세기는 보수적인 문화적 분위기가 팽배했던 시절로 알려져 있습니다. 이 시대를 대표하는 사상가 매슈 아놀드는 그의 『교양과 무질서』에서 육체의 저속함을 혐오하는 관점을 노골적으로 드러내기도 했지요. 굳이 아놀드가 아니어도 이 시기 지식인들은 정신과 육체를 고귀함과 천박함으로 엄격하게 이분화하여 내면화하려 했습니다. 후대의 평자들은 이 시기를 정신을 강조한 나머지 육체를 개인의 정체성에서 소외시킨 시대로 평가하기도 합니다. 정신이 아닌 육체에 대한 이 소설의 집착은 말하자면 육체를 소외시킨 시대에 대한 반발이었다고 할 수 있습니다.

물론 육체를 소외시키는 문화가 비단 빅토리아 시대에 한정되지는 않습니다. 근대 이후 인간의 몸은 사회와 문화 밖에서 존재하는 것으로 취급되었고, 그것이 자기를 찾으려는 개인들에게는 불안의 원인이 되었던 것이 사실입니다. 정체성의 탐구는 문화 중심으로 이루어지고 개인은 그 문화 안에 포섭되는 하나의 세포 정도로 취급되는 경향이 없지 않았습니다. 이는 어찌 보면 당연하기도 한데, 서구의 근대는 부르주아적 직업의식과 더불어 기독교적 금욕주의를 중요하게 생각하는 문화 안에서 발전한 것이니까요. 이런 문화 속에서 『도리언 그레이의 초상』은 극단적 미적 쾌락의 추구과정에서 육체의 상실과 이로 인한 시간의 상실, 그리고 초상화의 변화로 나타나는 불안이 하나의 원환으로 서로 맞물려 있는 작품이라 할 수 있습니다.*

그렇다고 이 소설에서 탐미하는 대상이 인간의 육체에만 머물지는 않습니다. 인물들이 탐미하는 대표적인 대상은 예술입니다.

우선 초상화를 대하는 인물들의 태도를 살펴보지요. 이 소설의 대전제는 도리언이 캠버스에 물감을 바른 것에 불과한 그림에 인간의 영혼을 담는다는 것입니다. 자신과 너무도 닮아서 그렇다고 하지만 도리언은 그림을 단순한 사물로 여기지 않습니다. 도리언 뿐 아니라 그림을 그린 화가 바질 홀워드 역시 마찬가지입니다. '감정을 품고 그린 모든 초상화', '그 대상의 초상이라기보다 화가 자신의 초상'(49쪽)이라고 주장하지요. '화

* 권은녀, 「『도리언 그레이의 초상』에 나타난 시간과 육체의 상실」, 『새한영어영문학』57, 2015, 4쪽.

가가 그림으로 드러내는 것은 그 대상이 아니'고, '채색된 캔버스에는 화가 자신이 드러난다'는 말도 합니다. 그가 생생하게 잘 그린 그레이의 초상화를 미전 등에 출품하지 않는 이유도 이런 생각 때문입니다. 그림에 자기 영혼의 비밀이 드러난다고 생각하는 것입니다. 버질의 태도에는 자신들의 천재를 천박한 대중들에게 함부로 드러내지 않겠다는 거만한 생각도 담겨 있습니다.

예술을 절대시하는 도리언의 태도는 그의 첫 사랑을 파탄으로 몰고 갑니다.

> 아, 생각만 해도 견딜 수가 없어! 차라리 당신에게 눈길을 주지 않았더라면! 당신은 내 삶의 낭만을 망쳐버렸어. 어떻게 사랑에 대해 그렇게 모를 수가 있어. 사랑 때문에 자신의 예술을 망쳤다고 제 입으로 말하다니. 당신에게 예술이 없다면 당신은 아무것도 아니라고 난 당신을 유명하게, 찬란하고 숭고하게 만들려고 했는데, 세상은 당신을 숭배할 테고, 당신은 내 아내가 되었을 텐데, 이제 당신은 뭐지? 예쁘장한 얼굴의 삼류 배우일 뿐이야.(168쪽)

도리언은 어느 허름한 소극장에서 본 여배우 시빌에게 마음을 빼앗깁니다. 비록 뛰어난 배우는 아니었지만 시빌은 연기만이 삶의 유일한 현실이고 그것만이 진짜인 줄 알았던 여인이었습니다. 하지만 잘 생긴 귀족이 자신에게 관심을 보이자 그녀는 연극이 아닌 도리언에게 빠져듭니다. 그녀는 예술이 주는 실존하지 않는 그림자에서 빠져나와 진짜 현실인 도리언에서 '모든 예술이 줄 수 있는 그 이상의 의미'를 발견하게 되는 것이지요. 그녀에게 도리언은 예술보다 숭고한 실체였습니다.

그런데 불행하게도 도리언이 사랑한 것은 현실의 그녀가 아니라 그녀가 가진 예술적 아름다움 뿐이었습니다. 시빌이 무대 위의 줄리엣에서 현실의 줄리엣으로 변하자 그녀의 연기는 치졸해지고, 그녀의 연기에서 매혹을 느낄 수 없었던 도리언은 그녀를 냉정하게 버리고 맙니다. 그때 그의 영혼을 담은 도리언의 초상화에 최초의 변화가 일어나기 시작하지요. 도리언은 뒤늦게 잘못을 깨닫고 그녀와 결혼할 결심을 하지만, 사랑하는 이에게 버림 받은 시빌은 이미 자살해 버린 뒤였습니다. 자살 등으로 복잡해지기는 하지만 이 사건은 정신에 대한 하나의 태도를 보여줍니다. 도리언은 그녀의 외모와 연기를 사랑했지만, 그녀가 도리언과 정신적인 사랑을 추구하자 그녀를 버린 것입니다.

도덕적 타락과 아름다움

탐미주의는 단순히 예술에 한정된 문제는 아닙니다. 좀 더 넓게 보면 세계를 대하는 태도라 할 수 있지요. 특히 탐미주의는 시대의 도덕 문제와 떼어 생각할 수 없습니다. 도덕은 자주 선과 악의 문제와 연결되곤 하는데, 이 소설도 선이란 무엇인가에 대한 질문을 피하지 않습니다.

"선하다는 건 자신의 자아와 조화를 이루는 거지." 그는 끝을 잘 다듬은 창백한 손가락으로 술잔의 가는 굽을 만지작거리며 대답했다. "불화란 남들과 조화하도록 강제당할 때 생겨난다네. 자기 고유의 삶, 그것이 중요하지. 이웃의 삶에 관해서라면, 만일 누군가가 스스로 도덕가나 청교도가 되기를 바란다면 자신의 도덕적 관점을 과시하며 떠들어댈 수만 있을 뿐, 이웃들은 진정한 그의 관심사가 아닌 게지. 게다가 개인주의는 정말로 더 높은 목표가 있다네. 현대의 도덕은 그 시대의 규범을 받아들이는 것을 목표로 삼지. 나로선 교양이 있는 어느 누구라도 그 시대의 규범을 받아들이는 이들을 가장 부도덕하게 여긴다네."(154쪽)

이 역시 헨리가 도리언에게 한 말입니다. 그는 선이란 자신의 자아와 조화를 이루는 것이라고 정의합니다. 이에 비해 불화는 남들과 조화를 강제당할 때 생겨난다고 하지요. 헨리가 보기에 현대의 도덕은 시대의 규범을 받아들이는 데 지나지 않습니다. 따라서 시대의 도덕과 불화하는 일은 더 높은 목표로 가기 위해 필수적으로 겪어야 하는 과정입니다. 진정한 교양은 그 시대의 규범을 넘어서는 데 있기 때문이지요. 그는 교양이 있는 자가 시대 규범을 받아들이는 것은 부도덕하다고까지 말합니다. 이런 생각에 따르면 예술지상주의나 탐미주의 역시 시대와 불화하지만 그것만으로 도덕적이지 않다고 볼 수는 없는 것입니다. 현재의 지배적인 예술 경향이 절대 기준은 아닐 테니까요.

기존 도덕에 대한 거부가 이 소설만의 고유한 특징은 아닙니다. 근대 문학과 철학에서는 인간의 행위를 결정하는 데 있어서 도덕이 할 수 있는 역할이 얼마나 되는지에 대해 계속 의문을 제기해 왔습니다. 도덕이란 기성관념이나 규범을 이데올로기적으로 정리한 것에 지나지 않는다는 생각은 사실 일리가 있기도 합니다. 관점에 따라서는 칸트의 정언명령이나 메튜 아놀드 식의 교양조차 지배계급을 위한 이데올로기라고 볼 수 있습니다. 착하게 살라, 예의를 지켜라, 절차를 존중해라 등의 도덕이란 결국 자아의 요구보다는 현재의 질서에 순종하는 경향이 강하니까요.

한편 이 소설은 늙어가는 초상화를 타락이나 범죄와 연결시킵니다. 그레이의 초상화에는 그의 내면이 나타난다고 할 수 있는데, 그것은 죄를 지은 얼굴이자 추악하고 잔인한 얼굴입니다. 자기 행위에 따라 초상화가 추해지는 것을 알게 된 도리언은 초상화를 가림막으로 가려버립니다. 이때부터 초상화는 자신을 비추는 역할이 아니라 자신을 감추는 역할을 하게 되지요.

> 자주색 관 덮개 속의 캔버스에 그려진 얼굴은 점차 흉포해지고 무기력해지고 추잡해질 것이다. 그것이 무슨 상관이란 말인가? 아무도 볼 수 없을 텐데. 도리언 자신도 보지 않을 것이다. 자신의 영혼이 소름끼치게 타락해 가는 모습을 굳이 살펴볼 이유가 뭐란 말인가? 그는 젊음을 유지할 것이고, 그것으로 충분했다.(217쪽)

> 그런 다음 캔버스 위의 사악하고 늙어가는 얼굴을 들여다보다가, 다시 잘 닦인 거울 속에서 자신을 쳐다보며 웃고 있는 젊고 잘생긴 얼굴을 바라보았다. 그처럼 극명하게 대조적인 모습은 그의 쾌감을 자극했다. 그는 자

신의 아름다움에 점점 더 반했으며, 그 자신의 영혼의 타락에도 점점 더 흥미를 품게 되었다.(225쪽)

초상화를 가림으로 해서 도리언은 도덕에서 더욱 자유로워집니다. 거울을 보지 않으면 자신의 외모가 어떻게 변했는지 생각하지 않아도 되는 것처럼 말입니다. 초상화 속의 자신이 추해지는 것이 무슨 상관이냐고 도리언은 스스로에게 묻습니다. 그 추한 모습을 아무도 볼 수 없고, 실제 사람들이 보는 모습은 현실의 젊은 자기 모습일 텐데 말입니다. 스스로 자기 행위에 대한 도덕적 판단을 유예시킨다면 도리언에게는 아무런 문제도 발생하지 않을지 모릅니다. 그러기 위해서는 절대 가림막 안의 그림을 궁금해하지 말아야 하겠지요. 들추어 보아서도 안 되고요.

가림막으로 가려서 겉으로 보이는 타락의 증거를 외면한다는 발상은 근대 도덕의 근본적인 문제를 비판한 것이기도 합니다. 남들이 보지 않으면 어떻게 살아도 좋다는 생각은 도덕이 감추고 있는 부정적인 이면에 해당하니까요. 도덕이란 개인 내면에서 시작되었지만 사회적 평가로 귀결되는 영역입니다. 내면에서 만들어낸 규율이 아니라 사회적 규율인 셈입니다. 따라서 다른 사람들에게 들키지 않으면 개인은 아무런 도덕적 비난도 처벌도 받지 않는 것이지요. 양심이라는 거울에 자신을 비추지만 않는다면 말입니다.

하지만 도리언은 젊음을 유지할수록 더욱 행복해지는 것이 아니라 점점 불안해집니다. 퇴폐적인 생활도 그에게 어느 수준 이상의 만족을 주지는 못합니다. 현재의 젊음이 연장되면 될수록 미래에 닥쳐올 파국에 대한 걱정은 커질 수밖에 없으니까요. 그런 걱정 때문인지 그는 긴 시간동안 여러 곳을 기웃거렸습니다. 로마 가톨릭 종단에 입단하려 한다는 소문이 있었고, 향기와 그 제조법의 비밀을 연구했다는 말도 있었습니다. 실제로 그는 한때 음악에 몰입합니다. 보석 연구와 자수품, 북유럽의 벽걸이 융단에 관심을 쏟기도 하지요. 그는 감각적인 생활뿐 아니라 그에 대응하는 정신적인 생활이 있다는 것도 알아 갑니다.

다양한 주제에 대해 연구해가면서 그는 아름답고 훌륭한 사물들이 시간이 지남에 따라 파멸하는 현상에 대해 깊이 생각하게 되고, 슬퍼하게 됩니다. 그리고 자신에게 닥쳐올 파멸을 모면하는 일에 더욱 집착하게 되지요. 본인을 점점 더 압박해오는 초상화를 보면서, 도리언은 본인이 미덕을 갖춘 이가 되어 초상화에 새겨지는 도덕적 타락을 되돌릴 수도 있다고 잠시나마 생각해봅니다. 하지만 그것이 불가능하다는 사실은 스스로 잘 알고 있습니다. 두려움과 불안에 사로잡힌 도리언이 고상한 취미에 아무리 몰두하여도 그의 결핍은 결코 충족될 수가 없었습니다.

이처럼 도리언은 초상화에 영혼을 팔아버림으로써 벗어날 수 없는 함정에 빠지고 맙니다. 그 불행의 시작에는 젊음에 대한 집착이 놓여 있습니다. 헨리와 도리언은 늙음을 추함과 타락으로 젊음을 아름다움과 선으로 생각합니다. 거기에 시대의 도덕에 대한 거부 역시 이들을 함정에 빠뜨립니다. 나르시시즘에 빠진 도리언은 자기 외에 다른 어떤 것에서도 가치를 찾지 못합니다. 의미를 자기 안에서만 찾고자 하면 결국 죽음이라는 자연의 법칙 앞에서 절망할 수밖에 없는 것이 인간입니다. 영생을 얻을 수 있느냐 없느냐가 가장 중요한 가치라면 결국 인간은 패배할 수밖에 없습니다.

영혼의 구원이라는 주제

영생이라는 소재를 다루고 있지만 육체와 젊음의 문제가 아닌 영혼의 문제를 중심에 두고 있는 작품이 괴테의 그 유명한 『파우스트』입니다. 19세기 유럽의 지식인이라면 파우스트 전설과 괴테의 희곡을 모두 잘 알고 있었다고 합니다. 오스카 와일드 역시 마찬가지였을 텐데, 그렇다면 영혼의 구원을 성취한 파우스트 박사 이야기는 『도리언 그레이의 초상』에서 전복되는 셈입니다. 도리언 그레이에게는 구원은 없고 오직 파멸만이 있을 뿐이니까요.

괴테의 희곡 『파우스트』는 복잡하고 다양한 의미를 담고 있지만 그 내용을 정리하면 이렇습니다.

신과 악마 메피스토펠레스가 인간 파우스트를 두고 내기를 하는 데서 이야기는 시작됩니다. 지상에 사는 파우스트를 유혹하여 인간이 과연 올바른 길을 갈 수 있는지를 시험해 보기로 한 것이지요. 유혹을 위해 메피스토는 검은 개로 변해 파우스트와 거래를 합니다. 거래 조건은 이 세계에서는 메피스토가 파우스트의 종노릇을 하여 인생의 즐거움을 느끼게 해주고, 대신 파우스트가 현실에 만족하여 '순간아 멈추어라, 너 정말 아름답구나!'라고 외치는 순간 그의 영혼을 지옥으로 데려가 종으로 삼겠다는 내용이었습니다.

메피스토에게 젊음을 얻은 파우스트는 젊은 여인 그레트헨에게 한눈에 반해 사랑에 빠지게 됩니다. 하지만 그레트헨은 메피스토의 음모로 오빠를 잃고 어머니를 살해하게 되지요. 파우스트의 사생아까지 낳는 고통을 겪은 그녀는 감옥에 갇히고 맙니다. 이를 모르는 파우스트는 그레트헨의 오빠를 죽인 죄를 피해서 하르츠 산속으로 도망쳤는데 그곳에서 발푸르기스의 밤*을 보내게 됩니다. 발푸르기스 밤이 끝나고 뒤늦게 그레트헨이 사형의 위기에 처했다는 사실을 알게 된 파우스트는 메피스토를 협박해서 그레트헨을 구출하러 갑니다. 그레트헨을 탈출시키려는 파우스트와 자신의 추악함을 이기지 못하고 형벌을 받으려는 그레트헨의 대화 후 그녀는 결국 탈출을 포기하고 자신을 신에게 바칩니다. 시간이 지나 파우스트는 절세 미녀 헬레나와 결혼하게 되는데 아들의 죽음으로 이 역시 비극으로 끝납니다.

이후 파우스트는 전쟁에서 공을 세우고 황제에게 영지를 받아 간척 사업을 벌입니다. 눈까지 멀어 가며 유토피아를 만들어 낸 그는 그곳에서 참된 삶의 의미를 깨닫습니다. 그리고는 애초의 계약대로 감탄을 하게 됩니다. "나는 이러한 민중을 지켜보며,/ 자유로운 땅에서 자유로운 백성과 살

---

* Walpurgisnacht. 중부 유럽과 북유럽에서 4월 30일에서 5월 1일 사이에 행하는 봄의 축제. 독일에서 발푸르기스의 밤은 마녀들이 브로켄에서 큰 축하 행사를 열고 봄이 오기를 기다리는 밤이다.

고 싶다./ 그러면 순간을 향해 이렇게 말해도 좋으리라./ 〈멈추어라, 너 정말 아름답구나!〉"* 라고 말이지요. 메피스토는 드디어 목적이 이루어졌다고 믿으며 영혼을 데려가려 합니다. 하지만 그 순간 천사들이 내려와 "끊임없이 노력하는 자는 구원받을 수 있다"고 하며 파우스트의 영혼을 구원합니다.

『파우스트』와 『도리언 그레이의 초상』은 영혼을 건 계약이라는 점에서 유사합니다. 늙은 학자가 젊음을 회복하려는 이야기와 젊은 미남이 젊음을 유지하려는 이야기라는 점도 닮은 면이 있습니다. 신과 악마의 내기에서 시작해 다분히 중세의 신학적인 분위기를 풍기는 앞의 이야기에 비해 도리언의 이야기에는 근대 유미주의적인 분위기가 담겨 있습니다. 『도리언 그레이의 초상』의 중요한 장치는 초상화입니다. 파우스트가 신에 의해 판단되는 인물이라면 도리언의 내면은 거울이자 양심인 초상화에 그대로 드러나고 본인이 그것을 확인할 수 있습니다.

섬세하게 보면 차이는 더 많이 발견할 수 있습니다. 인생이 갖는 의미가 두 작품에서는 확연히 다릅니다. 『파우스트』에서는 지상의 삶이 잠시 머무는 일시적인 것이고 영혼은 천국과 지옥이라는 미래를 향해 움직입니다. 지상에서의 행적에 따라 영혼이 갈 곳이 정해진다는 기독교적인 세계관이 그대로 적용되는 것이지요. 『파우스트』에는 도덕적인 문제를 넘어 신학적인 문제까지 담겨 있습니다. 그러나 도리언의 세계에는 현재가

---

* 요한 볼프강 폰 괴테, 『파우스트』2, 정서웅 역, 민음사, 2001, 364쪽.

모든 것입니다. 그래서 헨리와 도리언은 아름다움을 다루든 타락을 다루든 모두 현실의 세계 이상을 이야기하지 않습니다.

파우스트는 육체적인 것이 아니라 정신적인 것을 추구한 사람입니다. 그가 멈추라고 한 순간은 미녀와의 사랑이나 개인적인 행복의 순간이 아니라 자신이 만들어놓은 낙원에서 자유롭게 일하고 있는 백성들을 볼 때입니다. 개인의 복락이 아니라 인류의 행복이 그가 추구하는 가치였던 셈입니다. 그의 성취는 정신과 영혼의 성숙이라 할 수 있고, 삶의 진정한 목표 발견이라 할 수 있습니다. 이러한 가치의 발견을 '아름답다'고 생각했기에 그의 영혼은 구원받을 수 있었던 것입니다.

이처럼 지상에서의 삶을 한시적이라 보고 내세의 구원을 믿는다면 늙음이 두려울 이유가 없습니다. 하지만 현세에 모든 가치를 두는 도리언은 성취하고자 하는 목표가 파우스트와 다를 수밖에 없습니다. 『도리언 그레이의 초상』은 자연에 비해 순간이라 할 만큼 짧은 시간을 살아야 하는 인간이 추구해야 할 가치가 과연 무엇일지 진지하게 고민하고 있는 소설입니다. 그런 의미에서 도리언은 파우스트에 비해 훨씬 더 근대적인 사람이라 할 수 있습니다. 다만 그가 미의 추구나 사랑의 추구, 육체적 쾌락의 추구 어디서도 원하는 가치를 찾을 수 없었다는 데 이 소설의 비극이 있을 뿐입니다.

주위를 둘러보자 버질 홀워드를 찔렀던 칼이 눈에 띄었다. 그는 칼에 아무런 흔적이 남지 않게 몇 번이나 깨끗이 닦아두었다. 칼은 환하게 번쩍거렸다. 이 칼로 화가를 죽였듯이, 이제 화가의 작품을 죽일 것이고, 그 모든 의미도 없애버릴 것이다. 이 칼로 과거를 죽이고, 과거가 죽어버리면 그는 자유로워질 것이다. 이 괴기한 영혼의 목숨을 끊어버리면 소름끼치는 경고도 사라지고 자신도 평온해질 것이다. 그는 칼을 움켜쥐고서 초상화를 찔렀다.(355쪽)

위 글은 그레이가 초상화를 그린 화가 버질을 죽인 칼로 자신의 초상화를 찌르는 장면입니다. 온갖 추함과 사악함을 담은 도리언의 분신은 칼에 찔려 사망하고 맙니다. 그리고 최초의 그림 그대로 젊은 도리언을 회복합니다. 반대로 젊은 도리언은 초상화에 넘겨주었던 과거의 흔적을 안고 늙고 추한 시체로 바닥에 쓰러지고 말지요. 그러고도 그의 영혼에 대한 이야기는 없습니다. 죽음은 모든 것의 끝을 의미할 뿐입니다. 작가는 소설 내내 영혼과 육체의 아름다움의 분리를 이야기하지만 결국 둘은 분리되어 있는 것이 아니라 하나인 것으로 결론이 납니다. 굳이 나누자면 외면과 내면, 행위와 양심의 구분이 있을 뿐입니다.

이처럼 『도리언 그레이의 초상』은 영혼의 구원이 아닌 타락이라는 주제를 다루고 있습니다. 가치 있는 삶에 대한 이야기라는 점에서 『파우스트』와 같지만 실패한 자와 성공한 자의 이야기라는 점에서 둘은 극명하게 다릅니다. 삶의 가치를 다양한 경험을 통해 확인해 본 파우스트와 자기 존재에 집착한 도리언의 차이라고도 볼 수 있겠지요. 내세에 대한 믿음과 현생에 대한 집착이라는 점에서도 대비해 볼 수 있습니다.

물론 현재를 즐기는 삶이 나쁘다고 할 수는 없습니다. 단지 그것이 미적인 것에 대한 집착이었다는 점, 감각적인 쾌락의 경도였다는 점에서 문제일 뿐입니다. 파우스트와 같은 위대한 영혼은 훌륭하기는 하지만 모두가 따라 하기에는 너무 멀리 있습니다. 아무나 그럴 수 있다면 파우스트는 위대한 인물이 아니었겠지요. 현실적으로 우리는 도리언과 같은 두려움을 가지고 있고, 그처럼 되고픈 유혹을 늘 느끼고 삽니다. 그 유혹을 슬기롭게 극복하고 자신만의 의미와 가치를 찾는 길이 파멸을 면하는 유일한 길이겠지요.

죽음이 주는 선물

인간에게 죽음보다 더 큰 영향을 주는 사건은 없습니다. 죽음은 현재의 삶을 소중히 여겨야 하는 절대적인 이유를 제공해 줍니다. 죽음이 없다면 우리는 아무런 계획을 세울 필요가 없습니다. 마감 날이 없는 숙제를 부지런히 할 학생이 없는 것처럼 필멸의 삶이 아니면 삶은 그리 소중하지 않을지 모릅니다. 필멸이기에 삶이 소중한 것이고 소중하다는 생각이 들기에 불멸을 바라는 것입니다. 반대로 불멸의 삶이라면 오히려 필멸을 바라게 될지도 모릅니다. 물론 이는 필멸의 인간으로서는 결코 알 수 없는 일입니다.

죽음은 인간이 겪는 가장 큰 두려움이기도 합니다. 자기 존재, 자아, 정체성 등 개인의 내면을 설명하는 모든 것이 죽음과 함께 사라진다면 결국 세계 전체가 사라지는 것과 같을 테니 말입니다. 육체적인 불멸이 불가능한 인간은 그래서 정신적인 불멸을 생각해 냈습니다. 불멸을 위해 인간이 생각해 낸 대표적인 관념이 영혼입니다. 영혼은 '인류가 매우 초기에 만들어 낸 가장 영리한 발명품' 중 하나이며, 인간은 영혼 덕분에 자신을 단순히 육체적 존재 이상으로 인식하게 되었습니다. 이런 생각을 고급스럽게 정리한 것이 종교이겠지요.

극단적으로 말하면 모든 생명체는 죽기 위해 산다고 할 수 있습니다. 유기체로 이루어진 인간에게 육체 이상으로 자명한 것은 없습니다. 감정조차도 유기체의 전기 신호에 불과하다는 사실이 과학에 의해 밝혀지고 있으니까요. 욕망조차도 호르몬의 작용일뿐 정신이나 영혼 같은 고급한 무엇의 흐름이 아니라고도 합니다. 무엇을 위해 사는 것이 아니라 사는 것 자체가 유기체의 목적이라고 할 수 있습니다. 인간을 예외적인 생명으로 보는 생각은 어쩌면 큰 오만일지 모릅니다. 우리가 도리언을 순전한 악의 화신으로 볼 수 없는 이유가 여기에 있습니다.

그럼에도 불구하고 인간은 육체 안에 갇힌 존재로 남아 있고 싶어 하지 않습니다. 아름다움이나 선을 추구하는 경향은 이런 데서 비롯됩니다. 그러한 인간들이 공동체를 이루고 이타적으로 살아가면서 도덕도 만들어낸 것입니다. 표면적으로 『도리언 그레이의 초상』은 이러한 인류의 보편적인 문화에 문제를 제기하는 듯 보입니다. 아름다움보다는 퇴폐를 선보다는 악을 부각시키는 불길한 초상화를 소설의 전면에 내세우기도 합니다. 하지만 그것을 추구한 이기적인 젊은이는 뒤늦게 정신적인 삶을 깨닫고 과거를 후회하기도 합니다. 비록 교훈으로 일관하고 있는 소설은 아니지만 『도리언 그레이의 초상』이 바람직한 삶에 대해 생각하게 한다는 점은 틀림이 없습니다.

프랑켄슈타인과 인격 괴물의 창조

메리 W. 셸리, 『프랑켄슈타인-현대의 프로메테우스』

과학의 발전과 과학 소설

1997년 2월 영국 에든버러 로슬린 연구소의 윌머트 연구팀은 21세기 최대 논쟁거리가 될 중대한 발표를 합니다. 다 자란 암컷 양에게서 채취한 체세포를 이용하여 암컷 양과 똑같은 유전정보를 가진 복제 생물을 만들었다는 내용이었습니다. 그렇게 탄생한 어린 양의 이름이 돌리(Dolly)였는데, 돌리는 이후 생명과학의 상징적인 이름이 되었습니다. 이전에 널리 쓰이던 인공수정 방법과 달리 돌리는 양성의 조화 없이 만들어진 최초의 생명이었습니다. 이러한 복제 방식은 포유류에게 적용되는 자연의 생명 법칙을 완전히 거스르는 놀라운 혁명이었습니다.

돌리의 탄생은 기존의 생명과학 기술에 중요한 이정표가 되었습니다.

과학자들은 이 기술을 통해 경제성이 높은 가축을 대량으로 생산할 수 있게 되고, 인간의 복제도 가능하게 되리라 예상했습니다. 연구팀의 발표 직후 언론은 인류의 질병 치료에 획기적인 계기가 마련되었다고 앞 다투어 보도하기도 했습니다. 필요한 장기를 복제해 두어 질병에 걸린 장기를 새 장기로 교체할 수 있으리라는 기대 섞인 이야기도 흘러나왔습니다. 우등한 유전자를 확실하게 보존할 수 있으리라는 기대도 커졌습니다. 양성의 결합에서 생기는 변수를 제거하고 안전하게 똑같은 인간을 만들어낼 수 있으리라는 것이었지요. 한편으로 돌리는 생명 윤리라는 새로운 논쟁의 아이콘이 되었습니다.

21세기가 시작된 지도 한참 지난 지금 생명과학 기술은 20여년 전 양을 복제하던 수준과는 비교가 안 될 정도로 발전해 있습니다. 중국의 과학자들은 영장류에 속하는 원숭이의 복제에도 성공했다고 합니다. 현재 수준에서 인간의 복제는 과학의 문제가 아니라 윤리의 문제에 가깝습니다. 할 수 있지만 차마 하지는 말자는 합의가 이루어져 있는 상태라고 합니다. 하지만 그런 합의가 언제까지 지켜질 수 있을지는 매우 의심스럽습니다. 이런 합의를 신뢰하는 것은 원자력 기술이 발전이나 의학용으로만 쓰이기를 바라는 것과 같습니다. 과학의 발전은 어디가 한계인지 알 수 없고 그 진행을 막을 수 없습니다. 어느 쪽으로 나아갈지 방향도 알기 어렵습니다. 과학 발전이 기대와 동시에 공포를 불러일으키는 이유가 여기에 있습니다.

그런데, 양성의 수정 없이 인간을 창조한다는 생각은 돌리가 만들어지기 훨씬 전부터 있었습니다. 메리 셸리의 소설 『프랑켄슈타인』(1818년)*은 시체를 모아 모종의 전기 충격으로 생명을 창조할 수 있다는 발상에서 시작합니다. 비록 당시의 기술로는 불가능한 일이었지만 생식 없이 생명을 창조한다는 발상만은 돌리와 크게 다르지 않았던 셈이지요. 물론 엄격히 말해 이 소설에서 생명을 만든 방식이 복제는 아닙니다. 오히려 합성이라는 말이 어울릴 겁니다.

『프랑켄슈타인』처럼 과학을 중요한 제재로 한 소설을 과학 소설(Science Fiction)이라 부릅니다. 과학 소설은 현실에서 불가능한 이야기를 담기 때문에 황당한 이야기처럼 느껴질 때도 있습니다. 그런데 실제로 과학 소설의 비현실적인 이야기가 현실이 되는 예가 적지 않습니다. 대표적으로 잠수함이나 달나라 여행이 그렇습니다. 『해저 2만 리』라는 소설이 출간될 때는 잠수함이 없었고, 아폴로 우주선이 발사되기 훨씬 전에 『달나라 여행』이라는 소설이 나왔습니다. 아직 실현되지 못한 '시간 여행'이나 '화성 식민지' 역시 언젠가 현실이 되지 말란 법은 없습니다.

과학 소설은 기본적으로 상상력의 산물이지만 현실의 산물이기도 합니다. 『프랑켄슈타인』만 해도 전기의 발견이나 생체학의 발전 없이 탄생하기는 어려웠습니다. 타임머신에 대한 구체적인 상상력은 물리학의 발전과 무관하지 않을 것입니다. 그렇다고 과학 소설이 구체적인 과학 이야기는 아닙니다. 비록 제재는 과학과 그것의 발전이지만 많은 과학 소설의

* 메리 W. 셸리, 『프랑켄슈타인-현대의 프로메테우스』, 오은숙 역, 열린책들, 2011.

주제는 현실에 대한 대중의 불안과 공포입니다. 과학의 발전이 가져다주는 편안함보다는 그 위험성을 이야기하지요. 말하자면 과학 소설은 진보적인 소재에 보수적인 주제를 담고 있는 양식이라 할 수 있습니다. 많은 문학사가들은 『프랑켄슈타인』을 최초의 과학 소설로 평가합니다.

창조주의 선택과 재앙

프랑켄슈타인이라는 이름을 들으면 수술 자국이 난 긴 얼굴과 귀 아래 나사못이 박힌 거인을 생각하기 쉽습니다. 큰 키에 초점 없는 검은 눈동자를 가진 흉측한 거인은 보는 이를 공포에 빠뜨립니다. 영화를 통해 확산된 것으로 보이는 이런 괴물 이미지는 그의 이름이 프랑켄슈타인이 아니라는 점을 빼고는 원작 소설의 인물 이미지와 크게 다르지 않습니다. 소설에서 빅터 프랑켄슈타인은 험악한 이미지를 가진 괴물의 이름이 아니라 그를 만든 창조주의 이름입니다. 그리고 그가 만든 피조물에는 이름이 없습니다. 그저 괴물로 불립니다.

『프랑켄슈타인』의 중심 서사는 그리 복잡하지 않습니다. 과학자 프랑켄슈타인은 시체들을 모아 꿰매고 거기에 전기 충격을 주어 생명을 불어넣습니다. 그런데 신처럼 생명을 창조하게 된 빅터는 막상 자신의 피조물을 보고는 두려움에 빠져 그를 버려두고 연구실을 떠나 버리지요. 이후 인간과 같은 사고 능력을 갖게 된 괴물은 자신이 인간들에게 두려움과 혐오의 대상일 뿐이라는 것을 알고, 자신을 만든 빅터를 증오하게 됩니다. 그리고 그의 가족들을 하나씩 해칩니다. 서로를 증오하게 된 창조주와 피조물의 긴 대결 끝에 빅터는 병들어 죽게 되고, 그의 죽음을 본 괴물은 북극의 얼음 속으로 사라집니다.

이처럼 비교적 간단해 보이는 이야기는 다양한 서술 방법을 통해 입체적인 서사가 됩니다. 이 소설에는 세 명의 서술자가 등장합니다. 소설의 처음과 끝에 등장하는 서술자는 북극 탐험에 나선 월터 선장인데 월터의 이야기는 그의 누이인 사빌 부인에게 보낸 편지 형식으로 되어 있습니다. 그 편지 속에는 두 번째 서술자인 빅터 프랑켄슈타인 박사의 이야기가 들어 있습니다. 월터는 북극항로 개척 중 얼음 속에 갇힌 프랑켄슈타인 박사를 구해 주게 되고, 그에게서 들은 이야기를 그대로 편지에 옮겨 적은 것입니다. 빅터가 월터에게 전한 경험은 액자 소설의 속 이야기처럼 소설 속에서 가장 큰 비중을 차지합니다. 괴물은 프랑켄슈타인의 회고를 통해 세 번째 서술자로 등장하지요. 프랑켄슈타인은 몽블랑 정상에서 괴물을 만난 적이 있는데 괴물은 이때 프랑켄슈타인에게 자신의 지난 이야기를 길게 들려줍니다. 세 인물 중 중심 서술자이자 주인공이라 할 만한 인물은 빅터 프랑켄슈타인입니다. 소설의 주제라는 측면에서는 괴물의 목소리 역시 매우 중요합니다.

월터도 단순한 이야기의 전달자는 아닙니다. 빅터와 우정을 나눈 친구이며 비슷한 꿈을 가진 탐험가이기 때문입니다. 둘은 만난 지 오래지 않아 바로 영혼의 짝이라도 되는 듯 친한 사이가 됩니다. 배 안에서 귀족다운 고귀함을 가진 사람이 둘밖에 없었기 때문에 그럴 수밖에 없었다고 월터는 편지에 씁니다.

두 인물은 자연을 지배하고자 하는 의지를 가졌다는 점에서도 유사합니다. 월터는 탐사를 통해 지구의 비밀을 벗기려는 인물이고 빅터는 생물학을 통해 생명의 신비를 벗기려는 사람입니다. 월터는 인류에게 적대적인 자연에 대한 지배력을 높이는 데 기여할 수 있다면 '한 인간의 생사는 사소한 대가'에 불과하다고 말합니다. 그가 탐험선을 타고 북극으로 향하는 이유도 미지의 땅을 정복해 인간의 지배력을 높이겠다는 의지 때문입니다. 물론 소설 속 탐험은 실패로 끝나고 맙니다. 현실에서도 북극 항해는 소설 창작 후 수십 년이 지난 후에야 가능해지니까요.

자연에 대한 지배력을 누리기 위해 프랑켄슈타인은 생명을 창조해냈지만 정작 자신은, 그 때문에 불행에 빠졌다고 생각합니다. 그에게 월터는 과거의 자기 모습을 떠올리게 하는 인물입니다. 그는 '불행한 사람!' 혹은 광기에 빠진 사람으로 월터를 평가하며 자신의 과거 이야기를 들려줍니다. 무엇에 대한 광기인지, 어떤 불행인지는 소설이 전개되면서 차츰 밝혀지지요.

> 이 발견에 대해 처음에 느낀 경악은 곧이어 기쁨과 환희로 바뀌었다. 그렇게도 많은 시간과 고통스러운 노력 끝에 한달음에 내 야망의 정상에 올랐다는 성취감은 어떤 것보다도 가슴 뿌듯했다. 그러나 이 발견은 너무나 엄청나서 주체할 수 없었다. 거기까지 이르려고 하나씩 밟아 온 단계들은 모두 흔적도 없이 사라지고, 오로지 결과만 눈에 들어왔다. 세계가 창조된

이래 가장 현명했던 자들이 연구하고 꿈꾸어 온 것이 이제 내 손안에 있었다.(75쪽)

이 소설의 부제는 '현대의 프로메테우스'입니다. 주인공 빅터는 생명 창조의 비밀을 알아내기 위해 모든 정력을 쏟습니다. 처음에 그는 중세의 연금술에 빠져 코넬리우스 아그리파의 책을 탐닉합니다. 이어 파라켈수스, 알베르투스 마그누스를 공부하지요. 지금도 영화 등에 자주 등장하는 철학자의 돌이나 생명의 영약에 관심을 가졌던 셈입니다. 그리고 이어 번개를 통해 전기의 법칙을 이해하고 새로운 자연과학 기술을 받아들입니다. 하지만 괴물의 창조과정을 보면 여전히 연금술적 요소가 많이 들어있습니다. 당시 과학 수준 때문이었겠지만 소설에는 생명 창조의 과학적 프로세스가 자세히 나와 있지 않습니다.

생명 창조에 성공한 프랑켄슈타인을 감싸고 있는 감정은 성취감입니다. 위 예문에도 '기쁨', '환희', '뿌듯함'이라는 단어가 연속해서 등장합니다. 그런데 과학에서 개인의 성취감이 곧바로 사회적인 공헌을 의미하는 것은 아닙니다. 어떤 성취는 다른 측면에서 재앙을 의미하기도 하니까요. 원자 폭탄을 만들었던 이들, 연발 소총이나 탱크를 만들었던 이들이 성취감을 가졌으리라는 점은 의심할 여지가 없습니다. 하지만 그것이 어떤 결과를 가져왔는지는 우리 모두 알고 있습니다. 구체적인 현실의 목적을 위해 과학이 발전하는 경우도 있지만 그것은 발전 자체를 위해 발전하기도 합니다. 처음에는 분명한 목표를 가지고 출발하였더라도 그 목표 외의 다른 부수적인 발전들이 인류 역사에 더 큰 변화를 가져온 예도 적지 않습니다. 더 불안한 것은 프랑켄슈타인의 괴물 창조는 현실적인 목적 없이 과학 자체의 발전에 취해 이루어진 성과라는 점입니다.

> 이 참극을 보았을 때의 감정을 어떻게 표현할까. 아니 그토록 엄청난 고통과 정성을 쏟아 만든 괴물을 어떻게 묘사할 수 있을까? 나는 그의 팔다리를 비례에 맞도록 구성했고 아름다운 외모의 특징들을 골라 짜 맞추었다. 아름답게 말이다. 신이시여! 누런 피부는 그 밑에서 움직이는 근육과 동맥을 간신히 가리고 있었다. 검은 머리칼은 윤기를 내며 흘러내렸고 이는 진주처럼 희었다. 그러나 이런 화려함은 축축한 눈, 그것이 들어앉은 희끄무레한 눈구멍과 색깔이 거의 비슷한 두 눈, 쭈글쭈글한 피부, 새까만 입술과 대조를 이루어 더욱 섬뜩하기만 했다.(81쪽)

이 소설에는 과학적 발견의 위대함을 찬양하는 프랑켄슈타인과 그 결과의 참혹함에 절망하는 프랑켄슈타인이 공존하고 있습니다. 이 양가적인 감정 때문에 그는 자신의 창조물 앞에서 어찌 할 바를 모릅니다. 사물을 만들었을 때는 결과물이 좋지 않을 경우 파괴해 버리면 그만입니다. 재정적인 손실만 감수하면 되지요. 하지만 그가 만들어낸 것은 생명입니다. 비록 피조물이지만 생명은 결코 함부로 다룰 수 없습니다. 생명은 그 자체로 독자적인 존엄의 가치를 가지기 때문입니다. 거기다가 괴물은 인간을 닮은 피조물입니다.

위의 예문은 프랑켄슈타인의 근본적인 문제가 무엇인지를 분명히 보여줍니다. 생명을 창조한 목적이 그 생명을 위해서가 아니라 자기의 만족을 위해서였던 것입니다. 그는 자신의 창조물을 그것 자체로 보지 않고 자신의 이상에 얼마나 접근했는가로 평가합니다. 이는 어쩌면 생명이 아닌 사물을 볼 때와 같은 태도라고 할 수 있습니다. 책임감 없이 피조물을 만들어놓고는 생명을 만들었다는 것 자체가 주는 불안감에 시달리기도 합니다. 여기에는 생명에 대한 통제가 가능하지 않을 수도 있다는 두려움도 포함됩니다. '내가 너무나 어설프게 생명을 주어 버린 악마 같은 시체'라든가, '어스름한 노란 달빛 속에서 나는 그 추잡한 것', '내가 창조해 낸 끔찍한 괴물' 등의 표현에 이런 생각이 잘 드러납니다.

일단 괴물을 만들었지만 프랑켄슈타인에게는 그 괴물을 어떻게 해야 할 지에 대한 문제가 남아 있습니다. 괴물이 생명을 얻자마자 그는 자신이 그를 감당할 수 없다는 사실을 직감합니다. 공포에 휩싸여 대면하고 싶어 하지도 않습니다. 이처럼 창조주가 자기 피조물 앞에서 어쩌지 못하고 있는 동안 괴물은 연구실을 벗어나 인간 세계로 달아나 버립니다. 이렇게 해서 달아난 괴물의 생활과 그를 통해 얻은 괴물의 생각이 이 소설의 다른 한 이야기 축을 구성합니다. 한편 괴물이 달아났다는 사실을 알자 프랑켄슈타인은 '기뻐서 손뼉을 쳤고', 바로 클레르발이라는 친구에게 달려갑니다. 괴물에게서 벗어나자마자 인간 친구를 찾은 것입니다.

버려진 생명의 선택

인간에 의해 만들어진 최초의 인격인 '괴물'은 인간에 의해 최초로 버려진 인격이기도 합니다. 그는 인간의 형상을 하고 있지만, 인간 취급을 받지 못합니다. 소설 속에서 피조물은 다양한 이름으로 불립니다. '존재'(being), '피조물'(creature), '비열한 놈'(wretch), '괴물'(monster), '마귀'(daemon), '악마'(devil) 등의 호칭인데 대부분은 '괴물'로 불립니다. 그가 괴물로 취급되는 이유는 '거대한 체구, 흉측스러운 얼굴' 등 인간의 것이라고는 할 수 없는 소름 끼치는 모습을 하고 있기 때문입니다. 그 모습을 보고 프랑켄슈타인은 '바로 내가 생명을 준 추잡하고 더러운 악마'라고 규정해 버립니다.

처음 생명을 얻었을 때 괴물은 인지능력이나 지적 능력에서 어린아이와 같은 존재에 불과했습니다. 언어를 구사할 수도 없었습니다. 하지만 생명을 얻은 지 2년이 지난 시점에 이르러서는 거의 완전한 어른의 지각 능력을 갖게 됩니다. 실험실을 나온 괴물은 자신의 외모가 인간들과 다르다는 사실을 알고 매우 조심스럽게 행동합니다. 숲속에서 혼자 생활하면서 인간들과의 접촉을 피하려 노력하지요. 그러면서도 인간의 가정을 멀리서 지켜보며 인간에 대한 이해를 높입니다.

이처럼 조심스럽게 행동했음에도 불구하고 괴물은 인간들에게 여러 차례 배신을 당합니다. 아니 배신을 당했다고 생각합니다. 괴물은 급류에 빠진 소녀를 구해주었으나 사람들에게 총 겨눔을 받습니다. 자신이 땔감을 구해주며 도와주던 드 라세 집안 사람들에게도 마찬가지였습니다. 어느 날 앞을 보지 못하는 가족의 늙은 아버지에게 접근했다가 가족들에게 위협과 멸시를 당합니다. 그는 프랑켄슈타인이 자신을 버리고 연구실을 떠난 것 역시 배신이라 생각합니다. 한참 뒤에 나올 이야기이지만 무엇보다 간절한 자신의 소망을 끝내 저버린 프랑켄슈타인의 행위를 가장 큰 배신으로 여깁니다.

> 나는 당신의 피조물이니, 당신 몫의 책임만 다해 준다면 내 주인이자 왕인 당신에게 고분고분 부드럽게 대하겠소. 제발 프랑켄슈타인, 다른 사람한테는 잘해 주면서 나만 짓밟지 말아 주시오. 나는 당신의 정의를, 당신의 너그러움과 애정을 받아야 마땅하오. 나는 당신의 피조물이잖소. 나는 당신의 아담이어야 했건만 타락한 천사가 되었고, 당신은 아무런 잘못도 없는 나를 기쁨에서 몰아내었소. 세상 모든 곳에 기쁨이 가득하지만 나만 혼자 영원히 기쁨을 맛보지 못하게 몰아냈단 말이오.(137쪽)

괴물이 말하는 프랑켄슈타인의 죄는 자신을 인지력과 열정을 가진 피조물로 만들어놓고는 세상에 내팽개쳐 경멸과 공포의 대상으로 만들어버린 데 있습니다. 괴물은 자신을 이렇게 만든 창조주에게도 자신과 같은 고통을 주기로 결심하고 그의 가족과 친구를 죽음으로 몰아넣습니다. 프랑켄슈타인의 어린 동생 윌리엄을 살해하고 가정부 저스틴에게 그에 대한 살인 누명을 씌웁니다. 빅터의 친구 클레르발은 물론 약혼녀 엘리자베스까지 살해합니다. 이에 충격을 받은 아버지 프랑켄슈타인도 죽음에 이르고 말지요. 괴물의 복수로 인해 빅터 프랑켄슈타인의 주변에는 가까운 사람이라고는 아무도 남지 않게 됩니다. 그는 세상에 혼자 남겨진 것입니다. 자신이 만들어 연구실에 버리고 온 피조물처럼 말입니다.

여기서 우리는 괴물이 보여주는 복수의 감정이 매우 인간적이라는 점에 주목해야 합니다. 괴물은 자신이 원한을 가진 대상을 직접 공격하는 것이 아니라 주변을 공격함으로써 프랑켄슈타인에게 죽음만큼이나 큰 고통을 줍니다. 그러면서도 괴물은 죄 없이 죽어간 사람들에 대해서 조금의 미안한 감정이나 죄책감을 느끼지 않습니다. 그에게 중요한 것은 오로지 복수였기 때문입니다. 처음에는 순진한 어린아이 같았던 이 거대한 피조물은 인간에게서 소외되면서 진정한 괴물이 된 것입니다. 한없이 잔인해질 수 있는 사악함을 가지고 있다는 점에서도 괴물은 '인간적'이었던 셈입니다.

자기를 방임한 것에 대한 보상을 요구한다는 점도 인상적입니다. 괴물은 프랑켄슈타인에게 자신과 닮은 여성 피조물을 하나 더 만들어줄 것을 요구합니다. 만약 자신의 부탁을 들어주면 인간이 살지 않는 곳에 숨어 나타나지 않겠다는 약속도 합니다. 괴물의 살인을 알게 된 프랑켄슈타인 입장에서는 더 큰 재앙을 막기 위해 그의 요구를 검토하지 않을 수 없었습니다. 이런 고민을 예상하고 살인을 한 것이라면 괴물은 대단한 지능을 지닌 피조물이 될 것입니다. 괴물의 이런 면모 역시 지극히 인간적이라면 지나친 해석이 될까요?

하지만 프랑켄슈타인은 고민 끝에 새로운 피조물을 만들지 않기로 결심합니다. 피조물을 괴물로 인식하는 그가 어떤 고민을 했을지는 쉽게 짐작할 수 있습니다. 하지만 이미 만들어 주기로 약속한 바 있고 어느 정도 과정을 진행하고 있었기에 작업의 중단은 괴물을 분노하게 만듭니다. 괴물 입장에서는 충분히 배신감을 느낄만한 일입니다.

> 그러자 그 악마가 말했다. 「내 이렇게 나올 줄 알았지. 사람은 누구나 추한 것을 싫어하지. 그러니 나는, 온갖 생물보다 더 흉측한 나는 얼마나 혐오스럽겠소! 그리고 당신, 나를 만든 이여. 당신은 자신의 피조물인 나를 미워하고 멸시하지만, 나와 당신은 둘 중 하나가 죽어야만 풀릴 끈으로 묶여 있소. 당신은 나를 죽이려 하고 있소. 어떻게 생명을 가지고 그런 장난을 친단 말이오? 나에 대한 의무를 다하시오. 그러면 나도 당신은 물론 다른 인간들에 대해 내 의무를 다할 테니. 당신이 내 조건을 받아들인다면 순순히 인간들 곁을 떠나겠소. 그러나 거절한다면 남은 당신 친구들의 피로 배 부를 때까지 실컷 죽음을 탐하리라.」(136쪽)

괴물이 프랑켄슈타인에게 창조주로서의 의무를 다할 것을 요구하는 장면입니다. 괴물 역시 자신의 외모에 혐오감을 느끼고 있음을 알 수 있지요. 여자를 만들어달라고 요구하는 이유에 대해 괴물은 자신이 외롭고 비참하기 때문이라고 말합니다. 자기처럼 흉하고 소름 끼치는 여자라면 자신을 거부하지 않을 것이기에 자신과 같은 종으로 똑같은 약점을 지닌 그런 존재를 만들어달라고 요구하는 것입니다.

그런데 이 소설에서 여성 피조물에 대한 요구는 매우 논쟁이 많은 부분입니다. 생명에 대한 인식에서 괴물도 프랑켄슈타인과 크게 다를 것이 없어 보이기 때문입니다. 괴물 역시 자신의 필요에 의해 생명을 원하고, 그 생명은 문제없이 자신의 짝이 될 수 있다고 생각합니다. 이런 생각이 새로 만들어질 생명의 의지가 아니라 자신의 의지일 뿐이라는 생각은 하지 않습니다. 새롭게 만들어진 여자 생명이 어떤 삶을 원할지는 전혀 고려의 대상의 아니지요. 그가 원하는 생명이 여성이라는 점도 논쟁거리가 됩니다. 그는 여자 괴물이 자신처럼 독립적인 개체로 존재할 가능성을 완전히 배제한 채, 자신이 생각한 대로 자신을 따라올 것이라 생각합니다. 이는 괴물이 빅터와 마찬가지로 가부장적 사회 질서를 수용하고 있다는 의미이기도 합니다.

이방인에 대한 공포

시작은 생명의 창조라는 경이로운 사건이었지만 이 소설은 프랑켄슈타인과 괴물의 대결 구도로 전개됩니다. 결국 둘 모두의 파멸을 암시하며 소설은 마무리되지만, 그 과정에서 작품이 창작될 당시 대중들의 세계관이 드러납니다.

> 이 마지막 며칠 동안 내가 과거에 한 일을 곰곰 생각해 보았네. 그게 비난받을 만한 일이 아닌 것 같네. 나는 열정적인 광기에서 이성을 가진 존재를 창조했고, 내 힘이 미치는 한 그의 행복과 안녕을 보장해 주려고 했어. 그것이 나의 의무였지. 하지만 그것보다 중요한 것이 있었어. 내 동료 인간들에 대한 의무가 내 욕심보다 훨씬 더 중요했어. 그것은 인간들이, 행복과 불행에서 훨씬 더 많은 부분을 차지했기 때문이야. 그래서 나는 첫 번째 피

조물의 반려자를 만들어 달라는 요구를 거절한 것이고 그것이 옳았어. 그는 끝 간데없는 원한과 해로운 이기심을 보여주었지.(282쪽)

괴물이 요구한 '창조주의 의무'를 다하지 못한 것에 대한 프랑켄슈타인의 변명입니다. 그는 결과에 대한 깊은 고민 없이 피조물을 만들었고, 다시 여성 피조물을 만들어야 할 처지에 놓입니다. 그때야 비로소 피조물이 가져올 결과에 대해 깊이 생각하지요. 예상되는 결과를 생각하자 그는 두려움에 빠집니다. 새롭게 생명을 만든다면 그녀 역시 생각하고 추론할 줄 아는 인격일 텐데 그는 자기가 태어나기 전에 이루어진 계약을 지키지 않을 수도 있습니다. 피조물들이 서로를 미워할 가능성도 있습니다. 둘이 서로 흉한 외모를 보고 혐오감에 빠질 수도 있지요. 인간에게 버림받은 괴물이 그녀에게도 버림받는다면 그 분노는 더 커질 수도 있습니다. 더 걱정되는 결과는 그들이 새로운 생명을 퍼뜨리는 일입니다. 어디에서든 그들이 번식하게 된다면 인간은 공포에 시달리며 위험한 상황에 처할 수 있다고 생각합니다. 결과적으로 자기 혼자 좋겠다고 미래 세대에 저주를 내릴 수는 없다고 생각하는 것이지요.

이런 두려움은 프랑켄슈타인의 입장에서는 매우 합리적이라고 할 수 있습니다. 현재의 두려움에 비추어 미래의 불안을 제거하는 능력은 인류가 지금까지 생존할 수 있었던 중요한 미덕 중 하나였습니다. 굳이 이 소설이 아니어도 과학 소설이나 공포물에 등장하는 괴물들은 현재보다 미래의 공포를 더 자주 상징합니다. 최근 과학 기술의 공포는 외계인이라는 공포의 대상을 빈번하게 소환하고 있습니다. 할리우드의 〈에일리언〉 시리즈나 〈프레데터〉 시리즈가 대표적인 예라 할 수 있습니다.

반대로 괴물의 입장에서는 프랑켄슈타인의 판단을 받아들이기는 어려울 것입니다. 앞서 보았듯이 그가 처음부터 난폭했던 것은 아닙니다. 인간들과 가깝게 지내고 싶었고 그들을 도왔으며 그들에게 무리한 기대를 하지도 않았습니다. 이런 선의가 무시될 때 그는 난폭한 '괴물'이 되었던 것이지요. 그가 가진 문제라고는 흉측한 외모 외에는 없습니다. 그 외모는 자신이 선택한 것이 아니고 창조주에 의해 주어진 것에 불과합니다. 전혀 자기 책임이 아닌 이유로 멸시를 받아야 하는 괴물은 억울할 수밖에 없습니다.

관점을 바꾸어 인간의 원초적 심리 측면에서 보면 괴물에 대한 두려움은 낯선 것에 대한 두려움 즉 이방인에 대한 두려움이라고 할 수 있습니다. 정신분석이나 심리학에 따르면 인간은 친근하고, 다정하고, 아늑하고, 익숙한 것에서 평안을 느낀다고 합니다. 마치 집안에서 느끼는 편안함과 안정감 같은 것이지요. 반면에 비밀스럽고, 숨겨져 있으며, 그래서 위협적이면서, 공포스럽고, 기괴하고, 불편하고, 불안하고, 음울하며, 울적한 것에서는 불안을 느낍니다. 거기다가 살아 있는지 죽었는지 알 수 없는 불확실성, 생명 없는 생명체와 같은 괴물성은 친밀함 속의 낯섦이라는 복잡한 두려움의 감정을 불러일으킵니다. 프랑켄슈타인이 가진 두려움의 양가성과 모호성에는 이런 심리적 기저가 놓여 있다고 할 수 있습니다.

흉측한 외모는 괴물이 가진 대표적인 이방인의 특징이지만, 그 밖에도 괴물은 이방인이 될 수밖에 없는 다른 조건을 가지고 있습니다. 그도 그것을 잘 알고 있지요.

> 당신네 인간들이 가장 중시하는 것은 부와 결부된 고귀하고 순수한 혈통이었소. 인간은 이런 이점 중 하나만 지녀도 존경을 받지만 둘 중 하나도 없으면 극히 드문 경우를 제외하고는 부랑자와 노예 취급을 받으며, 선택받은 몇몇의 이익을 위해 자신의 능력을 낭비하는 운명을 지고 있었소! 그렇다면 나는? 비록 나의 탄생과 창조자에 대해선 전혀 아는 바가 없었지만, 내게는 돈도 친구도 아무런 재산도 없다는 것쯤은 알았소. 게다가 소름 끼치도록 흉측하고 역겨운 모습을 하고 있었소. 심지어 인간과 똑같은 존재도 아니었소.(161쪽)

위 예문은 인간이 중요하게 생각하는 가치가 무엇인지에 대해 이야기합니다. 괴물이 보기에 인간들이 중시하는 것은 부와 결부된 고귀하고 순수한 혈통, 돈과 친구, 그리고 외모입니다. 이들 모두를 가진 극히 일부만이 고귀한 대접을 받게 된다고 합니다. 프랑켄슈타인은 위의 조건을 모두 갖춘 사람입니다. 그의 친구 클레르발도 이런 조건에 합치하는 인물이네요. 앞서 본 바대로 괴물의 복수가 프랑켄슈타인의 가족을 향한다는 점은 이방인의 공격 대상이 인류 전체가 아니라 특정한 집단임을 암시합니다. 반대로 어떤 것도 없으면 노예 취급을 받는다고 말 합니다. 이런 조건이라면 같은 인간이라도 많은 이들이 이방인 취급을 받게 되겠지요.

빅터와 괴물의 대결은 가족의 안녕이라는 최고의 가치를 지키려는 자와 그것을 파괴하려는 자의 대결이기도 합니다. 그 가족은 철저하게 남성 중심으로 굴러갑니다. 여성들은 지극히 순종적이지요. 프랑켄슈타인의 아버지 알폰소는 친구의 딸 캐롤라인과 결혼합니다. 그들 부부는 사랑스러운 고아 엘리자베스를 데리고 와서 빅터의 아내로 삼으려 합니다. 두 경우 모두 부부간의 수평적 관계를 기대하기 어려운 결혼들이지요. 그녀들은 매우 아름답다는 공통점을 가지고 있습니다. 특히 엘리자베스는 농부의 집에 있었으나 유독 눈에 띄는 소녀였습니다. 그 소녀는 다른 아이들과는 혈통이 다른 귀족의 딸이었거든요. 소녀와 함께 있던 나머지 네 아이는 눈이 검고 몸이 다부진 것이 꼬마 부랑자들같이 보였지만 소녀는 가냘프고 아주 예뻤다고 합니다. 이렇게 프랑켄슈타인의 가족으로 편입된 두 여인은 남성의 소유물처럼 그들에게 복종합니다.

가족을 이루고 있음에도 불구하고 이 소설의 남성들은 이성애적 욕망의 부재라는 공통점을 가지고 있습니다. 월터와 프랑켄슈타인의 만남은 자신의 감성을 이해하고 자신의 야망을 전적으로 지지하면서도 보완해 줄 능력이 있는 존재 간의 만남입니다. 프랑켄슈타인이 가장 의지하는 인물은 가족이 아니라 친구 클레르발입니다. 괴물이 복수를 위해 가족도 아닌 클레르발을 굳이 살해한 이유도 여기 있다고 생각합니다. 반면 엘리자베스와 결혼을 준비하는 프랑켄슈타인에게서는 어떤 흥분이나 감동도 느낄 수 없습니다.

프랑켄슈타인 가족이 아름다운 이방인들만 자신들의 일원으로 받아들이는 것처럼, 드라세 가족도 아름다운 이방인만을 환대합니다. 그들은 종교도 다르고 말도 통하지 않는 사피라는 여인에게는 환대를 베풀면서 괴물은 거부합니다. 사피의 외양과 괴물의 외양 사이의 차이들은 이 질문에 대한 답을 제공합니다. 사피는 '천사 같은 아름다움'을 가진 이방인인 반면에 괴물은 물에 비친 모습에 자신도 놀랄 정도로 추하게 생긴 이방인이기 때문입니다. 거기에 사피는 여자이고 괴물은 남자입니다. 가족 구성원들이 이방인을 받아들일지 말지는 순전히 가장의 판단에 따라 결정됩니다.

생명 윤리와 과학자의 책무

『프랑켄슈타인』은 생명을 창조하는 일이 얼마나 조심스러운 것인지, 과학자들의 사회적 책무가 얼마나 무거운지를 생각하게 하는 소설입니다. 하지만 1960년대 이전까지 이 작품은 도덕성과 교훈이 부족한 작품으로, 교양 있는 독자들의 취향에는 어울리는 않는 작품으로 평가절하되었습니다. 비평계의 관심도 작가의 개인사나 가족 문제, 그녀의 작품에 미친 주변의 영향을 언급하는 정도였습니다. 그러나 1970년대에 이르러 이 소설에 대한 비평들이 각 분야에서 쏟아져 나오기 시작했습니다. 특히 20세기 후반 이후 생명 윤리에 대한 사회적 관심이 높아지면서 이 소설에 대한 관심도 함께 높아졌습니다.

'생명 윤리'는 최근에 창작되고 있는 과학소설에서도 중요한 주제입니다. 윤리적 측면을 고려하지 않은 과학적 실험이 낳게 될 위험을 경고하는 작품이 많지요. 또, 신인종의 출현이 인류 전체에게 파국을 초래할 수 있다는 두려움을 표현한 작품도 적지 않습니다. 생명 창조를 꿈꾸는 과학자들이나 그들을 둘러싼 사람들의 건강하지 못한 의도는 문제를 일으키는 가장 흔한 원인입니다. 이런 이유로 생명 창조를 소재로 하는 작품은 대부분 디스토피아적 결말을 맺게 됩니다.

> 경솔한 열정을 쏟았던 나처럼, 당신까지 파멸과 피할 수 없는 불행으로 이끌 생각은 없다. 나의 잔소리를 통해서가 아니더라도, 적어도 내 모습을 보고 배웠으면 하는 바람이다. 지식을 얻는 것이 얼마나 위험한지. 그리고 자기 존재가 허락하는 것보다 더 위대해지려고 갈망하는 사람보다 자기 고향이 세상의 전부인 줄 아는 사람이 얼마나 더 행복한지를.(76쪽)

> 월터! 부디 평온함 속에서 행복을 찾고 야망은 피하도록 하게. 야망이 아무리 순수하고, 과학과 발견의 세계에서 자네를 빛내 줄 것처럼 보인다고 해도 피해야 하네. 그런데 내가 왜 이런 소리를 하지? 나는 그런 야망 때문에 파멸을 자초했지만 다른 사람은 성공할지도 모르는 일인데.(283쪽)

두 예문 모두 선장에게 전해주는 프랑켄슈타인의 메시지를 담고 있습니다. 첫 번째 예문에서 프랑켄슈타인은 경솔한 열정이 얼마나 위험한지에 대해 말합니다. 자기 존재가 허락하는 것 이상의 지식을 얻으려 하는 시도가 인간을 불행으로 이끌 수도 있다는 충고도 잊지 않지요. 위대함을 갈망하기보다 현실에 만족하는 사람이 더 행복하다는 말도 덧붙입니다. 아래 예문 역시 비슷한 내용을 담고 있습니다. 야망 특히 과학과 발견의 세계를 향한 야망은 피하도록 하라고 당부합니다. 그러면서 자신과 달리 다른 사람은 성공할 수도 있다고 여운을 남깁니다.

미래에 찾아올 공포 때문에 현재의 실험을 멈추어야 하는가의 문제는 모든 과학자들이 안고 있는 고민입니다. 인류에게 기여할 기술이라도 의도와 상관없이 미래에 큰 해를 끼칠 수 있기 때문이지요. 그런데 생명 기술은 굳이 미래를 거론할 것도 없이 그 자체로 논란거리가 됩니다. 보수적이냐 진보적이냐의 문제가 아니라 기본적인 윤리의 문제인 셈입니다. 그런데 프랑켄슈타인에게는 그런 윤리적인 고민은 없습니다. 그는 인간에 의해 창조된 피조물의 '생명 가치'에 대해 관심을 갖지 않습니다. 그는 자기가 괴물을 만들었다는 점, 괴물이 인간에게 해가 된다는 점만을 생각합니다.

일부 비평가들은 중산층 지식인인 프랑켄슈타인과 시체들의 부분들로 만들어진 괴물이 각각 인간과 괴물, 문명과 비문명, 서구와 비서구를 상징한다고 주장합니다. 그러나 작품을 통해 독자들은 양심과 윤리라는 측면에서 도대체 누가 괴물인지, 누가 더 인간적인지 의심하게 됩니다. 이런 혼란은 독자들이 창조주와 피조물이 단일한 피부조직으로 이루어진 존재와 여러 조각의 피부로 봉합된 존재라는 차이 외에 뚜렷한 내면의 차이가 없다고 생각할 때 더 커집니다.

작품의 결말 부분을 읽으면 이런 혼란은 더욱 강해집니다.

> 나는 죽을 거요. 그러면 지금 느끼는 감정도 더는 못 느끼겠지. 타오르는 이 비참함도 곧 사라지겠지. 난 의기양양하게 화장용 장작더미에 올라가

살을 태우는 고통스러운 불꽃 속에서 기뻐 날뛰리라. 화염이 꺼지면 나의 재가 바람에 실려 바다로 갈 것이오. 내 영혼은 평화로이 잠들 것이오. 혹시 영혼이 생각을 한다 해도 괴로운 생각은 아니겠지요. 잘 있으시오.(291쪽)

괴물은 자신의 창조주가 죽은 후 배 근처의 얼음장 위로 뛰어내립니다. 거기서 화장용 장작을 모아서 비참한 육체를 재로 태우겠다고 선언하는 것입니다. '어떤 호기심 많고 불경스러운 못난이'가 자신과 같은 존재를 다시 만드는 일이 없도록 흔적도 남기지 않겠다고 말하면서. 이러한 행위를 통해 괴물은 프랑켄슈타인보다 더 인간적인 인물로 남습니다. 괴물은 스스로의 영혼에 대해서도 이야기합니다. 그는 자신이 영혼을 가진 생명이라는 점에 일말의 의심도 없습니다. 이 마지막 장면에 이르면 독자들 역시 비참한 삶을 스스로 중단하고 영혼의 평안한 안식을 선택하는 가련한 생명체를 더이상 괴물로 부르기 어렵습니다.

하나의 생명으로 볼 때 괴물은 백지상태로 태어나 문명인이 되는 과정을 밟습니다. 그가 잔인하게 되는 과정은 그가 문명인이 되어 가는 과정과 일치합니다. 괴물은 오두막집 사람들과 교제하기 위하여 언어를 배웁니다. 숲속에서 주운 책들인 『플루타크 영웅전』, 『젊은 베르터의 고뇌』, 『실낙원』을 읽고 정신을 채워갑니다. 그는 이 책들의 내용을 통해서 친족과 인간관계 그리고 인간의 사랑에 대하여 더 많이 깨닫고 이해하게 됩니다. 나아가 피조물은 인간에게 있어 사랑이 가장 중요한 가치임을 깨닫게 되고 그를 경험하고 싶어 합니다.

현재의 관점에서 보자면 이 소설은 인간 문명 전반에 대한 불안을 담고 있다고 평가할 수 있습니다. 과학의 발전을 통해 인간이 가진 능력 이상을 욕망하는 프랑켄슈타인이나 문명화 과정을 통해 점점 잔인해지는 괴물이나 인간의 미래에 위협적이라는 점에서는 크게 다르지 않습니다. 인간이 만들어낸 피조물이 인간보다 더 인간적인 모습을 보인다는 점은 현재에 대한 경종이라고 할 수 있지요. 좀 확대하자면 이 소설은 독자들에게 과연 인간성이란 무엇인가라는 근본적인 질문을 던집니다. 이때 이 소설이 보수적인 세계관을 가진 초보 작가가 우연히 창작한 소설이라는 점은 그리 중요하지 않습니다.

새로운 시대의 정체성

생명과학, 유전공학이 발전하면서 인간성과 인간다움에 대한 질문이 다시 뜨거운 주제로 떠오르고 있습니다. 인문학적인 함의를 띠고 있던 질문이 과학과 결합하여 새로운 형태의 질문으로 진화한 것입니다. 『프랑켄슈타인』은 이런 주제들을 광범위하게 다룬 작품입니다. 인간이 창조한 '인격 괴물'이라는 뜨거운 감자 하나로 말입니다.

넓게 보면 이 소설은 소유와 사물화라는 주제와 연관되기도 합니다. 창조주로서 프랑켄슈타인은 자기가 만든 생명을 사물 이상으로 취급하지 않았고, 그것이 자신의 의도에서 벗어나자 괴물이라 부르고 맙니다. 그를 독립된 생명으로 여기지 않고 인류를 위협하는 존재로 생각했으며 그가 인간과 같은 대접을 받아야 한다는 생각은 추호도 하지 않습니다. 이는 자기의 통제 범위에 들어오지 않는 것에 대해서는 가차 없이 대하는 인간의 냉혹한 측면을 잘 보여줍니다. 때로 인간이라는 이기적인 생명은 세상의 모든 것을 자신이 소유하느냐 아니냐를 기준으로 판단하니까요.

『프랑켄슈타인』(1818년)이 19세기 영국인에 의해 창작되었다는 점도 주목할 만합니다. 영국은 당시 가장 앞선 과학 기술 발전과 산업화를 이룬 땅이었습니다. 이후에 『지킬 박사와 하이드 씨』(1886년), 『드라큘라』(1897년)와 같은 인격 괴물을 다룬 소설이 등장한 곳도 영국입니다. 최근의 과학 소설, 과학 영화를 미국이 주도하고 있는 것도 이에 비추면 당연한 일인지 모릅니다. 그들의 서사에서는 좀비라는 인격 괴물이나 초능력을 가진 인격 괴물들이 인류의 미래를 위협합니다. 괴물들에게서 인간보다 더 인간적인 특성을 찾으려는 노력도 여전히 이어지고 있습니다. 심지어 그런 노력은 외계인에게까지 적용됩니다.

방향은 다르지만 인공지능의 발전도 인격의 개념을 다시 생각하게 만듭니다. 오래된 영화 〈터미네이터〉의 T-800은 후속편으로 갈수록 인간적인 면모를 드러냅니다. 리들리 스콧의 걸작 〈블레이드 러너〉에서 안드로이드는 그를 만든 기업주는 물론 그를 쫓는 인간 주인공보다 훨씬 더 인간적입니다. 〈공각기동대〉의 쿠사나기 소령은 기계화된 인간으로, 해킹으로 육체를 얻을 수 있는 컴퓨터 프로그램과 싸웁니다. 굳이 미래가 아니어도 우리는 여러 분야에서 인공지능과 함께 살고 있습니다. 알파고라는 컴퓨터 프로그램이 인간과의 바둑에서 승리하는 모습을 보고 충격을 받은 일도 이제 먼 과거의 기억처럼 느껴집니다.

예전에는 정체성이라는 단어를 들으면 인종, 국적, 젠더 등을 떠올렸습니다. 물론 여전히 이들은 정체성을 판단하는 중요한 요소입니다. 특히 그것이 사회적 불이익과 연관된다면 더욱 그렇습니다. 거기에 더하여 이제 인간은 새로운 정체성의 고민을 끌어안게 되었습니다. 무엇이 인간을 인간으로 규정하는지, 인간과 인간 아닌 것은 어떻게 구분해야 하는지의 문제 말입니다. 아직 아무도 이런 질문에 만족스러운 답을 제공해주지는 못하지만, 우리 다음 세대가 이 문제에 대해 더 깊이 고민하게 되리라는 점은 분명합니다.